第五幅肖像

曲从俊 著

河南文艺出版社
·郑州·

图书在版编目（CIP）数据

第五幅肖像/曲从俊著. —郑州：河南文艺出版社，2020.8（2022.5重印）

（文鼎中原）

ISBN 978-7-5559-1031-2

Ⅰ.①第… Ⅱ.①曲… Ⅲ.①中篇小说-小说集-中国-当代 Ⅳ.①I247.5

中国版本图书馆 CIP 数据核字(2020)第 114471 号

出版发行	河南文艺出版社
本社地址	郑州市郑东新区祥盛街 27 号 C 座 5 楼
邮政编码	450018
承印单位	河南龙华印务有限公司
经销单位	新华书店
纸张规格	890 毫米×1240 毫米　1/32
印　　张	9.75
字　　数	192 000
版　　次	2020 年 8 月第 1 版
印　　次	2022 年 5 月第 2 次印刷
定　　价	50.00 元

编委会

小说，一颗幸福的子弹

文学界有个老生常谈的问题：我为什么写作？今天我也说说我为什么写作。从 2006 年至今，我写作已有 14 个年头，发表了近 80 万字的文学作品。这些作品代表了我不同时期的心路历程，换句话说，她们以沉默的方式，准确地表达着我内心的各种情绪。实事求是地讲，这种表达方式最让我感到欣慰，也正是因为她们，我才能真实地看到自己曾经的愤怒与热情、忧伤与欢乐、冷漠与温暖以及爱与恨。透过她们，我有理由相信，自己并没有迷失，仍走在内心写作的道路上，不曾偏离。过去是这样，现在是这样，今后仍将是这样。

写作是一份孤独的事业。当别人在享受生活时，作家或许正在虚构世界里旅行，正在经历着那些荒诞的人和事。换句话说，作家一旦进入创作状态，便从现实的荒诞走进虚构的荒诞了。它们的相同之处是，都要承受荒诞所带来的痛苦和折磨。不同的是，现实的荒诞让人难以忍受，而虚构世界的荒诞，却能让人痛苦地幸福着。这很神奇。于是，我养成了一种习惯，当我与现实难以相处时，或者我感到委屈、愤怒的时候，我往往会选择躲进小说里，用文字发泄不满，跟笔下的人物倾诉……渐渐地，我发觉小说对我是有益的，她就像一颗幸福的子弹，"射杀"了愤怒，使疼痛的身体流淌出涓涓的幸福。而那顺着弹孔流出的幸福，时常会让我心潮难平。

有一点必须承认，在现实生活中，我的压力很大，那些忧郁、烦恼、无奈以及驱之不去的愤怒，悄然塞满我的生活，真是猝不及防，也无法拒绝。我很难找到一个词汇，准确地概括那种痛苦。很快，我就被痛苦压弯了腰，越来越弯，越来越低，到后来只能匍匐前进。有很长一段日子，我经常做着同样的梦，梦中，我轻点脚尖，张开双臂，就那么随意上下摆动两下手臂，身体便升到了空中……我飞翔起来，越飞越高，身体也越来越轻盈……

那时候，我问自己，这样的梦意味着什么？当时我不懂，现在我明白了，那是我深藏于心的一种自由，就像一座死火山似的，她在梦里被愤怒激活。事实上，很多作家与现实的关系都很紧张。值得庆幸的是，我们拥有小说这颗幸福的子弹，哪怕现实再浮躁、再荒诞，至少有一点是幸福的——我们可以一边在现实中艰难地匍匐前行，一边以大鹏展翅的姿势在虚构世界里飞翔。现实人生无法跨越痛苦的高山，而虚构人生已驻足在峰巅；有时两者会天壤之隔，有时又紧密交织在一起，有时虚构成了现实，有时现实被虚构。

第五幅肖像

某一刻，你分不清自己是在现实中，还是被虚构了。这种感觉像不谙世事的婴儿，又像飞来飘去的神仙，令人沉迷其中，不愿自拔。这就是文学赐予作家的美妙之感。

话又说回来，再美妙，也不可能所有人都去写小说。为什么？有人把这个问题归结于天赋。其实我不这样认为。一个人写不写小说，天赋的因素很次要，关键是看他内心需要不需要。就我而言，正是因为内心需要我才写作的，因为她能让我的内心安妥。就像一滴眼泪掉进湖水里，泛起层层涟漪之后，很快就消失了，湖面依然很美。

我们不能简单地说，文学就是作家内心痛苦的倾诉和发泄，也不能说是控诉或者揭露，更多时候，他们带着一种使命感，带着历史和社会的责任，通过笔下的人物来展示某种高尚或丑恶，反映人性的善与恶。所以说，一个好的作家，眼睛里是常含泪水的，他用泪水映照着世界的仇与恨、爱与痛。在现实世界中，他甚至脆弱得连处理一件小事都感到吃力，但在他的虚构世界里，许多疑难杂症却不药而愈。这就是虚构与现实的矛盾。当你的身体强大时，精神往往是脆弱的；当你的精神强大时，再脆弱的身躯也变得强大了。

正是在这样的心态下，这些年来，我写下一个又一个故事，这些故事或阴冷得如《第五幅肖像》，或纠结得如《我像雪花天上来》《我为谁等待》，或疯狂得如《悬案》《裂合》……无论是纠结、疯狂，还是忏悔，我认为小说中的这些人物，他们的性格，他们的内心，他们的一言一行，都表达着对现实社会的看法，反映出现实生活的悲苦，带领我们不断地逼近生活的真相……他们承受着生存的沉重压力、无尽的痛苦，他们愤怒、流泪、忏悔，他们向死而生，死而复生。

在小说里，他们一些人的身躯在慢慢倒下、死去，但在现实中，我不知道他们的精神是否活着走了出来。不过可以肯定的是，每次当我虚构他们的时候，他们都活生生地站在我面前。换句话说，并不是我写下了他们，而是在我进入虚构世界时，他们便自然而然地来到了现实世界。此刻，他们就站在你们面前，活在你们的阅读里。

目　录

我像雪花天上来

1

　　雪，洋洋洒洒落下来。车内暖气很足，温度很高，雪花刚落到挡风玻璃上就化成了水，像眼泪似的，簌簌往下流。这时，雨刷划了一个弧线，"眼泪"被擦掉了，比手擦得还干净。白雪摸一下脸，有点儿烫，就关掉了空调，顺手将车窗摁出一条缝隙。但是，冷风夹杂着雪花，尖厉地叫着，从缝隙里挤了进来。热去，寒又袭，索性重新升起车窗。

　　雪花弥漫，寒风轻拂。和着暮色风雪，红色的本田思域，像一团奔跑的火，在雪幕里穿梭、叫嚣，最终，钻进了德国印象小区。这是个高档小区。轿车通过大门时，保安肃然挺身，冲她敬了个礼。她没有看到，因为车窗玻璃上的哈气挡住了她的视线。

　　人常说，下雪不冷化雪冷。这只是相对而言，天不冷，怎么会下雪呢？头顶，天空黑茫茫的，阴森可怖。她抱紧自己，走出车库。头顶，雪花翩跹起舞，优雅，无声，又因有灯光的照耀，显得更加妩媚了。她无法分辨出雪从哪儿来，好像是被人从楼顶抛下，飘洒着，飞舞着，落到地上化了，消失了。

在电梯口，她遇到了小陈。小陈是送水工，不善言辞，感觉他光会笑，憨憨的。他很腼腆，一笑，脸就倏然红了，犹如绽放的花朵，向四周蔓延开来。她也笑了，虽然短暂，虽然机械，但也算回应了。就这样，两人一进一出，擦肩而过，一切淡然如常，没有丁点儿涟漪。小陈不会知道，所有人都不会知道，其实她心乱如麻。这是她的秘密，也是她的痛。

进门来，她顺手将包甩到沙发上，再看那包，委屈地动弹一下，倒了。包是 LV（LOUIS VUITTON，路易威登）的，墨黑，锃亮，是丈夫送她的礼物，去香港旅游时买的。还有她的钻戒、项链、手链什么的，也是丈夫买的。她忘不了。

逛了一整天，身体累得散架了似的。她想睡觉。于是，换上拖鞋、睡衣，洗完澡，便将自己扔到了床上。床是实木做的，硕大柔软，有丈夫的味道，也有她的味道；有他们的激情，也有他们的沉默。刚才丈夫打电话说晚上不回来了，要陪客户。她冷冷一笑，心想，就不能换个别的理由？

天黑了，雪花像鹅毛，仍在飞舞。城市的灯光，在风与雪的切割下，变得更加妩媚、绚烂。丈夫在做什么？与别的女人混在一起？很有可能。谁说得准呢？她又安慰自己，男人都这样，不能太在乎。可是，结婚这么多年，经历了那么多坎坷，想不在乎，就能真的不在乎吗？

2

她能与丈夫走到一起，太不容易了。结婚那天晚上，她对丈夫说："从今儿起，你要对我好，不能对不起我，不然，小心我杀了你。"声音娇柔、甜蜜，一点儿也不像吓唬人。丈夫紧紧搂着她，没有说话，脸贴着她的长发，不一会儿，便传来了鼾声。

当初，如果不是她态度强硬、决然，他们很难成夫妻的。原因是父母坚决不同意。她深爱萧磊，为了他，她顶撞了父母亲。父亲脾气暴躁，看她这么执拗，很是生气，气得浑身直哆嗦，所以，忍不住打了她。她没有哭，也没有改变决定。人常说，闺女是娘的心头肉。母亲自然心疼她，就苦口婆心地劝她："你爹他也是为你好呀，人家的闺女，哪个不是做梦都想嫁到城里，现在有这机会，你倒好，唉……听妈的话吧！啊？"她知道，父母嫌萧磊家穷，想让她嫁给县城那个老师。嫁到县城的表姐，为这事来过五六趟了。表姐说："雪妹子，那个萧磊我见了，一表人才是不错，可这也不能当饭吃呀。再说，论长相，田老师不比他差，人家还是'铁饭碗'哩。"话是不错，理儿也是这么个理儿，可没办法，她只爱萧磊。萧磊阳刚、帅气，跟他在一起，很开心，关键是他有志向、有抱负。萧磊曾许诺说，如果能娶到她，他一定让她过上最最幸福的生活。说这话的时候，他们是在麦秸垛旁边，她躺在他怀里。那个夜静谧、岑寂。夜空中，月圆如镜，月光皎洁，也似乎因为有了他们，有了那份爱，一切都变得温柔、甜美、神秘。她陶醉了，他也陶醉了，他们陶醉在一起，像一对连体人。可是，这份陶醉总会醒的，就像这个浪漫的夜，总要过去。萧磊描绘的明天，是美好的、幸福的。他梦想着离开农村去城里生活，在城里成就一番事业，过上幸福的生活。他还发誓，无论何时、何地，他都会一辈子对她好！有了这话，所有的阻碍还算什么呢？她感觉自己幸福得快要晕厥了。后来，亲戚朋友都说她太执拗、太傻。母亲也天天劝她，说萧磊是个好孩子，可人穷志短，还是找个"铁饭碗"比较靠得住啊！父亲本就话少，看到她不听话就会打她。而打骂于她，已经无济于事了，即使遍体鳞伤，也断然不会动摇她的决定。为了不让他们见面，父亲将她锁在屋里，正颜厉色地说："我不会答应你们的，你也甭想再见那小子了，如果想见，除非我死！"父亲的话太狠，也让她很痛，像针刺一般。没承想，一气之下，她选择了上吊自杀。幸亏父亲及时破门而入，才将她从绳套中救下……昏迷了多久，已经记不清了，她只记得，醒来的时候，她咳嗽着，说的第一句话竟然是：我死，也要跟他在一起！

"丢人啊！我咋有你这么一个不听话的闺女啊！"父亲说

着，再次扬起了巴掌。而这一次，他打在了自己的脸上。

现在想来，如果当初听从父母的安排，嫁给那个田老师，如今，会是什么样子呢？比现在幸福吗？她不知道，也不敢想。但对于自己的选择，她没有后悔过。后悔也没用，谁让她就认定萧磊了呢。

婚后第三天，他们就来到了省城，打工。这是一条崎岖的道路。短短三四年，他们跑业务，找项目，搞售后，学财会，什么都干过，也被折腾得够呛。每走一步，都举步维艰，难以忍受。还好，结果很不错，他们在城里站住了脚，成立了公司。现如今，他们的金地房地产公司，像个印钞机似的，生意火爆得让人眼红。白雪也由老板娘，变成了专职太太。经常开着车逛街、购物、美容什么的。孩子在省城最好的学校上学，每月回来一次，不用她太操心。像她，有钱，也有时间，这样的生活，谁不羡慕呢。如果她说自己心烦，估计没人相信。

3

其实，她心里烦恼极了。

自从怀上儿子豆豆，萧磊就不让她负责公司的事务了。萧磊说："公司越做越大，再不能像'夫妻店'了，要正规起来。"于是，她被"闲置"了。豆豆的出生，将她的全部精力，都转移到了儿子身上……儿子上学后，她辞掉保姆。

她喜欢这样，家里只有她一个人，吃饭、睡觉什么的，不用按点，完全随心所欲。一时间，她感觉自己的生活真美好、真幸福。可时间一久，就不行了，心烦，也腻歪了。冯楠建议她上网，说网络里有很多好玩的东西，是打发时间的好方法。可丈夫不让，说网络上乌烟瘴气的，不要玩。而且还武断地扯掉了网线。因为这件事，她开始意识到，丈夫变了。要说，上网又能怎样，难道怕被别人骗跑不成？她有怨气，却不说，只是疯狂地逛街、购物、美容。这是她的发泄方式。好多次，她想跟丈夫好好谈谈，像以前那样，枕着他的胳膊，脸贴在他的胸脯上，尽情地倾诉、呢喃。可是不行，萧磊白天忙，晚上也忙，几天见不着他一面，找谁发泄呢？

她瘫软在沙发里，守着空荡荡的房子、寂寥的客厅，发呆。这个家，只有她的独身孤影，太安静了，安静得让人害怕。她想说话，却无处可说，打电话给丈夫，没人接。倒是冯楠，打电话约了她，说明天去鸿基商贸城买衣服。又是逛街。有些犹豫，但她还是答应了。之所以犹豫，还是因为丈夫。萧磊曾三番五次提醒她，少与这个离了婚的女人来往，她精神不正常！

她没有觉得冯楠有什么不正常，如果说不正常，恐怕是因为她离婚了。

冯楠与她同岁，三十六，女人到了这个年龄，很尴尬，就像即将凋零的玫瑰，虽说花瓣犹在，却已然枯萎败落，剩下的只有光秃秃的、让人讨厌的枝干。但冯楠从来不在乎这些，这就是她的性格，凡事既能拿得起，也能放得下，绝不委曲求全。比如，当初她丈夫有了外遇，跟她摊牌说：离婚吧。放到其他女人身上，一定会不知所措，大吵大闹，纠缠不休。但冯楠不这样，她表现得很冷静、很沉稳，既没有张牙舞爪，也没有凄凄哀哀，而是从容地跟丈夫办了离婚手续，也没贪图丈夫的财产。

冯楠的前夫是一家旅游公司的老总，或许是心存愧疚，也可能是因为儿子，离婚时，给他们母子留下一套房产、一张存有三百万块钱的银行卡，并承诺在儿子十八岁之前，每年支付他们两万四千块钱的生活费。冯楠没有接受，也没有反对。因为，她喝醉了，酩酊大醉，连眼泪都散发着浓浓的酒精味。白雪将她从"纯情酒吧"搀扶到车上时，她还像精神病患者似的，时说时笑时哭时闹的。后来，她说累了，就睡着了。白雪想背她上楼却背不动，没办法，她们就在轿车里待了一夜。

4

雪停了，天气异常寒冷。白雪伸了个懒腰，拉开窗帘，发现窗户玻璃上挂满了水珠。水珠淌下来，留下了一道道划痕。透过划痕，她看到窗外银装素裹的，像童话世界，很美。她喜欢。本来打算吃过饭下楼转转的，但丈夫回来了。丈夫换鞋的时候，看了她一眼，没有说话，径直走向卧室。"你吃了吗?"她问。丈夫顿了顿身子,说:"不吃了,困,睡会儿。"然后,就进了卧室,没有回头,也没有看她。

她一口喝光了杯中的牛奶。牛奶的残液正顺着杯壁慢慢地向下流。她盯着它,边看边想,不大工夫,她的心就想得更乱了。丈夫的眼神是飘浮的、躲躲闪闪的,显然,他在回避她、疏远她。于是,她来到卧室。卧室里,窗帘拉得严严实实的,她看不清丈夫的脸,便抬手捣亮了灯。萧磊猛地仰起身子,将手放在额头上,遮住光,呵斥她道:"关掉关掉,刺眼,刚想睡着。"她没有关,盯着丈夫,不说话地看,看了很久。萧磊欠起身子,背靠床头,问她:"有事吗?"她摇摇头。萧磊烦躁地说:"没事关灯,我要睡觉了。"她看了看地上的衣服,特别是丈夫那件灰色的羊毛衫,问:"这几天,公司很忙?"萧磊没有看她,随口说:"是,陪客户考察设备,忙死了。"她轻轻点点头,"哦"了一声,悄然走到那堆衣服旁边,说:"衣服该洗了吧,我给你洗洗。"这下,萧磊紧张了,倏然弹起身,赶紧伸手示意她别动,并急切地说:"你别管,我洗,我拿去干洗。"她瞄了他一眼,掂起那件羊毛衫,说:"行,我给你挂起来。"一切都很自然,她果真闻到了一股香味。那香味是她熟悉的兰蔻香水的气味,很香,很浓,像一把温柔的匕首,猛然间刺进了她的心脏,疼。

她不知道自己还能支撑多久,只是明显感到一股强烈的战栗滚过皮肤,让她觉得这个暖洋洋的屋子,骤然间冷得吓人。自然,丈夫不会察觉到这些,他在一个劲地打着哈欠,

　　　　　　　　　　　　　　第五幅肖像

说："好了好了，我困得不行，带上门，我睡会儿。"

她关上门，来到客厅，一屁股瘫软到沙发里，呆愣了很久，很久。

5

皑皑白雪像一床棉被铺在地上，看上去柔软、平展。雪地里，两只麻雀在觅食，爪子扒来扒去的，很专注，尖尖的小嘴儿，时不时啄着。突然，一阵风吹过来，楼顶的雪四处飞扬。它们以为又下雪了，便机灵地张开翅膀，惊叫两声，飞走了。这时，小区的保洁工人扛着扫帚铁锹走了过来，每走一步，脚跟儿都带起几朵"棉絮"，还吱吱直响。

她喜欢雪，感觉自己就像从天上落下的雪花，温柔，宁静，也幸福。这些温柔、宁静和幸福，是丈夫给予的，也是被丈夫破坏的。

电话响了，冯楠打来的，她们约好的，去逛街。她心里烦乱，通体难受、无力，觉得连眨一下眼都那么费劲。她哪儿都不想去。冯楠一听就生气了，说："到你们小区门口了，你看着办吧。"她了解冯楠的性格。本来，昨天晚上约好的，今天去女人街逛，还计划买那件貂领皮衣的。现在突然变卦，冯楠肯定不高兴。她急忙解释："我今天心情不好。"

冯楠问她出什么事了？她支支吾吾地说没有。冯楠直接挂掉了电话。正当她莫名其妙时，一辆白色的马自达轿车缓缓停在她跟前儿。是冯楠。冯楠伸出头，冲她摆手，示意她上车。她在楼梯口站了很久，站得脚都酸了，走起路来跟跟跄跄，差点滑倒。而不远处，保洁工人用铁锹刮雪时，发出的那种令人牙酸的尖啸声仍在响着。这让她烦乱的神经再也忍受不了了，吼道："你们就不能轻点！"声音突兀，爆发力强。保洁工人停了下来，痴呆地望着她们，没有说话。当他们继续清扫积雪时，动作就变得很轻柔了。

"跟他们较啥劲，走吧。"冯楠说。

"我……"她真的不想去逛街。

冯楠说："有啥事儿上车再说。"上车后，冯楠关掉了音乐，两手操作着方向盘，目视前方。抽出空隙，问她："咋了，出啥事了？"

"没啥事，有点不舒服。"她轻叹道。

快到小区门口时，车减速停下，摁了两下喇叭，保安升起电动挡杆，车迅速驶出了德国印象小区。

拐到金水路上，冯楠说："你们不会闹别扭了吧？"

"没……没有。"她含糊其词地说。

"别装了。"冯楠瞥了她一眼，说，"还说没有，照照你的脸。"

后视镜里那张脸，萎黄，黯淡无光，布满了密密麻麻的忧伤，眼睛也铅灰无神，一副疲惫不堪的样子。她不敢再看，她怕吓到自己，也怕吓着冯楠。赶紧拿出了化妆包，又想，已经这样了，再弥补也是欲盖弥彰，索性放下化妆包，苦笑道:"没睡好。"

冯楠笑了,"肯定是没睡好,看看你,整个一'熊猫眼'。"

"去你的。"她轻拍了一下冯楠,嗔怒道。

"说说,为啥没睡好?"冯楠问。

"没啥没啥,我喝茶闹的,失眠了。"她说。

"喝茶闹的?不会吧?"冯楠神秘地笑了笑说。

"没有骗你,真是喝茶闹的。"她极力地掩饰道。

前面是十字路口,红灯,冯楠停下车,审视她一眼,不怀好意地笑道,"你家老萧呢?"

"在家,还没起床。"她说。

"哦,我说呢。"冯楠点点头,意味深长地盯着她笑。

"别傻笑了,都绿灯了,还不快走。"她催促道。

冯楠开着车,仍在笑,笑得她浑身不自在。她心想,难道冯楠觉出了异常?应该不会。虽然她与冯楠认识很久了,但聊及夫妻感情,她一向是只谈恩爱不说矛盾。这是她对冯楠唯一保留的。对此她也很内疚,毕竟,冯楠对她无话不谈,连女人的私密话题也毫无保留地跟她讲。

曾经,冯楠告诉白雪,离婚前,她就有别的男人。当时,白雪眼睛瞪得大大的,难以置信,脸上也写满了疑问。而冯楠却说:"别觉得我这是道德败坏,我认为不是。你想想,凭啥他们男人可以在外面找女人,我们女人就不能?这不公平。他找,我也找,他明找,我暗找,对待这种男人,就要以牙还牙……"离婚后，冯楠就更加疯狂了，不断找男人"玩"，并且经常换。用冯楠的话说：千万别把那当成谈恋爱，就是"玩"，是生理需要，仅此而已。

冯楠语不惊人死不休，不但告诉白雪这些，竟然还描述她跟每个男人做爱的感受、她喜欢哪种姿势、哪样的男人性能力强……听得白雪面红耳赤，心都快跳出来了，身体里好像钻进了虫子，痒得难受。她打断了冯楠，不让她再讲下去，说太淫秽了。冯楠看她这样，便捧腹大笑，说白雪搞得像处女似的，还不好意思呢。

的确，男女间床上那些事，她认为属于绝对隐私，只能意会不能言传。像冯楠这样赤裸裸地表达，她做不到，也没有那个勇气。不过，她挺佩服冯楠的，想做什么就做什么，从不顾及其他因素，什么话也都敢说，直言不讳。开始，对于冯楠这样，她极其反感。不过，渐渐地，她能接受了。至少，她不再打断冯楠了，常常是不插话也不反驳，只是聆听，偶尔淡淡一笑。

"想啥呢白雪？"冯楠看她一眼，又迅速扭过头去，专注开车。

"没……没啥。"她含糊其词地说。

"真没想啥？"

"真没想啥。"

车缓缓停了下来，不远处是一家售楼中心，冯楠诡秘一笑，凑过来，小声问她，"哎，是不是昨天晚上，你家萧总伺候得很周到，还在回味？"

"去你的，我们哪像你，那么馋。"她低头，红着脸说。

"我是馋，难道你和老萧不馋？"冯楠兴味盎然，继续问，"说说，你俩谁更馋？"

这个问题，冯楠以前就问及多次，但她没有回答过。每到这个时候，她总会引开话题，搞得冯楠索然无趣。事实上，他们的性生活越来越少了，从一周一次，减到半月一次，再从半月一次，减到一个月一次，现在，就更少得可怜了，几乎，她都想不起来那是什么滋味了。这确实很悲哀，可她只能忍受。现在，冯楠又问到这儿了，能说什么呢，她依然是轻描淡写地说："就那样吧。"接着，依然是找机会转移话题，说，"我得回去，估计老萧快醒了，他还没有吃早餐。"

冯楠撇撇嘴，舌头咂巴出一串"啧啧"声，说："真肉麻，我说咋不高兴，原来，累着你家大宝贝了，心疼了。"

她笑了笑，没有反驳。

冯楠说得没错，她是心疼萧磊了，但不是因为那事。无论丈夫做了什么，每一次，只要丈夫回家，她总少不了做上满满一桌菜。这些菜，全都是他爱吃的，像小鸡炖蘑菇、麻酸小龙虾、清蒸鲤鱼、清炒丝瓜、榨菜肉丝汤等。没办法，她就是再生气，一看到他疲惫的样子，便会情不自禁地心疼。感情这东西说不清的。她也知道，冯楠一定羡慕他们，一定以为他们很恩爱。可冯楠又怎么能知道她内心的痛苦呢。

6

热水流淌出来，打在身上，缓舒，温柔，像舌尖一样，舔着她白皙的肌肤。水从肩膀流到乳房，从乳房流向腹下，一点点，一步步，痒了下去。痒到感觉难忍的时候，她的身体抽搐了一下，又一下，像是打冷战。她轻轻闭上眼睛，仰起头，任流水冲抚。思绪呢，像脱兔一般，越来越活泛。这时候，她的身体经了流水的抚摸和撩拨已经欲望满溢，仿佛下一秒整个人就要融化了。她强迫自己的双手停止游动，因为她害怕，再这样下去，她会变成空气蒸发掉的。可是，她难忍，她失控了，手指像带电的导线，不由自主地继续抚动，缓缓地，滑过每寸肌肤……不一会儿，她感觉自己像被抽离了骨架，身体已经摇摇欲坠了。特别是她粗放而深长的呼吸，将全身每块肌肉都调动起来了，一呼一吸之间，好像肋骨也在动，她备受折磨。终于，她发出了一声呻吟，这呻吟声，冗长、饥渴、畅快淋漓……

可惜，丈夫不在家。

那天，冯楠将她送回家时，他已经走了，被窝里还留有他的体温，打电话，不接，过了很久，才回信息，说在开会。三天又过去了，丈夫没有回来，也没来过电话和短信息。她很伤心。

卧室里，空空荡荡，她裹着浴袍走了出来，茕茕孑立。

第五幅肖像

浴袍也是丈夫买的，粉红色，有六七年了，她一直没有换新的，舍不得。客厅墙壁上，挂钟的嘀嗒声犹如深夜的脚步，不急不躁，不疾不徐，不停地向前走。挂钟对面是一块长条落地镜子，灯光照在镜面上，又折射到她的脸上，冰冷，刺眼，也迷幻。她对着镜子，左扭扭，右扭扭，看着镜子里的自己，她咧着嘴，苦笑。没有多余的目的，她只是想嘲笑一下自己。

寂寞像冰窟，很深，很冷，浸入她的体内，仿佛连骨髓都被它凝固了。她倚靠在沙发边沿，蹲下身子，蜷缩着抱紧自己，深深低着头，沉思。灯光下，她湿漉漉的头发乌黑锃亮，发梢有水珠滴下，一滴，两滴……像眼泪，砸在地板上，明晃晃的。她站起身，拨通了丈夫的手机，还是没人接，再打，被摁断。她看着电话发呆，不明白丈夫为什么摁断。这时候，电话响了，她神情一怔，迅速接起，"喂"了一声。电话里有气流轻微的拂动，是鼻息声，她又"喂"一声，半晌，那端突兀地飘来两个字"啥事"。稍顿，她说没事。就这么简单，一问一答，有彼此的心照不宣，也有延迟。这延迟，仿佛拉长了电话线的距离，远似千山万水。

"这么晚了，还没睡？"丈夫最先打破了这尴尬。

"睡不着，你，回来吗？"她直奔主题，问，"你在哪儿？"

"在豪都，陪贾总，他喝醉了。"丈夫说。

"哦，那明天，回来吗？"她说。

"看吧，不忙的话就回。"丈夫打了个哈欠，说，"赶紧睡吧，太晚了。"

她无法入睡，身子在床上翻来覆去的，失眠。于是，她坐起来，下床，再次来到客厅，不停地踱步。有几次，她拿起电话，又放下了，胡思乱想了一会儿，索性穿起衣服，下楼，融进夜色。

7

风不大，但吹到脸上却像刀子。太冷。而路边，白天融化的雪水早已结冰。一片枯萎的树叶，打着转落到冰面上，没站稳，"吱吱"滑出一段距离，停下。路上汽车逃跑似的，飞速行驶着，向她扑来，到了眼前，却又分开，飞向身后。她躲避着车灯射出的光，因为她怕这些锐利的光会戳穿她的内心，将她积蓄已久的钝痛暴露无遗。

"美女，寂寞吗？"身后，一个男子的声音，很突兀。

男人两手伸在裤兜里，两肩耸挺，垮着腰，摇头晃脑的，冲她不怀好意地笑着，一身的流气。显然，这是个街头小混混。男人有二十五六岁，瘦长脸，卷发，看不清颜色，但感觉不是纯正的黑色。右耳戴有耳环，在路灯的照耀下，闪闪发光。对于这种人，她不害怕。以前，她曾受到过这样的骚扰，萧磊告诉他："首先你不能怯，如果你怯，他就更放肆了。"当时，她还开玩笑讽刺丈夫，说他挺有经验，干过这事儿吧。萧磊笑了，也开玩笑说，干过多次了，只可惜，你不在场，没能一睹我的风采。她轻轻给了他一拳头，做了个鬼脸，笑道："流氓。"

这一次，她遇到了一个真流氓。

"你有事吗？我们认识吗？"她冷笑一声。

"现在不就认识了！"男子上下打量着她，嘻嘻哈哈地笑着，看起来全身都在动。

"无聊！"她冲那男子翻了个白眼，扭身就要往回走。

男子快步跟上，张开双臂，拦住她，说："别走别走，看你一个人怪寂寞，让哥们儿陪陪你。"

"你陪我？咋陪？"她停下脚步，厌恶地盯着男人。

"咋陪都行，随便，要不咱们到宾馆开个房？"男子淫笑道。

如果男人不这么猥琐，不这么直接，或者只是想找个异性聊天，说不定她会跟他走，毕竟，她渴望找个人说说话。而眼前这个男人，整个一赤裸裸的猥琐男，她极其讨厌。

或许，她的沉默让男人产生了错觉，他以为她动心了，便凑过来，小声说："放心吧美女，我会让你开心的，别犹豫了，走吧。"说着就要拉扯她。她丝毫不怯，猛地甩掉他的手，扭过头，瞪着他，眼睛像幽深的山洞，让人生畏，牙缝里迸出一个字，"滚！"

"咋了大姐？"男人怯了。

"滚！"

"大姐……"

"滚!"

正巧,一辆警车从中原路拐过弯,向这边驶来。男人看到警车,神情立刻慌张起来,冲她骂了声"神经病",拔腿就跑,像箭似的,射向了黑夜。

警车缓缓停下来,副驾驶座上,那个瘦长脸警察打开车窗,伸出头问她:"没事吧?"她点点头说:"没事。"瘦长脸警察提醒她,太晚了,不要一个人乱跑,不安全,赶紧回家吧,并问她需要不需要送。她说不需要。

她不想回家。那个家太冷,冷得仿佛能把心脏冻僵。她伸手拦了辆出租车,沿金水路向东,飞驰而去。看她走远了,那辆警车这才缓缓离开。

"去哪儿?"出租车司机问。

"随便。"她有气无力地说。

"总得有目的地呀。"司机打量她一眼。

"那就去豪都吧。"她瘫躺在座位里,眼睛微闭着。

豪都是四星级酒店,离他们的公司很近。以前,招待客户大多在这里,渐渐地,就成了他们公司待客的定点酒店。丈夫刚才说他在豪都,那就证明是公司事务。要说,她来豪都也没有别的目的,就因为刚才那男人,因为家,也因为孤独。她特别想找丈夫说说话,看他一眼,哪怕只说一句话,只看一眼,足矣。可丈夫不在豪都。

总台服务员认识她,说:"白姐,今天咱公司没开房。"

"萧总说在你们这儿陪客户，会不会是以个人名义开的房？"她问。

"哦，还没开，可能萧总在来的路上吧，要不您等会儿他？"这个服务员很会说话。

"算了，不等了，谢谢。"她知道，即使等到天亮，也不会见到萧磊的影子。

8

她拨打冯楠的手机时，冯楠正闭着眼睛，酥软地躺在床上，一丝不挂。在冯楠的身侧，是那个给了她快感的男人。男人同样微闭着眼睛，或许因为身体疲劳，呼吸时，胸脯起伏很大。

男人是冯楠一个月前挑中的。以她的经验，每找一个男人，都是这样，开始可以，服务周到、细心，也肯卖力。过一段时间就不行了，渐渐学会耍滑头、敷衍她了。所以，她经常换，用她的话说，这跟饭菜一样，即使再可口，也不能认准一个菜吃，会厌烦的。她烦，他们也烦。

手机响了，冯楠没有接，只是扭头看了一眼。手机就在床头柜上，触手可及，或许她不想动弹，也或许，她连举手的力气都没有了。但是，手机响得很执拗，稍停，又响起，停了，再次响起。她摸索过来手机，懒洋洋的，先是看了一眼屏幕，接起，有气无力地"喂"了一声。听到这绵软的声音，她以为冯楠已经睡下了，就顺口问她，睡了？冯楠说没有。她告诉冯楠，你在家等我，我去找你聊聊。声音很沮丧。

"怎么了？出啥事了？"冯楠弹身坐起，恢复了以前的样子。

"见面再说，我现在下楼。"她说。

"别呀，我不在家。"冯楠看了男人一眼，说，"我在'如家'，612房间，你来这儿吧。"

她猜想，冯楠又找男人了。本来想问她跟谁在一起的，感觉不妥，转而又说："方便吗？其实我也没啥事儿，要不明儿再说吧。"

"没事没事，你来吧。"冯楠爽朗地说。

尽管她想到了冯楠正与某个男人在一起，但进门来，看到那个高大帅气的男人，她还是感到挺尴尬。好在，男人刚冲完澡，已经穿上了衣服。男人见到她，点点头，笑笑，算是打了招呼。

暖气很足，房间里虽然温暖，但有点闷。空气里夹杂着某种气味，隐隐的，不好闻。冯楠裸着身子，一只腿露在外边，被子在胸部盖着，床上一片狼藉。她突然觉得，自己像个第三者，半夜造访，破坏了人家的好事。于是，她强作欢颜，冲男人笑笑，说，"不好意思，打扰了。"

"看你说的，没事，都是自己人，不用客气，这是小吴。"冯楠转向小吴，说，"这是你白姐，我最好的朋友。"

"白姐您好！"小吴稍稍弓了下腰，微笑着，说，"您跟楠姐谈事吧，我先走了。"

"好，你先回吧，改天再联系。"冯楠抢过话，说。

"再见小吴，慢走。"白雪礼节性地说。

小吴走后，她坐到床沿，腿紧靠着床头柜。床头柜上有宾馆的服务指南、电话、冯楠的手机、野玫瑰牌的女士香烟、火机，还有台灯。台灯的光，原本很强，经了茶色的灯罩，被弱化了，柔和朦胧，散发着暧昧。

她拿过"野玫瑰"，抽出一支，点燃，猛嘬了两下，结果，被呛得直咳嗽，眼泪都出来了。冯楠赶紧坐起身，拍打着她的后背，说，"你……你没事吧白雪？不会抽就别装。"

她拨开冯楠的手，说自己没事，继续抽。这次没有呛住，烟雾像丝一样，将她缠成了一个蛹，声音，也被裹在蛹里。

冯楠缓缓躺下，看着她，没有说话。她闷头抽烟，也不看冯楠，好像这里只有她一个人，她来这里，只为抽几支烟似的。烟与酒一样，开心时抽它，是享受；悲愤时抽它，是发泄；寂寞时抽它，是寄托；而伤痛时抽它，却是更深的伤痛。白雪眉头紧蹙，不停地抽烟，不停地幻想……宾馆、双人床、性感的裸体女人、肌肉健硕的丈夫、蠕动的身体、高亢的呻吟……这些场景，被串连成一个个画面，放电影似的，在她脑海里反复播放着。

"你疯了白雪！"冯楠一定是看到她手里的烟快要烧着手了，而她竟然没有察觉，这才冲她疾呼大叫的。

"我没疯。"她不慌不忙，摁灭烟头，沉闷地说。

她伸手又要拿烟，却被冯楠一把抢过来，狠狠扔到地上，说："到底咋了？你倒是说啊！"

她仰起头，闭上了眼睛，眼睛里，溢出一串泪珠，流到下颌，滴下来。

"心里难受就说出来，不要这样作践自己。"冯楠怜惜地说。

"我和他，快结束了。"终于，她艰难地说了出来。

"你说啥？怎么可能？你们……你们不是挺'那个'的吗？"冯楠一脸的疑惑不解。

"如果我说，我和他三个多月没有过夫妻生活了，你信吗？"她冷冷地说。

这下，冯楠蒙了。只见她，直勾勾盯着白雪，嘴唇一个劲地抖动着、翕合着，很久没有发出任何声音。而白雪却笑了，她看着呆愣的冯楠，笑了，笑得让人发怵。

9

天亮了，外面的雪还没化，堆在路边，像小小的坟茔。她先是冲澡，接着梳头。她梳头的动作小心翼翼，很认真，生怕遗漏一根头发似的。她的头发乌黑、光亮、顺滑，手指伸进去，轻轻拨动，那些秀发就顺着指缝，像涓涓细水一样流淌，远远看去，又似一挂瀑布，好看极了。她对着镜子来回审视，很满意。最后才是化妆……当一切收拾完毕，再看，她差点认不出自己了，像个新娘子。

她准备去学校看望儿子，半个月没见了，想。也巧，车驶到小区门口，她碰见了送水工小陈。小陈骑着自行车，正往里走，后座两侧驮着纯净水，车圈上镀的镍闪闪发光，很刺眼。她摁下车窗玻璃，告诉小陈，有空送一桶水。小陈左脚支地，点点头。快拐弯时，她看了一眼后视镜，发现小陈还扭头望着这边。她摇头笑了，喃喃自语道："傻小子!"

儿子在专心做手工，津津有味的。她站在教室窗户前，不忍心打扰他。老师发现了她，刚要提醒豆豆，却被她摇摇头拒绝了。静静看了一会儿，她离开了，因为她害怕自己会失去控制，害怕自己会哭。

家里还是那样，一潭死寂。她受不了这种岑寂，于是，打扫卫生、洗衣服、打开跑步机锻炼，累得全身冒汗、口干舌燥。洗澡，她又洗澡，为什么? 没人会知道，她这样做只为制造出更多声音，不让这个家太寂静，不让自己闲着。

门铃响了，她裹着浴巾来到客厅，修长的手指不断抚弄着头发。头发湿漉漉的，还滴着水珠呢。肯定不是丈夫，他有钥匙，于是她喊了一声："等会儿，就来。"她跑进卧室，扯过睡衣穿上，这才开门。是小陈。小陈肩头扛着纯净水，在门口站着。她惊诧地回过头，看了看饮水机，的确没水了。她心想，我没打电话呀，他怎么知道没水了呢?

"大姐，早上您说，有空给您送桶水，刚才看您回来了，我就来了。"小陈毕恭毕敬地说。

"哦——"她轻拍一下脑门，说，"对对对，看我，忘得一干二净，来来，进来吧。"

小陈二十多岁，圆脸，厚嘴唇，肤色有点黑，牙齿却很白，白得像一口假牙。他身着深蓝色工作服，工作服左上方绣有五个红字：圣泉纯净水。由于右肩上扛着水，他说话时脑袋是偏向左侧的，声音也有点变形，看起来挺滑稽。

换过水，小陈看了她一眼就慌忙移开视线，手里拎着空桶，脸色绯红。她看了自己一番，睡衣没有问题，只是，腰间的睡衣带系得较松，看起来乳房呼之欲出的样子。她尴尬地笑了。

"大姐，水换好了，打扰您了。"小陈转身就要离开。

"水票还没给呢。"她微笑道。

小陈憨厚纯朴、健康结实、可爱，像她弟弟。她喜欢。她弟弟在广州打工，比小陈大不了几岁。

"大姐想跟你聊聊，可以吗?"递给他水票时，她问。

"我……我得走了。"小陈有些局促，说话吞吞吐吐的。

"哦。"她有些失落，"你有事就算了。"

漂亮的女人，连伤感的样子也是漂亮的。小陈犹豫一下，将水桶轻轻放下，身体慢慢滑下，欠着身坐在沙发沿，紧张。

"抽烟吗?"她说。

"不，我不会。"他站起身，又坐下。

"多大了?"她说。

小陈低着头,抠着手指说:"二十五了。"她又问他:"结婚没有?"小陈摇摇头,坐在那里,像犯了错误的学生正接受老师的批评似的。她想笑,忍住没有笑出来,说,"你不用紧张,就把我当成你亲姐,放松点,好吗?"

"我……我没有亲姐。"小陈支支吾吾地说。这句话惹得她笑出了声,说:"那正好,以后,我就是你亲姐了。"

他没有拒绝,恭敬地说了声"谢谢"。

她发现,小陈鼻尖泛起了一层汗珠,薄薄的,像雾。她笃定,他一定很拘束、很紧张。之前,在她眼里,他只不过是一个送水工,除了送水时说几句客套话,再没有更多的交流。而这一次,莫名的,她想跟他聊天,或许因为她太郁闷、太寂寞了。没想到,刚聊两句,小陈就要走了。他接了一个电话,说领导催他送水。而对于她,小陈的到来和离去,就像黑暗中突如其来的一束光,给了她瞬间的兴奋,也让她瞬间怅然失落。

10

冯楠打电话约她喝茶。她看了看时间,下午三点整,说:"下午逛街吧,晚上喝茶。"冯楠笑了,笑得有点淫荡,说晚上有事儿。这女人,真是疯了,才几天呀,又找男人。想到这儿,她心里骚动一下,隐隐的,像被电击到似的,不过很快消失了。

怡心茶楼在东开发区，位置偏僻，环境幽雅安静，很适合聊天。她支走了服务员，亲自动手沏茶。冲茶，泡茶，洗茶，斟茶，动作娴熟，姿势优雅。喝茶很讲究，第一道茶先不喝，用来冲洗茶器，到第二道，才蓄入茶盅，然后，轻捏茶盅，猫食一般，抿一口，入嘴便无，只觉满口溢香。喝茶需要慢工夫，是细活。她喜欢这样。冯楠就不同，她更热衷于歌厅、迪厅、晚会现场这类喧嚣的场所。

"喝茶太费劲，急人。"冯楠放下茶盅，边倒边说，"没有歌厅喝酒过瘾。"

"感觉不一样嘛。"她抿了一口茶，说，"喝茶需要品。"

"你现在，还有心情品？"冯楠说。

"没心情又能怎样，硬着头皮过呗。"她表情淡然、平静。

"你们和好了？"冯楠看了她一眼，转而又说，"挺好挺好，省得我费口舌安慰你了。"

"按你的意思，老公在外鬼混，咱们女人就不能喝茶了？"她苦笑道，"不过，要谢谢你，冯楠，跟你在一块儿喝喝茶、聊聊天，心里好受多了。"

"嗽！别跟我提谢字，烦。"冯楠手在空中一甩，说，"咱俩谁跟谁，还用客气，真没劲。"

她笑笑，端起茶盅，主动与冯楠碰杯，以示歉意。冯楠一饮而尽，从包里掏出烟，让了让她。她犹豫一下，还是接了过来。

　　冯楠吐出烟雾，优雅地弹一下烟灰，语重心长地说："白雪，我告诉你，像咱们这些结过婚的女人呀，有三种。第一种，是会培养丈夫的女人。这种女人，温柔，贤惠，大智若愚，往往不动声色中就成了丈夫的老师和朋友。事业上，丈夫失意时，她耐心鼓励；丈夫得意时，她及时提醒、引导。生活上，对丈夫面面俱到，体贴入微。在床上，她表现得像荡妇、妓女一样，花样百出，每次都整得丈夫服服帖帖的，并且，让丈夫永远'吃不饱'。结果是啥你知道吗？丈夫事业成功，夫妻感情和谐。"

　　"那第二种呢？"她问道。

　　"第二种女人错点劲儿。会体贴丈夫。"冯楠喝口茶，接着说，"这种女人，同样温柔贤惠，对丈夫也好，只是，床上'活儿'不行，保守，循规蹈矩，每次做爱，都像上一次的重播，时间一长，男人就厌了。不过，她男人即使出轨也会想到她，不会假戏真做，因为男人对她心存愧疚。这种女人往往是，男人成功她幸福，男人失意她受气。"

　　"没看出来，有两下子呀冯楠，很精辟。"她做了一个请的手势，示意冯楠继续。

　　冯楠笑笑，继续说："这第三种女人嘛，像我这样的，太强势，说话口无遮拦，往往会伤着男人。也心疼他，但仅仅在心里，从来不说，说出来的，多数是打击他的话。这样的女人，男人肯定烦。过夫妻生活呢，她也占主导，弄得他招架不住，好像完成作业一样，可想而知，这样的婚姻，幸福得了吗？"

冯楠说得很动情，尤其说到"第三种女人"，感觉她就是在说她自己。也因此，白雪笃定冯楠对前夫仍有感情，毕竟十多年的夫妻了！只可惜，那个男人不知道，也不懂得珍惜。

"当初，你咋就不跟他明说呢？"她为冯楠感到惋惜。

"都不傻，有些话，还用解释？再说，我的性格你知道的，改不了。"冯楠狠狠吸了一口烟，说，"对男人，我比你了解。"

"那你说，我该咋办？"她想听听冯楠的想法。

"三种解决方式：第一，忍气吞声，等他摊牌再离婚，那样你就被动了。第二，抓他现行，大吵大闹后再谈判，如果他在乎你、在乎家庭，他就会跟那骚货断绝来往，好好过日子。这种可能性很小。这第三嘛，"冯楠斜觑她一眼，说，"第三就是，不管不问，他玩他的，你玩你的，大不了离婚。"

"怎么玩，像你一样？"她脸红得发烫，挥着右手，转而说，"不不不，我和你的情况不一样。"

"啥一样不一样的，我不相信三个多月没有性生活你撑得住！这年头，有钱啥买不来，男人可以找，我们就不能找？再说，找'小弟'比找情人好，没那么多麻烦事。"冯楠凑到她耳边，小声说，"你可以试试，感觉好着呢，刺激。"

"喝茶，喝茶。"她岔开话题。

冯楠指了指她，笑道："你呀——就是太老实。"

她陷入了沉思，很久两人都没说话。茶楼里，轻柔的音乐，小桥流水般流淌到她的心里，影响了她的思绪。她喜欢这首名叫《我像雪花天上来》的曲子，不仅仅因为它旋律优美动听，关键是它太容易让人伤感了。无论歌词还是旋律，她感觉写的就是她。每当听到它，莫名其妙地就有种想哭的冲动。其实，她不明白，到底是因为这旋律太忧伤还是自己太脆弱，竟这么轻而易举被它征服。这一次，也不例外，她又哭了。

冯楠惊愕地看着她，不解地问，"咋了，白雪，你没事吧?"

"没……没事……"她用手抹着眼角说。

11

冯楠到云南旅游去了。其间，白雪跟小陈聊过几次。她发现，小陈也挺孤独，他一个人在这个城市，没人倾诉。他们聊天时，小陈往往聊自己多一些，聊他老家有意思的事，聊他的初恋，聊他第一次坐电梯，聊他初来省城的艰辛，等等。开始比较拘束，她问什么他答什么，声音也小。慢慢地就放松了，他有时还主动找话题聊，嘴也甜，"姐、姐"叫个不停。这很好，她喜欢他这样。

起初，她要水时他才来，现在呢，只要一有空闲，他就跑过来了。小陈说，如果萧磊在家，他不来，他说他怕萧磊不高兴。她笑笑，心想，这个小陈，不仅纯真可爱，还挺心细的。于是，他们约定，厨房窗户处于关闭状态就表示萧磊在家，右扇窗打开表示萧磊不在，可以上来放心地聊。

　　那天下午，他们聊得正起劲，突然，防盗门有轻微的声音，是钥匙在转动。小陈很紧张，倏地站起了身。

　　"大哥，回……回来了，我……我送水呢。"怕萧磊不相信，他又拎起空水桶让他看。

　　萧磊没有理他，"哼"了一声，转而讥讽白雪道："要不你们继续？"

　　"你的话我听不懂。"她说。

　　"你们忙，我得走了。"小陈夹起水桶，擦着萧磊的肩膀，逃了出去。

　　小陈走后，萧磊别有意味地冲她笑，说："别生气，我没别的意思。"

　　她胳膊紧紧抱住自己，头扭向一边，不看他。

　　"我拿本书就走，晚上不回来了，公司有事。"萧磊理直气壮地说。

　　又是"公司有事"。她冷笑一声，懒得理他。

　　萧磊从书房出来，夹着书，凑到她耳边，一副要亲吻她的架势，小声问："想我没？"她猛地扭过头，把他甩开了，并用胳膊挡住脸，拒绝他靠近。那是萧磊在表演，她心里明白得很。

"有病！"萧磊发怒了，脸色难看得吓人。

"你才有病！"她毫不示弱，瞪着他，反唇相讥。

"我发现，真的，我发现你不正常，心理不正常，你需要去看心理医生，你抓紧时间去。"萧磊说。

她推开他，说："谢谢你的关心，我正常得很。"

萧磊气呼呼地走了，带走的，还有兰蔻香水味。这香味，像毒药，在慢慢吞噬她的神经和肉体。她感觉自己快要崩溃了。

12

冯楠从云南回来了，她在"小南国"设宴，给冯楠接风。本来，她想请小陈也参加的，后来想想不妥，就没叫。

饭桌上，她心情大好。冯楠调侃她说："心情不错呀，遇到'第二春'了？"她假装生气地说："讨厌，半月没见，怎么还是那样，狗嘴里吐不出象牙。"

"真的，我感觉你心情好多了。"冯楠声色肃然。

"我感觉还那样，只不过，这么长时间没见，一见你高兴呗。"她说的是实话，但根源在小陈那里。

还有一个原因，萧磊下周要出差，到广州，参加一个房地产交流会。可能还要去海南转一圈。大概半个月时间。这对她来说，也算是一件开心的事，因为这样，她就可以与小陈毫无顾虑地聊天了。自从那次后，她跟小陈再没聊过，要水，小陈也只是换上水就走人，再无多言。她让他坐下聊会儿，他总说还有事儿，改天吧。她知道，小陈有意回避。另一方面，这几天，丈夫也回家多了，给人感觉神出鬼没的。

萧磊是晚上的飞机，六点半。东西早帮他收拾妥当，像换洗衣服、内衣内裤、剃须刀、充电器、茶叶、水杯，这些必备的东西，一应俱全。她去过广州，知道那里暖和，所以，除了必备的衣物，连太阳镜都准备了。

天刚黑，不算晚，她问他用不用送。他说不用，还有其他人，公司的小贾送。这样也好。丈夫简单吃了两口饭，走了。走时，她提醒他包里有瓶酱豆，刚腌好的，早餐时可以就着馒头吃。丈夫最好这口，每年冬天她都会腌一些。丈夫不耐烦地说声"知道了"便急匆匆走了。别看在感情上丈夫伤害了她，可丈夫要出差，要离开这个家，她依然依依不舍的。

手机响了。不是她的。家里只有她一个，还会是谁的呢。突然，她迷瞪过来，是丈夫的。怎么这么慌张，手机竟忘带了。接起，手机里传来一个男人的声音："萧总吗？几点的机票呀，我好安排接机喽。"她连忙解释，说他手机忘家了，马上给他送去。挂掉电话，她胡乱拉了件衣服，径直跑下楼去。

她一边开车，一边给小贾联系："你到哪儿了，小贾？"

"我刚到家。啥事嫂子？"小贾莫名其妙地说。

　　　　　　　　　　　第五幅肖像

"送萧总去机场回来了？"她说，"没这么快吧。"

"是，是，不不不，萧总没让我送，他临时决定打的了。"

"这次出差还有谁呀？"

"就……就他……一个人吧。怎么了嫂子？"

"没事。随便问问。"

13

机场大厅内，灯光璀璨，明若白昼。天冷，又是夜间班机，所以乘客不多。她驾着车缓缓进入机场。

手机响了，一个陌生号码，接起，是丈夫。她接着电话，来回搜寻着他的身影。

"我手机忘家了，时间还来得及，让小贾送过来吧。"电话里萧磊说。

"你在哪儿？"她问。

"我刚到机场。"萧磊说。

她看到萧磊时，他是面朝东北方向的，正在接听她的电话。他身边还有一个女人。女人瘦，个头挺高，一米七左右，丰姿绰约，比她年轻，也比她漂亮，手挽着萧磊的胳膊，脸贴在上面，一副小鸟依人状。

前段时间，她经常幻想，丈夫跟别的女人在一起时会是什么情景，手牵手散步？拥抱？接吻？在床上做爱？如果这些情景变成现实，就发生在她眼前，她会有什么反应呢？当时她想，她可能会忍气吞声，也可能会情绪失控，甚至像疯子一样闹，她都想到了。但她做梦也没有想到，当这一刻真正来临的时候，她竟然沉默了，没有忍耐，也没有疯狂，脑海中好像突然空白了。

电话里，不断传来丈夫的声音……

她不知道车是怎样停下来的，她也不知道自己是怎么下的车，只见她走起路来双腿不听使唤似的。她在他们不远处停下。这时，萧磊已经缓缓回过头，他手举电话惊愕地看着她，身体僵住了。那女人也看到了她，她的手像被开水烫着了似的，立刻松开了萧磊的胳膊，也是一脸的惊慌。她盯着他们看了一会儿，反倒感觉自己像个第三者。于是，突然转身，上车，似乎一刹那工夫便消失在夜幕里了。丈夫的喊叫、汽车的飞奔，一切都好像不属于她。那时，她只有一个想法——尽快逃离，逃得越远越好。

驶出机场高速，靠路边，她一脚急刹，车向前拱了一段距离后停下了。她哭了，声音细长、压抑，不一会儿又戛然而止。她胡乱地擦掉眼泪，手颤抖着，拨通了小陈的电话。小陈没有接，再拨，仍没人接。她又拨了冯楠的手机，通了，说："带我喝酒。"

"啥？喝酒？"显然，冯楠一头雾水。

"带我喝酒——"她命令似的，不容回绝。

"白雪，你没事吧？"冯楠问。

"带我喝酒！"

"你在哪儿？"

"带我喝酒！"

14

天堂酒吧，灯光幽暗、飘浮。灯光下，有不同的面孔忽隐忽现，这些面孔，呆板，甜蜜，或颓废，他们配合着缥缈的音乐恰到好处地喝酒、聊天。这里像天堂也像地狱，来这里的人，既是天使也是幽灵……在这里，时间被模糊了。

白雪喝了口伏尔加，然后举起酒杯，看着酒水在杯子里来回荡漾。她侧过脸，挺直脖子，够着指间的香烟，吸一口，又夸张地凸起嘴唇，脸颊收进去，再拉长，吐出烟雾。酒杯被烟雾包裹，氤氲，模糊。

冯楠端起酒杯，在桌面蹾出一串响声，示意她碰杯。她扭过头，眼神僵硬地看一眼冯楠，打了个酒嗝，之后猛地碰一下酒杯，一饮而尽。冯楠还比较清醒，附在她耳边，劝她别喝了。她直勾勾地看着冯楠，晃晃悠悠，又倒了半杯，放到唇边，脖子昂起，吱溜咽下。

冯楠夺过她的酒杯，说："别喝了，光喝酒顶个屁用。"

她望着冯楠，眼神迷离，笑了，痴痴的，放下酒杯，手指在冯楠脸上轻轻划了一下，然后趴到她肩膀上，说："嘻嘻，顶……顶屁用？谁……说不能……顶……"

"你喝醉了，白雪，走，咱们回去。"冯楠推开她，说。

她将手指放到嘴唇上，"嘘"了一声，又在眼前摇了摇，诡秘一笑，说："不不，你还没有给我介绍……帅哥呢。"

"改天吧，改天给你介绍。"冯楠说着就要搀她起来。

这时候，一个男人走了过来，男人身材高大魁梧，称冯楠为"冯姐"。冯楠看到他，说："正好，小顾，帮帮我，把她扶上车。"

小顾问："喝醉了?"

冯楠说是。但白雪不承认自己醉了，她挣脱掉冯楠，说："谁醉了，坐，坐，都坐，再喝。"

小顾附到冯楠耳边，对她说："这儿说话不方便，换个地方，让她休息休息，咱们单独聊。"冯楠明白小顾的意思，于是，冲他媚笑着，背过右手，偷偷在他裆部捞了一把，说了声"坏蛋"。

白雪眼皮费力地挣扎着，身子东倒西歪的，问他们在嘀咕什么。冯楠凑到她耳边，骗她说给她介绍帅哥哩。她皱起眉头，定睛看了看小顾，笑了，说："我……认识你，小……小吴。"

"他不是小吴，是小顾。"冯楠眉头一紧，连忙解释道。

小顾笑笑，没有说话，他与冯楠将白雪架到车上。

他们在豪都开了两个标间。按冯楠的安排，一间让白雪休息，另一间留给她和小顾。白雪不干，非闹着让给她介绍帅哥。说着说着她就出酒了，一泻而下，弄得满屋子酒臭味。

冯楠说："白雪，你真醉了。"

"帅哥，我要帅哥。"她叫嚷个不停。

又吐了，冯楠捶着她的后背，说："都这样了，还嚷着要帅哥，你疯了白雪！"

吐过酒，她清醒了许多，但说话仍不利索，头晕，肚子空了，还饿。小顾又给她泡了碗方便面。折腾到半夜，总算好受了许多。可丈夫与那女人亲密的情景也清晰了。

"冯楠，你给我安排个人。"酒醒了，她的心却死了。

"改天吧，你喝醉了。"冯楠说。

"醉不醉都没关系，今晚，我就想放纵一次。"

"你到底怎么了？"

"改天再说，我只想放纵一次，你安排吧。"

"你说的是真心话？"

"是的，真心话。"

"那好，我可安排了。"

冯楠去了隔壁房间，与小顾嘀咕了几句。小顾打了个电话，并报了地点和白雪的房间号。冯楠推门进来，告诉她人马上到。她说了声谢谢。冯楠在她肩膀上轻拍两下，并附在她耳边小声提醒她，伺候不好不要给钱。她点点头。

那男人还没到，她就听到隔壁房间有动静了。不用问，肯定是冯楠他们已经开始折腾了。她听到他们先是坏笑、淫笑，接着是呻吟。这声音很撩人，而且越来越大，像被蹂躏的野兽在吼叫。她浑身燥热，坐卧不安。这时，有轻轻的叩门声，打开门，是一个陌生男人。男人肤色稍黑，一米七五的样子，不胖不瘦，脸上有道明显的刀疤，穿戴还算干净利落，说话很有礼貌："打扰了，您是白姐吧。"

她轻轻点点头。

男人轻轻带上门，脱掉外套，用手轻理一下额前的头发，烧上开水，在白雪对面坐下，默默地看着她。男人与她想象的不一样。想象中，他会赤裸裸的，会直奔主题。实际上呢，男人很稳重，仿佛要完成一项工作，工作前要先理清头绪似的。

水开了，男人端过电热水壶，问她："要茶叶吗?"

"谢谢，不……不要。"本来是放松的事，但她却紧张得要死。

男人很有礼貌，先倒了杯开水放到她跟前，说："小心烫。"

男人的体贴很自然，这让她情不自禁地在心里有了比较。丈夫也说过类似的话，比这个男人说得还动情，只是这样的话，后来越来越少了，少到没有。伤心。

她朱唇微启，一声叹息，问："有烟吗?"

"有。"男人拿出"野玫瑰"香烟，抽出一支，递给她，并帮她点着。

"你不抽?"透过烟雾，她问男人。

"我不会抽，谢谢。"男人笑笑。

吸得太猛，她被烟呛着了，咳嗽不止。男人将身体靠过来，轻轻捶着她的后背，提醒她烟要少抽，伤身体。男人身上氤氲着淡淡的香味，这香味似曾相识。哦，原来是兰蔻香水的香味。那女人用的就是兰蔻，丈夫的衣服上经常有这种香味。想到那女人，想到丈夫，想到他们亲密的动作，她的心骤然钝痛，像被碾成了齑粉再也无法还原。

　　她控制不住自己抽泣起来，身体颤抖着，像雪地里瑟瑟发抖的宠物。这时，男人从容、镇定、不慌不忙地将她轻揽入怀，另一只手不停地轻拍着她的后背，无声地安慰着她。果然，她抽搐的身体慢慢平静下来。这不是丈夫的胸膛，也不是夫妻间的拥抱，她应该反抗、喊叫的。可她没有。不是她怕喊叫，也不是喊不出来，而是她压根儿没有喊。

　　男人动作温柔、娴熟，双手像蛇一样在她胸部游走。她感觉自己的身体在渐渐融化、在渐渐燃烧。这男人很懂女人的身体，好像比她还懂。他的双手，在她的敏感部位逗留、深耕细作，很舒服、很享受。很快，他的嘴唇也贴了上来，在她耳边细语、呢喃："姐你心里难受，就让小弟帮帮你吧。"声音柔媚、有魔力，听起来，让人通体酥软。

　　也就是在那一刻，她中止了"游戏"，完全是鬼使神差，像噩梦中的陡然惊醒，像高速行驶中的急刹车。她倏地弹起身，抛掉男人，惊愕、恐慌，逃跑似的疾步离开。她走到门后，顿住了身子，慌慌张张抽出五百块钱，往床头一扔，然后仓皇而去。男人愣在那里，看着已被关闭的房门，身体像被施了定身术，胳膊悬在半空，脸上写满了迷茫和不解，匪夷所思地说："她怎么了这是？我哪儿做错了？"事后，连她自己都莫名其妙，为什么要突然拒绝？为什么呢？后来，她仔细想想，或许，她不是在拒绝他，也不是在拒绝他的亲昵，而是拒绝那股香水味。

15

一路上，手机响个不停，不用看，是冯楠打来的。

出租车缓缓停在楼下，下车后，她翻开手机，共有九个未接电话。有冯楠的，有小陈的，还有从广州打来的。广州那几个，定然是丈夫打来的，她可以不予理睬。可是，这么晚了，小陈打电话来有什么事呢？电梯门开了，她忽然想起，她去酒吧之前，先给小陈打了电话，没人接，她才联系冯楠。她又翻开手机，发现小陈是一小时前打过来的，那时候她还醉着呢，哪能听到手机响呢？要不要回电话？半夜了，小陈睡了吗？走出电梯，她还在寻思着。突然，一个黑影闪了出来，把她吓得不轻，"啊"的一声惊叫，心脏都快跳出来了。

"姐，是我。"小陈的声音。

"妈呀，吓死我了，你从哪儿蹿出来的。"她拍着胸口，惊魂未定。

"对不起，姐，我在等你，看到是你，我就出来了。"小陈指了指步梯门口，说。

她赶紧打开门，小声告诉小陈，进屋说话，快十二点了，别惊扰到邻居。于是，两人进门来，开灯，换鞋。

"姐，你去哪儿了？电话也不接，可急死我了。"小陈问。

"喝酒去了，没听到电话响。"她向卫生间走去，出来后，又说，"我正要问你呢，给你打电话你怎么不接？"

"我们晚上没事儿干，去网吧上网了。"小陈说。

"哦，这样呀。"她伸手示意小陈坐下。

小陈没问她萧磊是否在家，而是说："姐，你打电话找我有事？"

"没事。"虽然酒早醒了，但头还是有点昏昏沉沉的，不舒服。

"哦，那我们聊聊。打扰你休息吗？"小陈说。

"不打扰，反正我也没事，只要不耽误你明天上班就行。"小陈的主动，出乎她的意料，她怔怔地盯着小陈，盯得小陈脸都红了。

这段时间，通过与小陈接触，她了解到小陈是很有责任心的人。他是从农村来的，因为母亲有病瘫痪在床，父亲的腿脚也不利落，家里需要钱，才辍学出来打工的。她对小陈更多的是同情，真心把他当作弟弟看待，至于她与萧磊感情上的问题，她没有跟小陈细说，只是表达了自己内心的孤独和伤痛。每一次，小陈都听得很投入，每次说到伤心处，看她潸然泪下，小陈也跟着默默流泪。

他们聊得很投入，很动情，半夜两点多了，还丝毫没有疲惫的迹象。小陈坐在她身旁，手捧下巴，听得极其认真。而这次，她也没有像以前那样，遮遮掩掩的，而是将她与萧磊的一切和盘托出。她哭了，小陈也哭了，是那种默默流泪的状态。有一刻，小陈慢慢伸出手，似乎要去抚慰她，可当手快触到她的时候，突然又缩了回去。

"姐，别哭了，我心疼你。"小陈带着哭腔安慰她说。

她很感动，听到这话反而哭得更厉害了，并且身子顺势扭过去，一头扎进他怀里号啕大哭起来……在小陈怀里，她感受到了他的犹豫。他的两只手徘徊半天才悄悄搂住她，而且呼吸局促、身体颤抖……

"姐，我喜欢你。"小陈附在她耳边说了一句。

她猛然抬起头，愣住了，问："喜欢我？"

"是，我喜欢你，姐。"小陈的脸红得像泼了一层鸡血，又强调说，"是那个意思的喜欢。"

"你……"她眼里闪着光，大笑道，"你喜欢我？别跟姐开玩笑，姐比你大十岁，十岁呀！"

"真的，姐，每次跟你在一起，我都很开心，我喜欢你。"小陈说。

"姐是有夫之妇，还有儿子，你还敢喜欢我？"她笑着，歪着头问他。

"可是你……你不幸福，我心疼你。"小陈低着头，不敢看她。

她很意外，心里五味杂陈的。一方面，她很感动，另一方面，她吃惊小陈的大胆。迟疑片刻，她又问："难道你就没有喜欢的女孩？"

"没有，像我这样的穷光蛋，谁会喜欢呢。"小陈说。

"如果，我说如果呀，有一个年轻貌美的女孩愿意嫁给你，你会怎样对她？"她想起了年轻时的丈夫。

"我会好好待她，天天陪她、保护她，不让她受委屈，不让她痛苦。"小陈腼腆一笑，说，"然后，我们在农村种地、养鸡养鸭养牛，她照看小孩。"

"你就不想带她到城里？城里生活多好啊。"她诱导他说。

"我们不来城里，城里没有乡下好，我在这儿挣了钱就回老家，盖几间新房，然后……然后结婚，我俩一起养活我爹妈，我不能让他们再操心受累了。"

小陈的话深深地触动了她。这些年来，与父母交流得太少了。以前忙，回不去，后来闲了，又不想回去。一年到头，她也就回去两到三次。作为儿女，这就是不孝啊。她决定，萧磊出差回来后，无论会发生什么，她一定要回老家陪陪父母。以后也要经常回去陪他们，毕竟，城里再好，钱再多，也无法替代亲情。

可是，小陈需要钱，因此，她产生了一个想法：帮帮小陈。小陈实诚、孝顺，她认为这样的人值得帮。

"小陈，姐有钱，姐想帮你盖新房、娶媳妇、赡养父母，你看行吗?"她说。

"不，不，姐，你们的钱也是一分一分辛苦挣来的，我不要。"小陈连连摆手拒绝，脸憋得通红，再次强调说，"真的，姐，我不要你的钱，我只想告诉你，我喜欢你!"

16

一大早，她就莫名地烦躁，心绪不宁。

昨天晚上，她就告诉小陈快没水了，让他今天上午送一桶水过来。小陈也答应了，可他没有来。她坐卧不安，一会儿拉开窗帘向楼下看看，一会儿蹑步到门后屏息聆听。每当楼道里有脚步声，她都会心跳加快，窥视一眼，发现不是小陈，便会很失落。我怎么像个情窦初开的少女似的，为了见一个小自己十岁的男孩竟如此激动?

整整盼了一天，也没有盼来小陈，她备感煎熬。又过了一天，小陈仍没有来。她想去找他，又怕影响到他，造成误会。无奈，她打了个电话，不直接找小陈，而是要水。这招很灵，不大工夫，门铃就响了。她激动地捂住胸口，仿佛一松手心脏就会跳出来似的。可就在开门的一刹那，她的脸色沉了下来，问面前的大胡子男人:"小陈呢?"

"他不干了，刚辞职。"大胡子男人说。

"为啥? 现在他人呢?"她急切地问。

"他走了，说是回老家，刚走没一会儿，估计快到车站了。"男人扛着纯净水就要进屋，却被她推得后退两步。

男人惊诧地看着她。

她一把拽过衣服和手包，连鞋都没有来得及换就关上门，疯子一样踉跄着冲进电梯，一边穿衣服，一边解释道："不好意思，不好意思，水不要了，不要了。"

外面阴冷灰暗，寒风呼啸，她冲进车库，迅速发动着车，挂挡，踏油门，车飞一般冲了出去。

车站内人头攒动，熙熙攘攘，她环视四周，黑压压一片，旅客行色匆匆，根本看不清人脸。她好不容易挤到检票口，问检票员，"去东县的车，几点开？"

"三点半。"检票员瞥她一眼。

她抬头看了看钟表，惊呼，只有不到五分钟了。正当她挤着进站时，女检票员拽住了她，说："哎哎哎，车票呢？"她甩掉女人的拉扯，硬往前挤，并说："我找人，不坐车。"那女人再次攥住她的胳膊，说："没有票不能进。"这时，她发火了，眼睛瞪得吓人，声嘶力竭地吼道："我找人，找人！"没有票不得进站，这是规定，那女人或许被她吼蒙了，竟松开了她。

小陈已经坐上车了，他把脸贴在车窗玻璃上，凝视着窗外的某个地方，发呆。白雪喊他时，他一时没有反应过来。看到她后，小陈立刻兴奋起来："咦！姐你咋来了？"

"下来！"她面无表情地说。

"我……"小陈逆着乘车的人流挤下车。

"你怎么不辞而别呢？姐做错啥了？"她生气了。

"不……不是，是我想家了，想回去看看。"他看了她一眼，很快又低下头。

"连招呼都不打，你就是这样喜欢姐的？"她眼圈红了，很委屈的样子。

"姐，我对不起你，是大哥让我说喜欢你的。他说，只要我向你求爱，他就会给我钱……姐，你是好人，我对不起你，我错了……"小陈哭着，愧疚地说，"我不能拿大哥的钱，更不能昧着良心要你的钱呀，姐……我错了，我错了，姐……"

她怔住了，浑身像灌满了铅，瞠目结舌，不停地自言自语，怎么会这样？怎么会这样呢……这时候，司机已经第四次催促小陈了，看他们生离死别似的，仍没上车的意思，司机板着脸，脸色很难看。车里的旅客的抱怨声也纷至沓来。没办法，他胡乱抹了一把眼泪，紧咬着嘴唇，猛然跳进车内，又回过头，冲她哭喊道："姐，我没有骗你，我说的每一句话都是真的。我喜欢你，真的喜欢你！"再看她，眼泪早已像断了线的珠子一样落了下来，轻轻滑过脸颊，流到嘴角，涩涩的，咸咸的，也苦。

两天后，丈夫回来了，她没有跟他大吵大闹，他也没有解释，好像机场那次尴尬的遭遇根本就没有发生过。后来，丈夫还是那么忙，不经常回家，她呢，也像以前一样，每天除了打扫卫生、锻炼，就是逛街、美容，或者约冯楠喝茶。偶尔，她还会想起小陈，每次想起小陈，她都问自己，他会回来吗？

（原载《芙蓉》2011 年第 2 期）

悬 案

1

深夜，一只流浪猫悠闲地散着步，眼珠子被不远处的灯光照射得清澈剔透。猫信步而行，舌头不时卷出来舔一下坚硬的胡须。走到街边的梧桐树下，它停了下来。梧桐树干上有深浅不一、宽窄不一的疤痕，还有个变了形的"忍"字，那是被刀子或锥器凿刻后留下的痕迹，经年累月，随着树木不断生长，疤痕越来越明显，也越来越不规则。

起风了，一片树叶画着曲线飘落下来，树上密密麻麻的叶子在风的吹拂下，摩擦出铜钱碰撞一样的声响。忽然，黑色天幕上裂出一道闪光，像宝刀掠过光影，瞬间而逝。那只流浪猫倏然挺直了尾巴，冗长地"喵"了一声飞了出去。也就在"飞"的一瞬间，它看到了黑衣人。黑衣人就站在那棵梧桐的另一侧。于是它改变了逃跑的方向，朝黑衣人左边一闪，消失在草丛里。

平静的天际被毒蛇芯子似的闪电撕裂了，裂隙中爆出一声炸雷。

黑衣人就是在这时出现的，他站在街边，目光一刻也没有离开过柳馨小区门口。

小区有十几幢楼房，都是多年前修建的，已很破旧。大门旁边那间三十平方米的平房也是后盖的，里面住着一位年近花甲的驼背老人。"要下雨了。"看大门的老人说话间关上了窗户。

黑衣人身穿黑色T恤，胸前有个红色的"R"标志。裤子其实是深蓝色的，因黑夜的缘故，裤子也成了黑色。一滴雨点滑落下来，在黑衣人的鼻尖上留下一抹痕迹之后，跌入尘土。也就不到一分钟的工夫，骤雨就降下来了。黑衣人用手背抹了一下鼻尖，便径直向老人走去。老人端坐在床沿上，津津有味地听着收音机里带有"吱吱吱"杂音的豫剧唱段。黑衣人停下了脚步，站在窗外，阴森森地盯着老人。老人挠了挠鬓角灰白的头发，肩膀也耸动两下，似乎某个地方很不自在，他向窗外望了一眼，这一眼，让他吓了一跳，身体猛一趔趄，差点从床沿摔下来。老人惊魂未定，冲黑衣人大吼一声："你是谁？"

闪电中，黑衣人没有说话，仍然注视着他。

"大半夜的，你找谁？鬼似的，想吓死我这个孤老头子呀！"老人镇定下来，隔着钢筋窗户又问道。

黑衣人冷冰冰地盯着老人黑洞似的眼睛，说："顾森回来没有？"

这份看门的差事就是顾淼帮老人找的。黑衣人探询顾淼的消息，老人便迅速走出房门，再次用审视的目光打量着黑衣人，说："找顾淼有啥事？你跟顾淼啥关系？"

"朋友。"黑衣人抹了一把脸上的雨水，简明扼要地说。

"朋友？我咋从来没有见过你？"老人又打量一番黑衣人，疑惑地说。

"几年没见的朋友。"看老人还要张口追问，黑衣人说，"他到底回来没有？"

"没有。"老人的眼珠子在黑洞里来回转动着，说。

飞溅的雨水早已打湿了黑衣人的 T 恤。听到老人说顾淼还没有回来，黑衣人没有再说一字，转身离去。一串串被雨点穿成的珠帘，挡住了老人的视线。老人望着模糊不清的黑衣人，摇摇头，又小声自语道："朋友？顾淼会有你这样的朋友？"

2

那个夜晚极其闷热，闷热得让人透不过气来。从早晨开始，天地之间就像罩了个蒸笼，燥热难忍。晚间也没有下雨，这个"大蒸笼"扣得严丝合缝，哪怕漏点风也行，可丝毫没有。

那时，顾淼是刚毕业被柳庄派出所分下来的民警，这个新警察坐不住，天天在所长面前嚷嚷着要执行任务。新警察经验不足，需要在慢慢适应中积累社会经验。顾淼反驳所长说，不去执行任务哪来的经验。所长架不住他的软磨硬泡，就安排他夜里到丰华小区巡逻。

丰华小区是个有年头的小区，住户多，人杂，加上物业费收入少，偌大的小区物业公司只派了三名保安。三名保安还是轮流值班，这里的治安是出了名的乱。

顾淼已经巡逻了近半月，可是，连一个小偷的影子都没见着，好像他们都随着这酷热的天气蒸发掉了一样。然而他不甘心，每天天黑后就换上便装在丰华小区里悄悄转悠。

"光转悠不行。"所长指着自己的太阳穴，说，"你得动动脑子。"

他经验不足，挠破了头皮也想不出别的好法子。

所长笑了，拍了拍他的肩膀，说："除了转悠，你就不会'蹲'？"

"对呀。"他一拍脑门，"我怎么没有想到呢？"

蹲了两天，他发现"蹲"没有转悠舒服。天气那么热，别说人，连蚊子都热得到处乱窜，树荫下、草丛中、墙根儿前……它们无处不在，有时感觉它们比小偷还招人恨。他想用风油精对付它们，不然，小偷没有现形，他自己倒先被它们整现形了。

的确有些劳顿。半夜一点多的时候，他支撑不住了，眼皮不听话地黏合在一起，再也不想分开。最后，他趴在十六号楼那片草丛里睡着了。

一个凄厉的声音猝然撕裂了夜空，这针尖一般的声音刺醒了顾淼。他的脑袋像摁入水中的气球一样倏然浮了上来。仔细倾听，十六号楼三单元有动静，而且，声音含糊沉闷，像是有人在挣扎。偶尔，还有家具被撞击的声响。他不再犹豫，像猴子一样从草丛里蹿出，直奔三单元而去。这时候，三单元二楼的防盗门发出"哐"的一声，楼道里随即传来一串急促的脚步声和女人的喊叫声："抓贼呀，抓贼呀……"

3

顾淼是凌晨六点多回来的。那时，雨早已停息，太阳刚刚冒出地平线，天空清澈明净，像被洗刷过一般。顾淼边走边打哈欠，一个接一个的，眼泪都打出来了。双手揉一下脸部疲倦的肌肉，哈欠控制不住似的，又挤出一个。

"回来了小顾，又加班了吧?"看大门的老人放下扫帚，问他。

顾淼点头笑道："是，您起那么早啊?"

"年纪大了，觉少，早早就睡不着了。"

老人神秘地冲他摆了摆手，示意他靠近了说话。于是，他将耳朵凑了过来，弓下腰，笑道："啥事呀大爷，这么神秘?"

"昨天半夜有人找你。"老人用手遮住嘴巴，轻轻踮着

　　　　　　　　第五幅肖像

脚，在他耳边小声说。

"是谁？"

"我不认识他，说是你朋友，我看不像，就没有告诉他你在单位加班。"

"他都说了些啥？"

"没说啥，就问你回来没有。"

"长啥模样？"顾淼困意全无。

老人沉吟片刻，紧皱着眉头，一边回忆一边描述："一身黑，平头，方脸，声音有点沙哑，个头嘛，个头有一米七的样子，比你稍微低一些……对了，右边脸上有道疤，话不多，阴着脸，怪吓人的。他说你们是朋友，当时我就想，你哪有这号朋友！"老人担心不够详细，又断断续续把从见到黑衣人到黑衣人离去的整个过程讲述了一遍。

"是他？"顾淼深吸一口气，自语道。

"是谁呀？真是你朋友？"老人不相信似的。

"嗯？嗯！没事没事。"顾淼消瘦的脸上挤出一丝笑容，话锋委婉一转，"谢谢您，大爷。"

4

也算那贼倒霉。顾淼刚到三单元楼梯口，他恰巧急匆匆跑到楼下。"扑腾——"那贼被顾淼实实地绊倒在地，发出一声惨叫。楼道的声控灯亮了。顾淼一跃而起，用膝盖压向贼的后背，那贼再次发出一声沉闷而痛苦的惨叫。顾淼迅速扭过那贼的胳膊，从腰间掏出手铐，实实铐住了他。

"别动，老实点！"

顾淼的声音充满震撼和威慑。那贼没有反抗，嘴里发出一声声起伏不定的惨叫和呻吟……

"兄弟，放我一马，我会永远记住你的大恩大德的，日后一定重重报答，一定！"

那人嗓门压得很低，低得生怕蚊子听到会揭露这个秘密似的，不过，他也是急切地想排除顾淼的顾虑。

"少废话，老实点！"

顾淼额头上的汗水顺着眉毛渗下来，积聚到眼角又放慢了脚步，眼睛刺痒难忍，他偏过头在肩上擦了一下，汗水散了。这时，女主人趿拉着凉鞋慌慌张张跑了下来。看到那贼被顾淼牢牢架着，身子弓得像煮熟的大虾，头耷拉到胸前。女人二话没说，冲他的腿部狠狠踹了一脚，鞋差点飞出去，嘴里骂骂咧咧道："臭流氓，抢了东西还想非礼我！"

那人身体一趔趄，然后猛地抬起头，扭过脸来，恶狠狠瞪了顾淼一眼，又回过头瞪着女人说："谁想非礼你？"

"都给我住嘴！"顾淼一边摁下那贼的头，一边定睛看了看那女人。

女人三十来岁的样子，皮肤白皙，眼睛不小但也算不上大，单眼皮，圆脸蛋，头发凌乱。脸上显著的特点是：两条修剪后的细眉之间、额头与鼻子的连接处有颗黑痣，不仔细看，还以为是她故意点上去的呢。只是，女人较胖，腰间的赘肉模糊了身体上下的粗细差别，总体来说，女人外形上虽无明显缺憾，但也绝没有任何出众之处，一切都在循规蹈矩之中。

为防止女人再度攻击那人，顾淼用身体护住他，扭过头告诉女人，赶紧换件衣服，一块儿到派出所做笔录。

这时候，整幢楼的人都惊醒了，他们还以为哪家两口子半夜又生气打架了呢，于是纷纷烦躁地推开自家的门，冲楼道吼道："还让不让人睡觉呀？真是的，深更半夜还折腾，再影响大家睡觉可报警了！"但是，当顾淼押着那贼走后，他们渐渐明白过来，原来二楼202室遭贼了。一个个这才后怕起来，倚在自家门口，隔着楼道或楼层，议论纷纷，还暗自庆幸那贼没有光临自家。

5

黑衣人再次来到那棵梧桐树下。星星在夜幕上眨出一颗颗好看的亮点，亮点被茂密的树叶遮蔽。柳馨小区门口刚装上一盏灯，那盏灯射出橘黄色的光，光染亮了小区大门周围的黑暗。因为这光，虽然屋里没开灯，黑衣人站在树下依然能清晰地看到老人的活动情况。

老人在屋子里侧耳听着收音机。收音机就放在那张木桌上，里面隐隐约约传来豫剧大师常香玉那铿锵有力的唱腔。

她的花木兰可谓家喻户晓，百听不厌，哪怕只传出一个音符，也足以令人情不自禁跟着哼唱起来，或许是受此感染，只见老人一边听着"刘大哥讲话理太偏……"，一边打着节拍，看起来惬意无比。

一对小情侣行走在对面那排梧桐树下，是那种喝醉酒似的行走，高个子男孩将女孩的头紧拥在怀里，女孩揽着男孩的腰，两人亲密地低吟，不时还停下来亲吻。此时的黑暗，于他们而言是幸福、是快乐。而对黑衣人来说，却是一种痛彻心扉的茫然。

他重重地咳嗽一声，震落了一片树叶，也怔住了对面那对小情侣。他们发现了黑衣人，于是停止了亲吻，手牵手，仓皇而去。

他望着两个远去的黑影，思绪进入到回忆之中……他与前妻曾经也像他们那样浪漫过，也那么情意绵绵，然而现在只能作为回忆。而这回忆，给他带来的只有一种结果，那就是痛苦。他不愿再想下去，心上一层层的霜已凝结起来，慢慢地变成一坨冰块，痛。于是他转移了意念，猜想那对小情侣或许还是在校的学生，这么晚了，还不回去，他们的父母能放心吗？

他相信顾淼会回来的，只要回来就会经过这里，他打听过，顾淼现在已调到市重案组工作，最近在忙一个案子，一直在加班。家总要回的，就像刚才那对小情侣，只是时间早晚的问题。

　　　　　　　　　　　　　　第五幅肖像

6

审讯室的灯光下，顾淼端详了那人的模样。确切地说，如果脸上没有那道疤，他这长相还算标致，浓眉大眼，四方脸，尖下巴，鼻子高挺，坚硬耸立的胡楂，显得男人味十足。

顾淼对犯罪嫌疑人进行了初步审讯。

犯罪嫌疑人叫关庆勇，三十二岁，本市市民，家住棉纺厂家属院，下岗工人，已婚。妻子是某公司会计，儿子是芳坪小学五年级的学生。

据关庆勇交代，他是年初开始从事"这一行"的。半年来，共作案四起，成功三起，均为入室盗窃。这一次与前三次一样，先踩点，确认目标处无人后"下手"，手段依然是深夜锯开厨房防盗窗进入室内。因为大部分住户家的厨房窗户是敞开的，或许是出于通风散油烟的考虑，但他们恐怕做梦都想不到，这给他提供了一条很好的入室路径。另外，攀登上去的方法多是利用一楼外凸的防盗窗为阶梯，逐层向上。而这一次，他采点时特别留意了一楼那家在楼顶安装的太阳能。这样他就不需要借助一楼外凸的防盗窗上去了，顺着热水器的导水管就可以直接攀到二楼。万万没想到的是，连续观察了四天 202 室都没有人出入，偏偏作案当晚，女主人竟然在家……

审讯很顺利，犯罪嫌疑人关庆勇认罪态度很好，对自己的作案事实供认不讳。但是，此案唯一的争议点是，他不承认自己想要强奸那个女人。

女人换上的是一件月白底蓝碎花长裙，腰间系了一条天蓝色的饰带，两手还不停地将余出的饰带条在手指上缠来绕去，门开了，顾淼坐到她的对面，盯着她，不说话。

"啥情况？"女人白冰正了正身子，问。

"他到底强奸你没有？"

"没得逞，我拼命反抗才没有得逞。怎么？他不承认？"

"据他交代，他入室的唯一目的是偷窃，没想到你会在家。"

"是，我上个星期的确没在家，在北京参加服装代理商会议和一些培训。我是天快黑的时候到的家，回家后简单冲洗一下就睡了，太累了。半夜，卧室的灯突然亮了，灯光把我刺醒了。不瞒你说，我跟我老公感情不和，他在外面有人，早就不回家住了。当时我怕极了。看到他后，我愣了，他也愣了，我第一反应就是招贼了，就大喊。可他上来就捂住了我的嘴，身子也被他实实压住了，于是我就挣扎。看我不从，他还狠狠扇了我两个耳光，还拽走了我的项链。你看看，我这脸、我这脖子……"她压下衣领让顾淼看她胸部那道红色的抓痕，抓痕上还浸着血迹，"他敢说没想非礼我？我可以跟他当面对质，臭流氓！"

"他只承认拽走了你的项链。"顾淼说。

白冰猛地从椅子上弹了起来，气愤地说："他胡说！"

对质的时候，关庆勇一口咬定，说："我没想强奸她，我只是不想让她喊，真没想强奸她！"

顾淼看了所长和白冰一眼，冲关庆勇大吼道："闭嘴！都这时候了还狡辩，老实交代事实真相。"

"该交代的我都交代了，我真没想要强奸她。"关庆勇无法证明自己，反复说："我真没想要强奸她！"而另一边，白冰一口咬定他就是想非礼她。

第二天，关庆勇的妻子来拘留所探望了他，两人还大吵了一架。令人匪夷所思的是，当晚关庆勇就承认了自己有强奸白冰的企图，不但有，而且还想"弄死她"。

所长下巴一抬，示意顾淼把笔录给他看一下。顾淼递过笔录，提醒关庆勇："你可看清楚呀，再看看，有没有啥补充的，没有异议的话，就签个字摁个手印。"

关庆勇看了他们一眼，有气无力地说："没异议。"然后不假思索地在审讯笔录上签了字，摁下了指印。

最终，关庆勇因入室抢劫和强奸未遂两项罪名，被判六年零三个月。

7

"你是在等我吗？"

黑衣人吓了一跳，他身体抽搐了一下，扭过头，细细打量来者，惊愕地说："是你？"

"对，是我，顾淼，不认得我了？关庆勇。"

六年多来，他每天告诉自己，可以淡忘一切，但绝不能忘掉那个叫顾淼的警察。因为他，自己变得一无所有；因为他，自己背负了太多的屈辱与痛苦。这些屈辱与痛苦已烙在内心深处，加起来比这夜还长。他不想回首往事，往事只会让他愤怒，让他喘不过气来。慢慢地，他的眼神由冷漠变得恶狠狠，他恶狠狠地盯着顾淼模糊的脸，拳头紧攥着，牙齿发出"咯咯咯"的响声，俨然一副决一死战的架势。

"怎么，想打架？"

顾淼歪头看着他这架势，呵呵笑了，这笑声引来一缕灯光，那灯光照到他的牙齿上，折射出一道细薄的光亮，而随着顾淼嘴唇的再次闭合，光亮又被切断了。

关庆勇强忍住愤恨，将胳膊抱在胸前，叹了一口气，没有说话。他不想跟顾淼打架，至少现在不想。打警察犯法，这他在监狱的学习课上学过。

顾淼问他："说吧，找我啥事？报复我？"

关庆勇没想报复他，等他盼他的目的，只是想告诉他一句话，这句话关庆勇在监狱里念叨过无数遍了。

于是，他深吸一口气，酝酿了一下，说："我没想要强奸她！"

"就这个？"

"我没想要强奸她！"

"就这个？还有别的事儿吗？"

"我没想要强奸她！"

他只有这一句话，说完就像幽灵一般，走了。顾淼在他身后叫着："回来，你给我回来……"然而，他没有听见，耳朵被风刮着，阻挡了他的听觉，他边跑边念叨着："我想杀人！我想杀人！"

他将自己甩进沙发里，两条腿交叉着放在茶几上，轻轻晃动着，两眼认真地审视着手中那柄寒气逼人的藏刀。刀子有三十厘米长，用拇指摩挲刀刃，刀立刻发出细细的沙沙声，而透过拇指传递过来的，是冰冷。

他轻眯着眼睛，从鼻孔里哼了一声，自言自语地说："我要用它杀人，杀人！"

杀谁？萧洁？白冰？顾淼？还是那个孤老头？他不确定。不过，孤老头就算了，虽然他用轻蔑和敌视的目光看过自己，但不杀他他也活不了几年了。

但萧洁该杀。他走上这条盗窃的路，就是因为前妻萧洁。

萧洁嫌他没有本事，天天叨叨他不挣钱，是个窝囊废，说他们娘儿俩跟着他倒了八辈子霉。他下岗后，萧洁更是变本加厉，不但动辄破口大骂，还动手打他。他脸上那道疤就是她的"杰作"。为了拥有"利器"，萧洁怀上孩子了都没舍得剪掉她的长指甲。那手，像梅超风的九阴白骨爪一样。他清楚地记得，那次她的"九阴白骨爪"收回后，指甲就变成了红色，滴着血。那一刻，他的嘴角咧向了一边，血顺着捂脸的手掌心流下来，流到手腕上、胳膊上。他气急败坏地骂了她："你……你怎么这么狠毒！"萧洁冷笑一声，说："不给你点'颜色'你不长记性。"从那以后，他不但长了记性，而且她中指指甲划过的那道痕迹——其他几道疤痕倒不明显——也永远留在了他的左脸上。

为了这个家，为了他心爱的萧洁和儿子，他铤而走险，选择了一条来钱快的路子。但是，他也为自己的错误选择付出了应有的代价。

真正让他痛心的不是蹲监狱，而是他蹲监狱后萧洁的决然离去。

离婚时，他刚入狱不到两个月。萧洁先是找他谈过两次，开始他不同意。他不明白，他那么爱她，为了她，他愿意铤而走险，为什么在大难面前，她会忍心跟他离婚呢？才两个月不到呀。萧洁说，人生苦短，她不会用六年时间去等一个抢劫犯和强奸犯的，不值得。他极力解释道："我不是强奸犯，我没有强奸她！"

萧洁嘴角微微一翘说："再解释也没用，反正我要开始自己的新生活了。"

离婚后，两岁的儿子自然归萧洁抚养。离婚那天，关庆勇蹲在监狱的角落里，整整呆坐了一夜。没多久，前妻带着儿子去了遥远的新疆，嫁给了某兵团一个离了婚的男人，她的高中同学。

8

关庆勇在旧货市场花一百二十块钱买了辆旧三轮车,他准备卖水果。他认为,自己虽然蹲了六年多的监狱,但依然有重新开始生活的机会。监狱的管教老师说:"重新做人,年龄绝不是问题。"何况自己还不到四十。

他曾去过几趟人才市场,不过没有一家单位愿意聘用他。原因是多方面的。这不重要,重要的是他没有灰心。找工作不成,可以做生意嘛,从小生意做起,只要努力,他不相信做不成,不相信挣不到钱。有钱可以让人颐指气使,萧洁不是嫌我没有本事挣钱吗?我偏偏要争口气,到那时,让她后悔去吧……想到这些,他擦拭三轮车的力道都比刚才重了。

下午,他去了趟西郊水果批发市场,摸了摸行情,他最终决定不打"游击",先在小区的菜市场里卖,虽然每月要交五十块钱的管理费,但至少不用操心城管的事儿。

生意虽小,只要不急不躁,慢慢来,他相信总会做大的。连生意的蓝图他都描绘好了:第一步,先边做边了解这一行的门道;第二步,拥有自己的门店;第三步就是搞批发;再以后呢,买轿车、换新房、娶年轻漂亮的女人,一定要各方面都比萧洁好的女人……想到这儿,他兴奋得脸上也乐开了花。

白天还好好的，满腔热血，到了夜晚就不行了，俨然变成了另一个人。这种刚刚聚集到一起的踌躇满志是被幽暗的黑夜击碎的。他害怕这黑夜，黑夜总让他迷失自己。这或许跟他被抓的那个难挨的夜晚有关，与那个夜晚的那些人那些事有关。每当夜幕降下来的时候，他的心也随之蒙上了黑暗，以万箭齐发的方式而来。它们带着曾经的自卑和愤怒，射中他的前心，又从后心飞离了他的身体。

　　幽暗像从他身体里流淌出的血液，正不断向他租住的房间的每个角落蔓延。这样的夜晚，于他来说是感伤的，而感伤中又生出轻微的惊悚。他打开台灯，橘黄色的灯光将黑暗驱逐了出去，只是，感伤却纹丝不动。灯光下，他那张饱经沧桑的脸庞，稍许有些痉挛，因为，他想到了前妻萧洁，继而想到了顾淼以及那个叫白冰的女人。

　　如果下岗后就开始做生意，或许现在是另一种结果。他又思忖着，如果顾淼放掉他，没人会怀疑的，假装没有抓住就完了，那么，又会是另一个结果，至少这个家不会散。退一步讲，即便被抓了，如果白冰不一口咬定他有要强奸她的行为，萧洁也不会那么决绝。再说，如果不是萧洁骂他不像个男人、敢作不敢当、伪君子，他也不至于在痛心疾首之下，赌气承认了企图强奸白冰的罪状。如果死不承认，会是什么结果呢？可是，人生没有那么多"如果"。回想曾经的那些事情，真像是做了一场噩梦。

　　他知道，顾淼曾多次问过白冰一些细节，那女人就是不改初衷。服刑期间，顾淼也曾经看过他几次，但都被他拒绝了。他不想见顾淼，一是恨他，二是感觉已经没有意义。妻子和儿子离他而去了，家也散了，待在监狱的时间长与短，于他来说，已然不重要。可是，每当夜晚来临的时候，那曾经的一幕幕，那一张张面孔，就像电影画面一样，在他脑海里播放着，仿佛如此牢固的监狱，从未将它们阻挡在外，它们时刻印在自己的心头。

他还没有想好怎么报复，先报复谁，他还在犹豫。管教老师还说过："心中总是装着仇恨，那么幸福也会躲得远远的……"他当然想过幸福的生活，他也无数次在心里说："我讨厌这该死的监狱！"可是，他又驱逐不走心头的仇恨，这些仇恨像刺刀一样，实实戳到了他的痛处。

9

心很烦乱，他的步履自然也乱，漫无目的地走，似乎走到哪儿算哪儿。满脑子都是"报复"，甚至他感觉，就连这路边的一草一木都值得他去报复。然而，草很密，路很长，隐痛与愤懑也像它们那样茂密生长。

对面驶来的汽车的车灯把尘屑与空气拢聚在一起，形成了一端粗另一端细的流动光柱。光柱扑面而来，到了眼前又分开，飞向身后。他害怕这光，更害怕这光会穿透他的内心，会暴露内心积聚起的不可告人的秘密。所以他躲避它们，尽量不去看它们。索性，他钻进一条胡同，就像钻进了被窝，瞬间感到轻松了许多。

穿过胡同，他又拐进另一条胡同，胡同的出口向右是条小路。小路没有路灯，蜿蜒狭窄。小路的尽头与建设路交会，形成一个"T"形。T形路口有个花园，花园中心有座杵向夜空的高架灯，灯体形状像个小飞碟，射出的光照在那些花儿上。然而那些花儿并没有光彩夺目，因为厚厚的尘土蒙住了它们的艳丽。他没有多看它们一眼便急忙拐向了建设路。没走多远，他猝然顿住脚步，心里暗自嘀咕："我怎么到了这儿？"这是他一辈子都忘不了的地方：丰华小区。

驻足仰望，202室的灯依然亮着，窗帘削减了灯光的亮度，打在他的脸上，模糊了那道疤痕。突然，一滴水落了下来，像黑夜的眼泪，砸到那道疤上，麻麻的。它碎了，溅落到地上。它来自空调的室外机，裹挟着闷热与黑暗，于是它便有了温度和颜色。他不知道这破碎的温度和颜色能不能抚平那道伤疤，但他寻思着，既然来了，还是要上去的。

门缝里隐约传出一阵凌乱的声音，那是电视里正在播放的广告。犹豫了一下，他敲响了那扇门。迟疑一会儿，门开了，像墙壁在黑暗中的一道裂璧，慢慢地，裂璧变大，里面闪出一张男人的脸，那脸夹在门缝间，身子却在房内，随时可能缩回去，并将门迅速关闭。

男人满脸的戒备，问他："你找谁？"

"我找白冰。"

　　　　　　　　　　第五幅肖像

男人再次上下打量了他一番，凶巴巴地说："不在！"

看男人要关门，他一把抓住门沿，问："她在哪儿？"

"不知道！"男人将门往里拉了一下。

他不能确定男人跟白冰是什么关系，又问："你是谁？"

"我是他前夫。哼，真有她的，都找到这儿了！"男人一定把他当成白冰的老相好了，嘴角不屑地笑了一下，说，"以后别到这儿找她了，这儿已经不是她的家了，她跟这儿再也没有任何关系！"

门关上了，"砰"的一声，震得墙壁上的尘土掉落下来。

10

某市场的摊位鳞次栉比，买菜的人摩肩接踵。买主卖主之间斤斤计较的讨价声，肉类连锁店门前喇叭的叫嚣声，还有馒头店鼓风机持续的"嗡嗡"声，各种声音交织在一起，与其他菜市场没有任何区别。

关庆勇腹部吊着一个黑色钱包，三轮车上摆放着苹果、香蕉和橘子。

"来两斤苹果。"

买主只顾低头挑拣苹果，摸摸这个，挑挑那个，也不向他索要食品袋。声音有些熟悉。他稍低一下头，想看看买主的脸，但只能看到大盖帽的圆顶，头再稍低一些，也只是看到这人的鼻尖，鼻尖上有一层密密麻麻的汗珠。

他告诉那警察,不用拣,都是好苹果。那人仍不抬头。他眼珠子一转说:"别拣了,不卖了。"

"咋不卖了?"那警察骤然抬起头。

"是你?"他怔住了。

顾淼用手背抹了一把鼻尖上的汗,笑道:"是我就不卖了?"

他将头偏到一边,不看顾淼,也不说话。顾淼说他这不是挺好的吗,他仍不说话。问干多长时间了,他还是不说话。又问生意怎样,他依旧不言不语。却突然拽过一个食品袋扔过去。他猛烈的扔的动作,极不友好,而且,鼻孔喘着粗气,那粗粗的呼吸,连带着肋骨也在动。

顾淼说找他是有话要说的。看来,买苹果不是真正的目的,肯定是去家里没有找到他,才打听到这里来的。他家就在背后这个小区的三号楼,蹲了一回监狱,这小区的人谁会不知道"关庆勇"呢?暗地里,他们还在他名字前冠上"强奸犯""抢劫犯"和"小偷",更有甚者,直接称他"三只手"。当然,"三只手"也是小偷的意思。这让他很恼火,但没有办法。你能拿别人怎么着呢?人家脸上冲你笑得花枝乱颤的。

水果生意做得更不顺了。好事不出门,坏事传千里。那些指指点点的人不买也就罢了,他们竟然夸大其词地传播他的"事迹"。或许他们没有别的目的,就是爱多嘴。但谁还会买他的水果呢?偏偏这时候,顾淼出现了,还穿了身警服。人们会怎么想？不论你犯没犯事儿，警察找一个被判刑出狱的人，还能有好事？

"那天的话你要说清楚，咱们抽空聊聊。"

顾淼这么一说，旁边卖菜的女人扭头看了他们一眼，又迅速扭过头去，假装没看见也没听见。可耳朵支棱着呢。

"你到底买不买？不买给我放下！"他气愤地说。

"买！"

顾淼回头看了一眼周围，那些目光旋即收了回去。似乎觉查出异样来，顾淼没再说下去，买了一大袋苹果走了。而他呢，只觉前胸后背有各式各样的目光飞来，长的短的横的竖的，像一支支暗箭，不断刺穿他靶一样的身体。更加猛烈的是那些暗潮般纷至沓来的窃窃议论。

他忍受过没有自由的痛苦，也忍受过妻儿离去的痛苦，可没有想到，更残酷更难以忍受的却是这种触摸不到和无法抵挡的痛苦。他甚至想，与其这样，真不如在监狱里一直待下去。

于是，他把自己锁进了屋里，抽烟，一支接一支地抽，烟屁股像残缺的尸体，满地都是。他又躺到了床上，躺累了，坐一会儿，再躺下；仰躺不舒服，就翻过身侧躺。整个夜，身体再没有离开过那张床。

有人敲门。他听到了，不理会，将身体翻向了床里侧。不用问也不用想，来人是顾淼，除了那个姓顾的警察，不会有人找他。他不想见到那个警察，一点都不想。不是他，自己怎会落到这般地步；不是他，自己何以蒙受如此屈辱；不是他……他不敢再想下去了，再想下去，他担心自己会拿刀冲出去杀人。

敲门声停下了。继而传来的是楼上女主人洪亮的声音："顾警官您好呀。别敲了别敲了，那流氓不在家。"

他暗自反驳道："我不是流氓！"

"去哪儿了？"顾淼问。

"收摊后就没见那流氓的人影……"

他再次在心里狠狠反驳道："我不是流氓！"

"别一句一个流氓地叫，谁告诉你他是流氓？"

"呵呵呵，暗地里他们都这样叫。"

他猛地坐起身来，咬牙切齿地暗骂道："老子不是流氓！不是！"

"以后不准这样叫，暗地里叫也不行。"

"好好好，不叫就不叫，不叫行了吧，顾大警官。"

11

雨是后半夜落下来的，没有闪电，也没有响雷，仿佛害怕惊醒人们的美梦似的。

关庆勇再次打开防盗门，从阳台上扯出一块黑色的塑料布，蹑手蹑脚跑下楼，麻利地用它盖住了车厢。车上装有被褥和一个硕大的编织袋，里面是生活必需品。这时，他仰头望了望天空，又扭头看了一眼车后面，气得"哼"了一声。无奈，下车。再次冲进家里，去拿绳子和雨衣。绳子是绑塑料布用的，雨衣则穿在了自己的身上。一切收拾妥当，这才骑上车，身体像大虾似的，穿行在黑色的雨夜里。

这个市郊村庄叫贵田村，住有一百多户人家，他租住的是套破旧的独家小院。房东一家搬进了市内的高档居民楼，他们在市里有生意。但这里还有土地，春播秋收时节，他们要雇人来干活，因此还留着那些农具和拖拉机什么的。房东答应便宜租给他住，但人家有特别要求，必须看好另外几间房子里锁着的农具，不能丢失。这没有问题，只要能过上安静的生活，再多提几个要求都行。

院落是寂静的，他喜欢这种寂静，就像走进了另一个世界。这个世界，让他内心舒缓了许多。即使夜里失眠的时候，也没有以往那样的冲动了，慢慢地，他感觉自己像一个刚刚出生的婴儿，看到和听到的一切都是新的。

随着环境的改变，他的生活节奏慢了下来。虽然每天骑着那辆三轮车继续卖水果，但他没有了当初的紧张感。卖多卖少，挣钱多少，顺其自然，享受这一过程才是最重要的。

他卖水果不走太远，大多时间在村子里卖，再远点儿，就是到村东头的国道边卖。贵田村的人对他也熟悉了，无论老人小孩，见面总习惯称呼他"阿勇"。他喜欢这个称呼，亲切。他的水果卖得不贵，一斤仅比进价高出五角钱。有人开玩笑说："阿勇呀，你今天赚了我一块钱。"那妇女买了两斤苹果，可不是赚一块嘛。他抓起两个苹果，笑着说："要不再多给你两个？"那妇女呵呵笑个不停，说："阿勇，你还当真了，开玩笑的，当初你要是不说一斤只赚五角钱，我们会知道？"于是，他龇出两排洁白整齐的牙齿，笑了。

村东头有个卖烟酒糖果的小店。小店是一间小屋，在国道西侧，他喜欢去那里。那里每天都聚集着很多村民，有老有少。他们去庄稼地干活前、回来后，不论买不买东西，总会在那里逗留一会儿，一会儿议论小布什差点被记者用鞋砸到，一会儿议论某市贪官被抓了，还查出那贪官的两个情妇……除了议论，他们还要发表自己的见解呢。有时因见解不同，互相还争执得面红耳赤。但过后哈哈一笑，什么别扭也没有，下次继续议论。赶到下雨天，小卖部门前就更热闹了，他们议论着，议论累了就围在一起下象棋、斗地主。他们输赢不赌钱，赌烟。烟是两块一包的"散花"，输家掏给赢家一支烟。他们每天乐呵呵的，过得滋润极了，这让关庆勇颇为羡慕。

有时他们也引诱他来玩，他不玩，只是坐在三轮车上听他们说，看他们玩。玩得尽兴或输急了的人，会跟关庆勇要水果吃。"哎，阿勇，扔过来一个苹果吃吃，给我打打劲，争取赢他一把。"他也不含糊，顺手扔过去一个苹果。那人冲他笑笑，说："够哥们儿哟阿勇，冲你这苹果，这把我非得赢不可。"赢不赢无所谓，关键是他挺开心。

天快黑的时候，那中年男人在巷子里碰到了他，笑道：

　　　　　　　　　　　　第五幅肖像

"阿勇，不好意思，晌午白吃你一个苹果，还招来那几个货一阵嘲笑，我给你钱，给你钱。"

中年男人忙不迭掏钱，递到他的面前。他哪会要呢，脸色一沉，假装生气地说："你怎么这样呀，一个苹果算啥，再不收回去我可生气了呀。"

看他死活不接，中年男人收回了钱，递给他一支烟，说："好好好，下次再买水果一块儿算，一块儿算。"

"这就对了嘛。"他笑道，"明儿再跟他们玩，要多赢点烟呀。"

男人将烟掐灭，一抹嘴儿，说："阿勇，走，到家吃饭去，吃过饭再卖。"

他笑笑，说，"不了不了，你回去吧，不用管我。"

"啧，你这人，磨磨叽叽的，让你去你就去，客气啥。"男人硬要拉他吃饭，说，"一块儿喝两杯。"

两人打太极拳似的拉扯了半天，到了他也没去。他知道，这是人家的热情，心意到了，比喝酒吃饭还要温暖。

12

雨淅淅沥沥下个不停。

重案三组值班室只有顾森一人。今天他值班。此时还不到凌晨一点，他就两眼酸涩难忍了，困意一波接一波地袭来。见鬼，怎么这么困？他差点骂了出来。然而，他终究没有被困虫吞噬，站起身，伸了一个懒腰，又揉了揉眼睛，来到窗前，双肘支在窗台边沿，看着窗外。

雨水溅到了玻璃上，汗珠子似的流淌下来，顺着白瓷片间的凹沟，不断被新的雨水推下楼去。他将胳膊交叉抱在胸前，心事重重的样子，小声嘀咕了一句："他去哪儿了呢？"

他，指的是关庆勇。自从那次在菜市场见到关庆勇，之后再没有见过他。"去哪儿了呢？"他又说了一句。

这两个月来，顾淼数不清找过多少回了，但每次都失望而归。再次敲门，仍是没人；询问街坊邻居，都说这段时间没见过他。卖水果的三轮车不在车棚，证明他不在家。天天在外面卖水果？不会，总得有人见到吧。于是他又找到关庆勇以前的同事和朋友，他们一听到"关庆勇"三个字，立即说："不知道他在哪儿，跟他没有联系过，他的事儿跟我们没关系，一点关系都没有。"

"到底去哪儿了呢？"顾淼自言自语。

13

第二天中午，关庆勇又去了小卖部，与往常一样，把三轮车停在路沿。怕车溜下路基，他又捡来两块砖头，挡住车轱辘，这才坐到车座上，两脚蹬住车梁，悠闲地看那堆人玩牌、下棋。其实他什么也看不见，主要是听，听他们边忙活边吹嘘，甚至互相讽刺、谩骂。某个人如果讽刺谩骂出了一些有创意的话，围观的人便不约而同地捧腹大笑起来。这时，他也笑，不过不像他们那样笑得肆无忌惮。

一辆红色的本田思域缓缓停了下来。

田广正在编派田保光与他老婆之间的风流韵事。讲着讲着，田广竟停止了出牌，当着大伙儿的面声情并茂地表演了一番。他的动作逗得大伙儿笑得东倒西歪的，关庆勇也差点没有忍住，幸亏他一只脚踮在地面，不然，准会掉下车来。

"砰!"车门关闭的声音。车内播放着郭德纲的相声段子，郭德纲频频抖出的"包袱"，引来不断的爆炸般的笑声。随着轿车门的关闭，笑声被生生地掐断，戛然而止，确切地讲，是被堵进了车里

女人已经在他的三轮车前站定。女人戴着一副深红色的太阳镜，夸张的镜片遮住了她的半个脸。她的出现，引起了大伙儿的注意，田广也不表演了，动作定格在那里。再看其他人，一个个表情呆滞，目光迷离。顺着他们的眼神，他缓缓回过头，看了女人一眼。女人身材高挑，皮肤白皙，头发乌黑，头发在耳后还别着一枚塑料发卡，翠绿色的，那发卡将头发在耳后拢成一个弯月形的弧度。阳光落到上面，被折射过来，刺得人睁不开眼。再看身上，那件白色印花连衣裙，将她的身体勾勒得凹凸分明；肩上搭着一袭真丝披风，披风薄如蝉翼锁着细碎的花边，给人的感觉是，这个女人拥有青春与成熟两种气质。

他判断不出女人的年龄，相信其他人也分辨不出。

"苹果是刚摘的吗?"女人说完这话,也怔住了,倏地摘下太阳镜,瞪大眼睛,悚愕道,"是你!"

他缓缓从车上挪下来,目光却没有离开女人的脸。脑海里急速搜索着这张似曾相识的脸。这张脸稍逊于身材,妆化得再好,眼角的细纹也清晰可见。突然,女人眉宇偏下方、两眼角之间那颗黑痣定格住了他的搜索——她是白冰,一个令他痛恨的女人。这女人变化太大了,身体瘦了,脸也瘦了,整个人瘦了一圈,穿着打扮也比六年前时髦多了。如果不是她摘掉太阳镜,如果不是看到那颗黑痣,他很难辨认出来,眼前这个女人就是白冰。她的突然出现,扰乱了他的内心,再次激活了那股积蓄已久的切齿愤恨……

白冰的脸色也拉了下来,冲他翻了个白眼,扭过身子扔下一句:"这世界真他妈小。"

"你给我站住!"他不知道为什么让她站住,也不知道下一步该做些什么。白冰的出现太突然了,一切都没有来得及思考。

白冰拉车门的手停了下来,回过头,又戴上太阳镜,问他:"有事吗?"

"有!"他的情绪有些失控,阔步走到她面前,一把抓住她的胳膊说,"你这个女人,你把我害惨了!你知道吗?"

"你给我放开!放开!听见没有,臭流氓!你活该!"白冰呵斥着,狠狠甩掉了他的手。

这时候,他满脑子都是六年前那些不堪回首的一幕幕,浑身上下都是痛苦与愤怒，全然忘记了那些人正屏住呼吸、睁大眼睛盯着他们，细细听着他们说出的每一句话。但此时此刻于他来说，已经分不清自己是在哪里、在哪一年。仿佛此时就是六年前，就是那个夜晚。他告诉自己，我不能沉默，我要呐喊，我要为自己辩护。于是，他伸手挡住白冰，狠狠地说："我没有要强奸你，没有！"

"让开，叫你让开听见没有！我告诉你，你不但是强奸犯，你还是个抢劫犯，永远是！"白冰说着推开了他，猛地拉开车门，又"砰"地关上。发动机器、挂挡、加油，白冰瞬间远离了他的视线，留下一团青烟和那股难闻的汽油味，消失了。

"我没有要强奸你，我不是强奸犯，我不会放过你的！"

他狠狠地朝地面跺了一脚，尘土从鞋的周围飞起，一部分落到了他的裤腿上，被粘住了似的。而身后，一片哗然。

当天晚上，他离开了贵田村。

14

办公桌前，顾淼把玩着那支透明的中性笔，目光死死盯住电话线，正在这时候，兜里的手机急促地响了，他迅速接起，电话号码都没有看就"喂"了一声。

"顾警官，你得保护我，我见到他了，我见到他了！"白冰说。

顾淼走出办公室，向走廊西头的卫生间踱去，他安慰着白冰："别急别急，慢慢说，看见谁了？"

"我……我见到他了，那个关庆勇。"

"在哪儿见到的？快说。"

"贵田村，国道边的小卖部门前。"

"不用害怕，放心吧，没事的，没事的。"

挂掉电话，顾淼急忙跑下楼。蒋蓓蓓举着检验报告唤他："你去哪儿？报告！报告还看不看呀？"

"放到桌子上吧，我回来再看。"

顾淼打开车门，很快就看见车冒着尾烟驶离了重案组，蒋蓓蓓失落地站在楼梯口。

白冰是第二天中午才决定告诉顾淼的，所以顾淼没有在贵田村见到关庆勇。贵田村村民见顾淼开着警车穿着警服，纷纷说关庆勇是被他们撵走的。向关庆勇要苹果的中年男人说："阿勇这家伙伪装得很深，平时看着他挺老实，没想到竟是个强奸犯！"

"谁说我是来抓他的？谁说他是强奸犯？我只是来找他谈谈的。"顾淼正颜厉色地说，"告诉你们呀，不许乱说。"

顾淼找到关庆勇租住的地方。敲门，没人应声，再敲，仍没动静。又给白冰打了个电话，问她为什么不立即告诉他，要挨到第二天才说。白冰支支吾吾说不清楚。顾淼没办法，在门缝里别了一张便条，上面写着：关大哥，见到留言跟我联系。我相信你，想找你聊聊，也想跟你交个朋友。后

　　　　　　　　　　　　　第五幅肖像

面还留有他的姓名和手机号码。

15

天阴着，像一张破抹布。风刮了一夜，门上落了一层厚厚的尘土，它们的存在，让"流氓家"三个字更加明显，像浮雕。字的位置在防盗门偏下部位，字迹歪歪扭扭，仿佛被风吹得摇摇欲坠。他判断是小孩写的。

"一定要找到她。一定！"白冰开车扬长而去之后，这句话关庆勇已经暗自说了无数遍，回来时又说了一路。

他铁了心要找到白冰。

而对于顾淼及其留言，他是不相信的。现在，他谁都不相信，只相信自己。

弯腰坐在沙发上，他看着灯光照出的自己的身影发呆，像是要把它看穿。然而，影子很坚固，像裹了一层坚不可摧的外壳，挡住了他锐利的目光，也裹住了他所有烦乱的情绪。他愤怒地狠狠挠了挠头，头发影子在地板上动了动，变成了另一种零乱的姿态。于是，他叹息一声，迅速仰过身子，靠到了沙发上，那团影子也随即消失。这时候，他的眼睛又被灯泡发出的光刺到了，刺得眼珠子酸疼，想流泪。不过他没有眨眼，直直地盯着它看，盯得那光晕忽大忽小，甚至看到了灯泡里细细的钨丝，他才慢慢闭上眼。而那团光晕却钻了进来，在黑暗中恍惚不定地飞闪着，挥之不去。过了一会儿，他猛地睁开眼睛，起身走向卧室，拎起那个还未开启的旅行包，重新走向黑夜，消失了。

夜，浓黑而沉重。哪怕扬一下眉头也觉得费力。他早就承认，自己恐惧这样的漫漫长夜。他有了痛哭一场的冲动，他开始怀念监狱里那种单调的夜。因为那里的夜给人以期望，而这样的夜，却让人窒息。

他渴望从黑夜中走出来，彻底走出这间逼仄的小屋。这间他租住的小屋，是丰乐路一家名叫"顺心旅社"的客房，已经住这里半个多月了，每天一大早就出去，晚上再回来。

他每天都在寻找白冰。

又是一无所获。白冰会从这个城市消失？他坚信不会，就像当初等待顾森一样，找到她，只是时间长短的问题。要说这个城市算不上大，可也算不上小，像大海捞针似的寻找一个人，的确不是一件容易的事，何况是做贼一样地找寻。

他意识到了这一点。

他在想，绞尽脑汁地想，谁会知道她在哪儿？说来也怪，有时候答案就摆在面前，因为思路走进了死胡同，却愣是找不着。一旦冷静想想，就会发现原来答案就在眼前。于是，简单的问题又恢复到了简单。就像寻找白冰这个问题，以前光想着找，却从没想过通过询问别人来找。现在好了，弯转了回来，白冰前夫的身影也就自然而然地出现了。

男人依然用戒备的目光打量着他。他呢，表情阴森，目光寒气逼人，直勾勾凝视着男人的脸不言语。门缝里那张凸出来的脸痉挛了一下，眼角耷拉下来，倏地又抬起，虎视眈眈地说："还是你？"

"是我。"关庆勇说。

"上次就告诉你了，白冰不在这儿，不在！"男人将门缝开大了一些，极不耐烦地说，"我们离婚了，这个家已经跟她没有任何关系了！"

"她在哪儿？"关庆勇像个机器人，表情与刚才别无两样。

"不知道！"男人说。

"她在哪儿？"关庆勇又重复了一声。

"不知道不知道不知道！"男人撞见鬼了似的，急忙关上了门。

他皱了皱眉头。约莫过了一分钟，他再次敲响那扇门，时轻时重，节奏把握得很好，很有耐心。

男人猛地推开门，两手叉在腰间，盛气凌人地说："你还有完没完啊！"

"她在哪儿？"

"我再说一遍，不——知——道！"男人警告他说，"我最后再说一次，我跟她早就结束了，至于你跟她之间的事儿，别来烦我。不然，休怪我不客气!"

"他再不走就报警，报警!"男人身后的卷发女人扯了扯男人的睡衣，提醒男人。

男人腰板挺得更直了，指着他的鼻子，声嘶力竭地叫嚣道:"听见没有，你再不走老子可报警了!"

他终于爆发了，脸部的肌肉扭曲着，拳头像火山喷出的岩浆，雨点般砸到男人的脸上、头上、身上……太猛烈了，男人只有缩头招架的份儿，像困兽一般哀求他别打了。女人看到突如其来的一幕，看到男人鼻子里流出的血，也吓蒙了。等反应过来，刚张开嘴想要喊叫，又被关庆勇一声呵斥堵了回去，"给我闭嘴，敢吱一声我就弄死他!"

女人惊恐地望着他，紧紧咬住手指，顺着墙壁缓缓滑下来，蹲坐在地上。

男人刚才的威武劲儿是彻底偃旗息鼓了，身体蜷缩成了一团，哀求道:"别打了，大哥别打了，你想要啥都行，再别打了。"

"我啥都不要，她在哪儿?"

除了这个男人，他再不认识熟悉白冰的人了。顾淼可能知道，但他不会去问。

"她在哪儿?"他摁住男人的肩膀又问了一声。

男人嘴巴贴着地面，他告诉关庆勇，白冰住在玫瑰园小区 6 号楼 3 单元 401，离婚前她买的。另外北京路那边，她还有一个服装专卖店，叫"姐妹"。

关庆勇松开了他，面无表情地说："你们给我听好喽，胆敢把今天的事告诉别人，哼，后果你们自己想去吧。"

"一定不跟任何人说，一定不说！"

"一定不说！"

17

太累了，也太痛苦了。他想尽快结束这种生活，结束这种难挨的日子，从走出监狱那天起，往事就变换成另一种方式来折磨他，缠绕着他，如影随形，丢，丢不掉，躲，躲不开，把他的意志都消磨得差不多了。

显然，他已经下定了决心。

他决心在那家川菜馆奢侈一回。回锅肉、水煮鱼、炒肥肠，外加一碟花生米和半斤装的小赊店酒。他心里清楚，吃罢这顿，不知何年何月还能吃上如此奢华的晚餐，他端起酒杯，先是抿了一小口，嫌不过瘾，又将剩下的一饮而尽。夹了一粒花生米，边咀嚼边倒上酒，再次端起酒杯……就这样，半斤酒下肚，身体有了感觉。终于，这种感觉在酒足饭饱后展现出来了，只见他一抹嘴，用力拍了一下餐桌，"老板娘，结账！"

他没有喝醉，头脑在似醉非醉的状态下反而更加清醒。不然，他不会选择从玫瑰园小区东北角的铁栅栏上攀爬进去。他料到大门保安不会让他进，即便让进，也会注意到他。但是，他没有想到这个小区的管理这么正规，院里竟然也有保安转悠。是两个巡逻的保安。他像猎狗一样，迅速蹿到黑暗处那座变压器的后面，屏住呼吸，待保安的脚步声渐渐消失后，他这才猫着腰，小心翼翼地向小区另一侧移动。那动作，那姿态，相比六年前那个夜晚，倒更像是小偷了。

6号楼在西侧倒数第二排。他确认无误后，耸了耸肩膀，直起了腰，大摇大摆地走进了3单元。经验告诉他，越是这样越不会引起别人的怀疑，即使在楼道里遇上了人，也断然不会从他身上看出什么可疑的地方来，充其量对视一眼，然后擦肩而过。

他确实遇到了人，快上到四楼的时候，刚拐过楼梯角，有人下来了。这是个下楼扔垃圾的中年女人。中年女人穿一件粉红色睡衣，胸前印有"流氓兔"图案，女人拎着垃圾，嘴里还哼着难懂的小曲儿。女人看到他时，停止了嘴里的哼哼。他压下脑袋，装着瞅楼梯，一手扶着栏杆向上走，一手到腰后摸钥匙，轻轻的，一声金属脆响，钥匙闪出来了。女人没有惊异，继续哼着小曲儿下楼去了。看着女人的背影，他迅速捂住怦怦乱跳的心口，捂得很紧。

18

"啥玩意儿，这些狼心狗肺的东西，真该狠狠抽他们几个大嘴巴子，再暴打一顿，然后让他们滚蛋。"白冰在电话里破口大骂，骂完了，似乎还不解气，说顾淼的警察白当了，该牛气的时候不牛了。

"好了好了，你就别添乱了，事情都结束了，你再说这些有啥用。"顾淼疲惫地说，"还有事儿吗？我真的很累。"

"有事有事。你知道我这几天在忙啥吗？"

"在忙啥？"

"我在跟踪那个关庆勇。"

白冰有些得意，说话的口吻都变了。

"啥？你跟踪他？你在哪儿见到的他？怎么不告诉我？"

顾淼深吸一口气，立刻来了精神。白冰一点儿也不紧张，听到顾淼密集而紧张的问话，还笑了两声。

"你紧张啥，我暗地里已经观察他几天了，他没那么可怕。相反，我倒觉得他有点呆头呆脑的。"

"你在哪儿见到的他？"

"大前天，在公园门口，我也是偶然看到的，他没有发现我。"

"那你怎么不给我打电话？"

"我想着你太忙了，再说，我也是好奇，想看看他整天在忙些啥。"

"你不是害怕他报复你吗？怎么，现在不怕了？"

"有时怕，不过有些事躲是躲不开的，顺其自然吧。"

"我一直想问你，他到底有没有想非礼你？"

"……男人没有一个好东西，我恨他们！"

"……你这是什么话！你最后一次见他是啥时候？"

"昨天中午。"

"在哪儿？"

"丰乐路，看他进了那家顺心旅社，我就回来了。"

顾淼全然没有了睡意，几乎没有任何迟疑，匆匆挂掉了电话。

19

401室的主人还没有睡，卧室的窗帘上看得到电视屏幕发出的光亮。光打到窗帘上，将窗帘照成了电影银幕，银幕上一闪一暗，一黑一白，节奏快慢不一。

这是关庆勇上楼前观察到的。

敲门，没有动静。再敲，还是没有动静。力道太小，稍加力，声音大了一些。侧耳聆听，里面有窸窸窣窣的脚步声，随后客厅的灯亮了。他扭身闪到防盗门把手那一侧，腰塌下。这样做，一是怕里面的人透过猫眼看到他；二是只要门一开，就可以随时以最快的速度冲进去。

"谁呀？"女人问。

他咽了口唾沫，没有说话。

"谁呀，有啥事？"女人隔着门又问。

"我，保安。"他压着嗓子说。

"这么晚了，有事吗？"

"你的快件。"

看来女人相信了，又问了一句："省城来的吧？"

他说是。

门锁有了转动的声音。确切地说，门打开不到一半，最多只能容下一个侧身的时候，他便以迅雷不及掩耳之势闪了进去，同时重重关上了门。白冰惊呆了，嘴巴张得像立起的鹅蛋。没等她的尖叫声弹到舌根，就被他用手牢牢捂住嘴，堵了回去。

门外，扔垃圾的女人回来了，脚步一深一浅，嘴里依然哼着小曲儿。走到 401 室门口时，停顿了一下。他们都察觉到了。白冰拼命地在他怀里挣扎，但他牢牢地控制住了她……很快，门外的女人又上楼了，脚步声渐渐远了，最终听到砰的一声门响。

"老实点！"他从喉咙的缝隙间发出一句低沉的命令。

白冰仰着脸死死盯住他，仿佛是在用眼睛命令他放开手。他当然不会放开。反而，他怕门外听到动静，把她连抱带拖弄进了卧室。关上房门，打开灯，一手继续捂住她的嘴，一手从腰间拿出事先准备好的宽胶带，熟练地粘住了她的嘴和手。她被摁到了床上。他低头瞄一眼灯光下她胸前裸露的白皙性感的肌肤，还有领口下若隐若现的乳房，她喘着粗气，他近距离盯住她的眼睛，不说话。

白冰也盯着他，呼吸渐渐地粗重了起来，胸部一起一伏，她的鼻息犹如两只柔软的小手，在他额头上轻轻地来回抚摸着。她的皮肤细腻、有弹性，她体内散发出的好闻的气息，让人陶醉……他趴在她的身体上，有些眩晕。但他仍狠狠地告诉她："我说过，我不会放过你，你让我生死不能，这回我也让你生死不得！"

她的眼睛圆睁，嘴里"唔唔"几声，好像在问他："你到底想怎么样？"

"我被你害得一无所有了，一无所有你知道吗！"他激动起来，身体颤抖着，"我……我最后再说一次，那次我没有想要强奸你，没有！但是，现在我要强奸你！不要怪我，要怪就怪你自己。这都是你们逼的！"

开始，白冰光滑白皙的双腿还不停地在半空中踢蹬着，在他一丝不挂的身体两侧踢蹬着。头、手、嘴，身体的任何部位都在进行顽强的抵抗和挣扎。不知为什么，一瞬间，她的鼻孔不再发出"嗯嗯嗯"的喊叫了，身体也不反抗了，两腿缓缓从半空中落下来，好像两条细腻柔软的海藻，连同整个身体，完全任由他摆布了。这时候，报复的欲望如蓄积千年的洪流，从他的身体里、血液里一泻而下，势不可当……然而，整个过程没有给他带来报复的快感，无论是生理上还是心理上，都没有，丝毫没有。

他抹一把额头上的汗珠，身体从另一个身体上滑落下来，顺着床沿慢慢蹲坐到地上。而白冰，赤身裸体地瘫躺在那里。目光呆滞，凝望着屋顶，眼珠子一动不动，整个人也一动不动……他笑了，望着他刚刚发泄过的裸体笑了，笑着笑着他突然又哭了。这哭声，密集而压抑，沉闷而顿挫，像一滴滴战栗的泪珠，猝然间从他的眼睛里抖了出来。

"我……承认，我强奸了她。"

当他在电话里告诉顾淼的时候，白冰紧蹙眉头，缓缓抬起头，平静地看了他一眼，随即又缓缓低了下去。

20

房子里死一般寂静，仿佛能听到尘屑落地的声音。

关庆勇坐在客厅的沙发上，两肘支在大腿上，手穿过短发捧住低下的头，目光凝视地板，好像要将地板看穿似的。白冰呢，这时已穿好那件红色的小开领睡衣，身倚卧室的门框，双臂紧抱，默默盯着关庆勇，等待着，两人都在静静地等待着。

敲门声响了。关庆勇倏地抬起头，神色慌张地看了一眼白冰，立刻站起身向门口走去。

没错，是顾淼。顾淼没有立刻进来，他站在门口没有让开。两人对视片刻，突然，关庆勇将两只胳膊伸了出来，准备迎接手铐。顾淼嘴角动了两下，似乎想说些什么，终没说出来……但是，当顾淼掏出明晃晃的手铐时，白冰却一把扯过关庆勇，将他挡在身后，冲顾淼冷冰冰地说："你回去吧，他没有强奸我，没有！"这句话如炸雷一般，将他和顾淼击得身体僵硬，目光呆滞，好像在求证自己的听觉是不是出了问题。

"你回去吧，他没有强奸我，没有！"白冰再次冷冰冰地说。

顾淼觉得不可思议，但还是垂头丧气地回去了。

顾淼一直没有搞清楚：六年前，关庆勇到底是不是想要强奸白冰；这一次，关庆勇到底有没有强奸白冰。

事情一直没有个结果，时间久了，顾淼差不多也快忘记这事了。

不过，更让顾淼搞不懂的是，一年后，白冰跟关庆勇结婚了。

（原载《长江文艺》2010 年第 5 期）

第五幅肖像

引子

我是一名警察，在澧城市公安局办公室工作，负责公文流转。工作时，我就像一颗螺丝钉，坚守着微不足道的岗位，工作内容有些枯燥。好在，工作之余我会看书、写小说，我枯燥的生活，也因为看书和写作，变得专注而多彩起来。

我必须承认一个事实，因为写小说，我被身边朋友视为异类。当然，我理解他们的"不理解"。不过"他们"中不包括老赵——赵兴强，他经常鼓励我写。老赵是长兴社区的片警，比我大十多岁。原本我们不认识，因为我俩同住在澧河苑，都穿着警服，上班下班经常碰到，渐渐就认识了。经过几次交谈，得知老赵也喜欢看书，尤其是小说，我觉得我们很投缘。每当我们聊到文学，总会天马行空，滔滔不绝。我俩的关系也很快从认识发展到熟稔。

半年前的一天傍晚，我俩在小区里散步，闲聊时扯到人与人之间的感情问题，也是无意，他提到两年前经办的一起案件。案件小得不值一提，就是死者家人报案，怀疑死者是他杀。报案人怀疑凶手是死者的妻子和情人。老赵接案后迅速组织人员展开鉴定、调查、问询，经过鉴定和调查分析，确定死者为自杀。就这么简单。老赵之所以提到这个案件，主要想说人与人之间那种微妙的感情。说实话，我对案件本身不好奇，出于写作者的敏感性，我倒是对案件以外的那部分特别有兴趣。之后老赵回忆着将那些人那些事大概说了一下。他说，小舒，你要真想写，倒是可以找冯楠和李昕聊聊，她们当时嫌疑最大，而且她们是好朋友，也分别是死者的妻子和情人……

　　我决定先找冯楠。几经打听，仍不知冯楠所终，只好转头去找李昕。在市医院我终于见到她，不过她拒绝接受我的采访，我向她解释，会把她们的名字隐去，她还是没同意。临走前，我给她留下手机号，但她一次都没有打过。之后我又找过她几次，她态度依旧坚决，不聊那事。我知道，仅凭老赵的粗略描述，是无法抵达人物内心的。冯楠已不在澧城，李昕闭口不谈，我只能放弃。意外的是，两个月后，李昕突然打来电话，说要见我……后来她领着我见王腾达，见小娜，还见了赵青春，我甚至连死者仝跃峰都梦到过，唯独冯楠，始终联系不上，她像人间蒸发了似的。没办法，我只能从他们那里了解她，从他们的讲述中，画像似的，用文字塑造她、描绘她。只是，我不知道我所绘制的画像，哪一幅

　　　　　　　　　　　　　　　　　第五幅肖像

更接近真实的她。

　　断断续续写了有一个多月，这篇小说终于完成，我如释重负。写作期间，李昕隔三岔五就会打电话询问，写好没有？写作是慢活儿，我还要工作，没那么快。我告诉她还没有，写好了会告诉她的。可是过几天，她依旧会问，我给了她同样的回答。终于，昨天凌晨我写完了初稿，今天一上班就告诉了她。

　　她急切想看，但我手头有公文要处理，约定下午下班后见面。

　　见到她，已是迟暮时分，太阳刚坠到西边的塔楼腰间。我走出公安局大门，一缕阳光挣扎着从两座塔楼的缝隙间斜射过来，恰好照到她所站立的花池旁边。她上半身在阴影之中，下半身暴露在阳光下，夕阳舔着她的细腰，舔着她的肥臀，舔着她的长腿，耀眼夺目。路人从她身边经过时，眼神都钉在她身体的某个部位上，拔都拔不掉。

　　她扭过身，目光与我碰到一起，呆愣了一瞬，灿然而笑。她向前迎过来，紧盯着我手中的文件袋，黑眸转动着，似乎要把那摞打印稿绕进眼睛里。我明白她的心情，主动将文件袋递过去。她将一束长发捋到耳后，说，找个地方喝点吧？左岸咖啡怎么样？那里安静。她的心情我理解。

　　左岸咖啡人少客稀，但环境幽雅，尤其空气中飘荡着似有似无的音乐。服务生肯定误以为我们是情侣，果然，点过饮品，服务生离开时冲我抛来内容丰富的笑。也就在那一刻，我决定暂时离开，让她安静地阅读他们的故事，也免去我的尴尬。她欣然同意。

我没有走远，就在离左岸咖啡不远的月季游园，坐在石凳上胡思乱想。过了大约四十分钟，她打来电话，我没有接，我知道她已看完，打电话是唤我上去。

回到卡座，橙汁和拿铁已经端上来了，她抿了一口橙汁，看着我不语。我身体里仿佛钻进了虫子，屁股挪动两下，仍有些不自在。我看到在她面前有两个纸团，她哭了？这只是猜测。

我问她看完了吗？

她鼻子吸溜一下，冲我哑笑，那笑，好像空气在喉咙深处来回旋转着，转出的咕咕声。

是不是写得不好？我又问。

小舒警官，你应该啥都不做，专门写小说。她说。

警察是我的职业，写小说是我的业余爱好。我没有底气地说，这只是初稿，还没修改，让你先看，就是想听听你的感受，不足的地方呢你指出来，我会修改的。

你写得很好，懂我们内心的忧伤，但你对冯楠不了解。

我是从你们口中了解的她。

其实我们都不了解她。

你现在有她的消息吗？

她摇摇头。

是不是写得不像她？

像，也不像。

我所写的你像你吗？

她望向窗外，沉默不语，眼睛里映出忽明忽暗的光。那一刻，我恍然明白，在那些炫目的光亮背后，藏匿着不为人知的隐情，而那隐情才是真实，只不过，我们都看不到。

她回过头，冲我笑，一笑，露出洁白的牙齿，白得像假牙似的。她还给我说了句隐晦的话，小舒警官你知道吗，刚才看你写的小说，我突然发现自己变了，变得不认识自己了。

这话我听不懂。

那天回到家，我彻夜未眠，反复回想着与她的对话。索性，我翻身起床，打开台灯，翻看那篇小说。当目光慢慢滑过他们的名字和言行，仿佛他们就站在我身后，注视着我，也注视着曾经的他们……

1

消息炸进来之前，李昕的眼珠转动着，专心捕捉那个烦人的声音。那声音吱吱响，散发着黏稠的气味。足有半月之余，一到夜深人静，它就从某个黑暗角落里冒出来，吱吱吱，吱吱吱，浸入她的梦里，像一条打满死结的麻绳，把她生生拽醒。等她醒来，它立刻哑然，像捂住嘴巴藏进了某个角落。

听不出声音从何而来，屏息细窥也捉不到，闭目欲睡，冯楠遽然来电，淡然地说，仝跃峰死了。她遽然跃起，命令冯楠道，你再说一遍！电话里，冯楠声音冷静如冰，跃峰死了。自杀。她顿觉眩晕。夜色如水，浸泡着她裸露的上身，连发梢都战栗不止。她们离得不远，她要去找冯楠，没想到冯楠幽幽地说，不用来，我们在长兴路家里。匆匆挂掉电话，黑夜重归死寂，手机再次休眠，她耳道里却嗡嗡作响。怎么会自杀呢？她想不明白。

扭开台灯，灯光像刀片，划得眼疼。她侧身避开锋芒，瞅一眼床头柜上的粉色座钟：凌晨一点十二。她再无睡意，狂乱的思绪撑破了后半夜，时间仿佛一个受伤的跛脚老者，缓慢得吓人。过了一会儿，她起身下床，趿拉着鞋去开窗，看到外面影影绰绰的楼群，总算挨过了长夜。窗外，澧城还没有睡醒，但楼下已有动静，蒸馍店、早点摊、蔬菜店，卷闸门相继打开。那突兀的聒噪，划破清晨，楼下的青年街就这样被他们吵醒了。

进屋来，她看到冯楠木然地端坐在卧室床沿，静若处子，仿佛大梦初醒。丈夫死了，她的眼角却没有一滴泪。她上前轻轻抓住冯楠的胳膊，眼圈一热，泪水像沸腾了似的，溢了出来。有那么一瞬，冯楠竟然笑了，这笑，不明显，可她分明感觉到她笑了。后来冯楠也承认，当时她的确在笑，并且告诉她，我倒是想哭，却怎么也哭不出来，因为我的眼泪早已流干了。冯楠还说，生死无常，每个人都会经历这么一天，形式和时间不同而已，我们流再多的眼泪，都无法唤醒他沉睡的肉身。

冯楠没有愧疚。仝跃峰的家人心存怀疑，报警了。赵兴强接警后，迅速对仝跃峰的死因展开调查和问询，尸体也做过检验，给出的结果是，因服用大量氰化物导致死亡，系自杀。他为何要自杀，没人知道，她问冯楠到底怎么回事，冯楠呆怔片刻，道，或许他的选择是正确的。冯楠曾是中学老师，说话一向云里雾里的，总是让人听得懵懂。

殡仪馆追悼会。冯楠剪去了长发，一袭素黑，淡妆，胸前别着白花，袖戴黑纱，肃立缄默，给人感觉高冷、干练，散发着职业女性的优雅。而躺在众人面前的仝跃峰，依然安详地睡着，脸上被入殓师涂抹的浓妆，像对他施以的恶作剧。

他是市中医院副院长，依照程序，医院领导要对他生前的工作、为人作以评价和总结。死者为大，或许评价不太客观，可人生本来就是一场戏，这一幕，医院领导会配合演完的。话筒前，甄院长表情凝重，每一句悼词都声情并茂，催人泪下。这些仝跃峰肯定听不到，因为他睡得太久了，睡过了自己的一生。

追悼会进行到遗体告别环节，出现了一点意外。哀乐声中，大家都小心翼翼地迈着碎步，看仝跃峰最后一眼，算是彻底的告别。突然，悼念厅外面冲进一声哭号，炸雷一般，猝不及防。在晃动的人群缝隙间，在她的视线里，晃过一个瘦长脸的女人。那女人在哭。由于被五六个小伙子拉扯着，哭声也变了形——时长时短，时轻时重。他们阻止她进来，她不停地反抗，身体像波浪似的，忽起忽落。

里面悼念的人步速更慢了，注意力也从死者身上分散到了那个女人身上。冯楠却镇定自若，目光像两颗钉子，把仝跃峰钉得死死的。

让开！冯楠倏然一声怒吼，其他人都惊了。

吼声冲出一条窄道，冯楠身如鬼影，瞬间站到了瘦长脸女人的面前。冯楠的目光似剑，深深刺进对方要害，将其击垮。女人不再哭，像个受委屈的小姑娘，怯怯地看着冯楠。瘦长脸女人的眼角挂着泪珠，宽唇抖动几下，却未吐一字。其他人还没反应过来，只听啪啪两声脆响，女人已是双手掩面，两行热泪再次涌出，稍迟，哭着逃离了这里。

她和其他人一样，彻底被这两个女人搞蒙了，大家似乎也蒙了。后来追悼会草草收场。泣声相送，烟起人散，就这样，仝跃峰死去的肉身，连同他的梦，化为灰烬。她对他的记忆，永远停留在了2007年12月14日。

许多时候，当李昕想起她的领导仝跃峰，想起追悼他的情景，那个瘦长脸的女人，总会成为她记忆中的主角。再后来，她零星地获得一些信息，那女人是仝跃峰的情人，原在漯乡镇卫生院做护士，叫田丽萍，仝跃峰火化那天她辞的职。听她一个要好的同事说，她后来去了新疆，具体是新疆什么地方，没有人知道，有关她的私生活，领导和同事都不知道。看来，他们之间的风流韵事，做得足够隐秘。她心想，相比冯楠的洒脱，那女人能放得下吗？

全跃峰已去，留下未了的伤情让别人来承受。他这次的逃避太过任性、决绝，也太不负责任。他曾在自杀前写下遗嘱，将他的骨灰埋到万安公墓，请冯楠别把他的事情告诉死去的女儿。他指的是哪些事呢？冯楠说，他的事太多，哪能说得尽呢，女儿即使在世，也肯定不愿意听。

过了有半月，她被那个声音折磨得萎靡不振的。她继续找，必须消灭它。起初她认为是老鼠在作怪，曾翻箱倒柜地找过，没有半点鼠类的痕迹。又偷窥几日，确定不是它们，她又怀疑动静是从邻居家传来的。因为担心产生误会，她就拐弯抹角地打探，隔壁家、楼上楼下的几家都问过，可以肯定，那个点大家都在梦中。怀疑基本可以排除，可那些吱吱声究竟从何而来呢？

有天夜里，她忍受不住失眠的煎熬，起床看电视。看了一会儿，深觉无聊，又给远在美国的老公打电话。老公正上班，说忙，草草挂掉电话。夜色中，她觉得自己像一片桑叶，被寂寞慢慢蚕食。明天还要上班，可她不管不顾，决定把身体彻底活泛起来，非把自己耗累耗困不可。

她脱掉睡衣，打开淋浴洗澡。热水从蓬头喷出，均匀地洒到她身上，水珠连在一起砸落而下，像舌尖一样，舔着她的皮肤从肩头向下滑，舒缓而温柔。开始，她只是感觉有点痒，热水流经她身上的某些部位，便痒得难耐起来，就连思绪也乱了，脱兔般活泛。她闭上眼睛，仰起头，任由它们肆意妄为。她的身体抽搐一下，又一下，整个人马上要融化掉似的。双手也无处安放，她无法控制它们的游弋。身体像被抽离了骨架，摇摇欲坠。突然，她发出一声冗长的呻吟，一声酣畅的大叫，还骂出一句脏话。不过，洗过澡，她躺进被窝就睡着了，而且睡得很安稳，再没有听到那个吱吱声。

她决定答应那个男人的请求。

2

许多人认为王腾达这个人十恶不赦，恨不得他永远蹲在监狱里才好。

人就是这样，总爱夸大其词，总习惯把别人一棍子打死。王腾达一没杀过人，二没放过火，只是以前有过偷窃行为，况且已受到了惩罚，蹲过三年牢。但他周围的人仍不接受他，处处排斥他，说他是"三只手"。连邻居家的胖男孩都指着他说：你是一个坏家伙。

坏与好的界线在哪儿？估计没有人深入思考过。王腾达认为自己很聪明，说那些看不起他的人都没思想。说归说，他面临的首要问题是生存，他要找份工作。

到人才市场应聘，他们说他学历低，让他"另谋高就"。他不服气，嘴上承认自己连初中都没有上完，心里却认为自己读书多、喜动脑、有技术，是断然不会去做体力活的。当然，他也清楚，他那快速开锁的技术不能再用了。到修锁店找活儿，也不行，心理上有阴影。以前他在修锁店当过两年学徒，鬼迷心窍似的，嫌来钱慢，就干起了偷窃的行当。

他感觉自己有钻劲儿。那时流行一句话：干一行爱一行，钻一行精一行。这他全部具备。从事小偷职业时，他不满足于开锁入室行窃，还练就了"二指禅"。此功看似简单，但不好练，食指和中指每天要夹上千次东西，不小心就被拉链划伤。到现在，他的右手食指和中指内侧仍有老茧。练就了过硬技术，他又练心理。他的经验是，要入心入境，不能把自己当成小偷，要比拿自己的东西还从容。通过实战和总结，他给自己定下一个原则：一次不成绝不二次下手。入室偷窃也有规矩：家里有人不动；十分钟内淘不到"宝"，绝不逗留。前者是性质问题，后者则是不能贪心。

每得手一单，他会休息几天，要么把自己关进屋里，在偷来的笔记本电脑上看电影，要么到图书馆看书。他喜欢看电影、看书。电影能开拓思维，而书能静心。上初一时，教他们语文的漂亮女老师就说，书是人类最忠诚的朋友，任何时候，它都不会因为你贫穷或富有而背叛你。这句话让他开始关注漂亮女老师，以至渐渐喜欢上她、爱上她，心里再容不下别的女人。他升入初三那年，她结婚了，是暑假办的婚礼。因为她结婚，他偷偷痛哭过好多回，之后他就辍学了。他父亲看他不愿上学，便不由分说狠狠揍了他一顿。接着，他同父异母的弟弟出生了，父亲不再打他，当然也不再关心他了。

2008 年春节过后，他刑期满了，重新获得自由。出来后，他父亲没给过他好脸色，有时父亲正与弟弟玩得欢实，看到他，那笑容像水滴进大海里，迅速消失了。他说他的生活是由一次接一次的伤害组成的。他很快搬离了那个家，在青年街东头租下一套房，虽然房子还不足六十平方米，但他觉得身心自在。

所谓体面的工作找不到，生活还要继续。半年间，他干过不少令人啼笑皆非的事情——先后代人哭过丧、上过访，假装过一个女孩的男朋友。总之，只要来钱短平快，不犯法，他都做。其实他喜欢这样的挣钱方式。

挣钱为了生活，但生活不只是为了挣钱，还要将日子过成一团火，燃尽昨天的沉重，让今天的你轻盈如飞。这话出自赵青春之口。

赵青春是他的同学。许多年没见，还是那样，戴一副黑框深度近视眼镜，说话酸文假醋的。那天中午在青年街，他到萧记吃烩面，进了门，屁股还没坐稳，就听到有人喊他，是赵青春。赵青春冲他笑着，拿起排号牌，移步到他对面坐下。

咦！真是你呀老同学，这世界真是小呀！赵青春用手背顶一下眼镜框，左右看看，脑袋伸过来，小声问他，老同学，你以前的事我略知一二，佩服呀！你啥时候出来的？

他没理会，因为赵青春那副谄媚的样子，让他心里不舒服。他岔开话头问赵青春，你现在忙啥大事呢？

赵青春缩回脖子，身体向后仰去，后背靠到卡座挡板上，说，也谈不上大事，在移动公司上班，还算凑合，勉强糊口。

看你这精神头，小日子过得很滋润啊。他说。

赵青春叹息道，生活就是这样，好与坏总要一天天地过，表面上你看我很滋润，实际上内心也有苦衷。

你有啥苦衷？他问。

赵青春环视四周，神秘地说，等会儿再给你细说。

烩面端上桌，他们边吃边聊。其间，他们聊到一些旧日里的同学，也聊到教过他们的老师。提到冯老师时，他心头一颤，问，冯老师还在五中教书吗？赵青春说，听说现在已经转行做服装生意了，就在青年街南边的商业广场，具体哪家我不知道。

他记于心间，没有再问。

吃过饭，他们到怡心茶楼喝茶，一道茶泡过，赵青春支走服务员，告诉他，腾达，其实我有难处，想请你帮忙。原以为是要借钱，没想到，赵青春是想让他帮忙偷一样东西。事情的原委是这样的：赵青春交了个女朋友，两人相处得不错，早就发生了性关系。他们打算结婚了，不料女方家人看不上他，死活不同意。现在女友已有身孕，女方家人得知后，不仅不认"生米做成熟饭"的事实，而且更加反对，非要逼女友堕胎。两人再三商量，决定偷偷结婚。事情没有那么简单。女方父母是精明人，早就把户口本锁进柜子里了，钥匙由父亲随身携带，就是防止他们去偷。

他觉得这事难弄，倒不是偷不出来，而是他不能下手，刚出来没多长时间，他当然不想再犯。赵青春再三向他保证，不会出事的，如果出事了不让他承担后果。这不可能！他思量再三，没有答应。赵青春眉头紧蹙，哭丧着脸，再三央求他一定要帮这个忙，又信誓旦旦，如果信不过他赵青春，可以立字为证。言及至此，他不好再拒绝，便应承下来。

世事百态，每个人都不可能是清莲，出淤泥而不染。他也明白，以他的境况，如果不在淤泥中扎根，如果不入世随俗，就难以生存。赵青春还算阔气，出手毫不含糊，当场点给他一千块。不过他没有接。毕竟同学一场，谈钱俗气，关键是，接过钱就成为一桩交易，一旦出事后果更加严重。

嫌少？赵青春说。

他摇摇头，说，没别的意思，你我虽然同窗不足两年，但友谊纯真，这份情在我心里比它珍贵，别多想。

赵青春双眼含泪，起身紧紧地抱住他，说，啥都别说了，你的话兄弟铭刻在心。

经过谋划，事情还算顺利，趁她父母买菜之机，赵青春的女友给他打来电话，告诉他可以行动了。他急忙赶过去。刚到门口，赵青春女友已站在楼道迎接，唇含羞笑。时间紧迫，他顾不上细看，径自入门。路过她身边时，他闻到一股奶香味。随后她将他引到父亲的卧室，指着衣柜旁边的铁皮柜说，东西就在那里面，能打开吗？他笑笑，蹲下身子，问她，是最下面这层吧？她点点头，似乎担心他打不开。他凑近看看，是一字锁，全套锡纸开锁工具用两个钢条就足够了，连手柄都用不到。也就两分钟的样子，门开了，她面露惊讶，眼神里带着难以置信。

看到那个棕色户口本，他没有拿，躲开身子，摆手示意她过来拿。那股奶香味再次袭来，他深嗅一下，只觉有点眩晕。她翻开户口本看一眼，说没错，就是它。趁她给赵青春打电话的工夫，他关上柜门，用钢条锡纸把门锁上。锁虽打开了，锁眼却留有痕迹，如果她父母细看，还是能察觉出问题的。好在，当天上午他们就将结婚证办妥了，下午趁她父母到楼下棋牌室打麻将，他又打开柜锁，将户口本放了进去。整个事情可以说天衣无缝。直到孩子出生，赵青春的岳父岳母还蒙在鼓里，有次他们问女儿，现在国家政策变了？不拿户口本就可以领结婚证？赵青春老婆笑而不答。后来老人把精力放到了外孙身上，就再没追问过。那件事以后，赵青春对他心存感激，曾给他介绍过一份工作，在泰山路移动营业厅做售后，他只干了半个月就辞职了。赵青春说，工资待遇是有点低，不干也好。

不是工资多少的问题，管得太死，我不喜欢。他说。

他继续做以前那些事，没活儿或者不想干活时，就到书店看看书，或者在家看看电影。其间他去商业广场逛过两次，没有找到冯老师的服装店，更没有见到她本人。

看过那么多电影，观察过那么多人，他觉得，现实生活比电影更具戏剧性。那天晚上，原计划吃过饭早点休息，偏偏在关电脑时想看一眼刚下载的《天下无贼》。看完电影又鬼使神差地起意出去做一单。这就是冲动，平时他极少这样，那天不知为什么，他就想任性一回。

转悠到青年街东头，一个短发女人低着头，肩挎黑色皮包，向他走来。他不时瞄一眼她的皮包，发现皮包拉链没拉。相距十步之遥时，他断定钱夹和手机就最上面。她越来越近。将要与他擦肩而过时，她猛然停步抬头，目光刺向他，将他牢牢钉住，盯得他连逃跑的力气都没有了。

你是……他紧盯着那双桃花眼，指着她，试探性地道，你是……是……冯老师？

冯楠老师俊俏美丽，长着一张明星脸，当年许多人都说她像王祖贤，有同学暗地里还叫她"冯祖贤"。如今虽不及当年，长发也不再，但那汪汪双眼他怎么都忘不掉。那双眼睛，双瞳剪水，是不敢直视的。他深信，用不了三秒钟，她就能把一个厚脸皮的男人看得羞涩。

她打量他片刻，说，你是王腾达？

他连忙回应道，是是是，我是王腾达呀冯老师。

他们都笑了，冯楠笑起来还是那么迷人，就在那一瞬间，他想起看过的一句话：若有缘，便会相遇；若相遇，该发生的总会发生。

后来他们的确发生了一些事情。

3

这是梦。

那天我写作到深夜，太困，趴到桌上就睡着了。一觉醒来，梦中情景比现实还清晰，我能记住所有画面、所有细节，包括全跃峰所说的每句话。

我很确定，我是被一个声音唤过去的，他知道我的名字，知道我是警察。在茂密阴森的树林中，那条弯曲的林间小道上，他面带微笑，骤然出现在我面前。他身穿深蓝色西服，宽额短发，眉间有一颗黑痣。他说他叫全跃峰，是冯楠的丈夫，还向我声明他没有恶意，让我不要害怕。

你不是死了吗？我问他。

你们都说我死了。他说，我承认我的肉体已被焚烧成灰，但我的灵魂还在人间，不过我马上就要离开了，去另一个世界。临走前，我想把我的故事讲给大家听，这也是我最后的倾诉。

醒来之后，我反复细想，他说得没错，那是他的故事，也是他的倾诉。

他先从许多人的疑惑讲起。他说他为什么要自杀，许多人都弄不明白。他又声明，他是一个罪人，他深受无言的审判和无形的折磨，所以才决定自裁。他说，这样显得主动些，显得更加体面，至少落得个"生不由我死由我"。

经他讲，他在决定自杀之前，也犹豫了很久。起初纠结冯楠今后怎么生活，毕竟是十三年的夫妻，不论他们之间存在什么样的问题，一声不吭便是永别，这对冯楠来说，太残酷。他还说他也怕死，从小就怕。他小时候就经常问父亲一些有关死亡的问题，比如人死的时候疼吗？人死之后会去哪里？还能看到这个有意思的世界吗？他父亲回答不上来，就搪塞他，说，我又没有死过，哪里会知道呢？之后，每当他问及这些，他父亲就会训斥他，说他小小年纪，整天胡思乱想。他不敢再问，但那些问题却总是冒出来，梗在他心里。长大后，他如愿当上了医生，名义上是别人所说的"救死扶伤"，实际上他还是那个怕死的人。

全跃峰的怕死心理，相信许多人都有过。但一个怕死的人，却将生命进行自我了结，这需要极大的勇气，若不是活不下去，谁会想到轻生。他能走到这一步，要么是生无可恋，要么是生不如死。

在李昕看来，他属于后者。

他说造成他生不如死的原因有很多，主要还是去年那件事。

2006 年夏天，他们的女儿全童去澧河游泳，淹死了。全童喜欢游泳，天冷时，他带她去游泳馆游；夏天，通常在澧河里游。很多年轻人冬天也去河里游，还组成冬游队，一鼓作气游上个两三公里。他觉得全童虽然体力上比不过他们，但从澧河南岸游到北岸是不成问题的。全童十岁跟他学游泳，到十二岁那年不但会蛙泳、仰泳、蝶泳，游累时还能"反蛙"。让他始料未及的是，游泳技术那么好的仝童，竟然被河水吞噬了。

那天是 8 月 20 日，下午三点十五分，他在医院。仝童打来电话说作业已经做完，想去澧河游泳。以前都是他陪仝童去，那天因为有事，走不开，他就告诉仝童明天一起去。仝童不愿意，说做作业太累，想放松放松。他深知水中危险，犹豫了一下，想让冯楠陪她去，哪怕蹲在岸边看着她游，至少不会出事。谁知冯楠与她同学有约，辅导其子作文。他解释说医院有事，回不去，女儿又想去游，问冯楠能不能推掉。冯楠说上周就推掉一次了，再推掉不合适。左右为难之际，冯楠说，刚好，蓓蓓来找仝童了，她们俩可以搭伴儿去，只游半小时。蓓蓓是他们邻居家的女儿，比仝童大一岁，接受过游泳馆教练的指导，应该没问题。他默许了。结果，一次侥幸，回报他的却是生不如死。

事情发生后，蓓蓓声泪俱下，断断续续告诉他，她们下水不久，她的腿脚突然抽筋了，就拼命向仝童呼救。仝童见状急忙游去施救。毕竟还是个孩子，遇事肯定会慌，再说，仝跃峰也没教过她水中救人的技巧。仝童在救蓓蓓时被其缠住，结果蓓蓓得救了，仝童却溺死水中。

自从女儿溺亡，"游泳"两个字就像一根钢针，深深刺进他的心里，明晃晃的，从未暗淡过。他后悔得要死，可世界上没有后悔药，也没有任何人能为你的错误埋单，更残酷的是，当你为自己埋单之后，却发现你想挽回的永远失去了。

他哭着告诉我，他的女儿死了，女儿死后第二天他又见到了她，不过是在梦里。他醒来，抬头看到仝童煞白的脸蛋儿，比尘埃都安静。他没有一丝恐惧，也没有流一滴眼泪，他觉得女儿仍在熟睡。或许梦里才是天堂，她不愿回来，或许她迷路了，正等待父母寻她回家。他清醒之后，知道他的女儿永远回不来了。

相比他的滴血之痛，冯楠表现得较为直接和干脆，她是直接用泪水洗刷痛苦。结果呢，痛苦没有被泪水冲洗掉，反倒越来越清晰透明。起初，只要提及仝童她就大哭大闹的，后来变成独自饮泣。又过了些日子，她不再哭泣，只是默默地流泪。看到女儿的照片或遗物，那眼泪就像失控的溪水，瞬间夺眶而出，且悄无声息。一次一次，他不知道怎样劝她。他们疯狂地做爱，像野兽似的，以摧残对方身体的方式，用力发泄着各自内心的悲痛。无济于事。渐渐地，他们冷静下来，知道失去女儿这件事永远都无法释怀了，换句话说，他们永远都不会原谅自己了。他们不再做爱。仝跃峰从此害怕回家，冯楠经常会坐在阳台上发呆。发呆时她像雕像似的，连眼神都僵死了，盯住某个地方一动不动，突然泪水不听话似的，夺眶而出。她没有擦拭，身体仍未动弹，就那样任其肆意流淌。

仝童溺死半年之后，冯楠就再没有流过眼泪了，包括仝跃峰的死，都没能让她的眼圈再红一下。淡定得比死都可怕。她曾告诉李昕，说她的眼泪已经为女儿流干了，再也流不出来了。李昕是全跃峰的同事。她把冯楠的话转告给他，又问他，你感觉冯楠恨你吗？他左思右想，就女儿发生意外这事，他们彼此没有半点埋怨，连一个埋怨的眼神都没有。真没有。

她感觉冯楠挺恨他的，还强调说，只是她的感觉。

对于冯楠，他认为，外表看上去，她冷艳、保守，说话又惜字如金，给人一种不易接近之感，其实她是个好女人，端庄正派，性情善良，修养极好，从不说脏话。即使那次发现他有外遇，也没有像泼妇似的破口谩骂，大打出手。她只是狠狠地拧他一眼，扭身离去，没有说话。只是那目光冷得吓人。接下来她就保持沉默，任他如何解释，甚至跪求原谅，她就是不理不睬。这种冷淡的处理方式，比打骂一通还折磨人。当他再三求饶时，她给了他两个选择：一是离婚，并且全童要归她抚养；二是，不离婚也可以，允许她外遇一次。作为男人，他当然拒绝选择，也都不会答应。

4

李昕曾自信地认为，恐怕没有哪个女人有她了解冯楠，发生那些事情之后，她不这样想了，她觉得她对冯楠真是一无所知，或者说，她了解的只是冯楠的假象。看来，自信有时候会鼓舞自己，有时候也会欺骗自己，将自己变成白痴。

有两件事充分证实了她的说法。

仝跃峰死后，冯楠需要安慰，需要人陪。她打电话约冯楠，冯楠不接电话，也不回消息。她多次去她家里找，一次都没见着人，去店里也碰不到。她心想，冯楠定是不想被打扰，躲到一个没人知道的地方去了。结果并不是，小娜说冯楠经常去店里，往往待个十来分钟就走，来去匆匆的。

久寻未见，或许最好的关心就是不去打扰，不料那天晚上她偶遇冯楠。她是路过"天堂酒吧"时，无意中看到冯楠的。当时，冯楠刚走出酒吧，走路有些飘，显然刚喝过酒。随后，一个长头发的男人出来，他搀着冯楠的胳膊，走到路边，伸手拦下一辆出租车。她喊冯楠。冯楠怔怔地扭过头，瞅她半天，喷出一句：你谁呀？喊我干啥？他们关闭车门，很快消失不见了，李昕站在那里，心脏像挨过一刀，血流不止。

过了两天，她忍不住给冯楠发去一条短信，约冯楠见面聊聊，还劝她再这样沉沦下去，整个人会毁掉的。冯楠没有回复。那一刻，她意识到她们的关系已经破裂，至于破裂的原因，她不知道。她劝慰自己，不必在意具体原因，既然冯楠变得这样无情，就不要硬凑到一起。她不再联系冯楠，也没有找过冯楠。

两人彻底决裂是半年后发生的那件事。从温柔到寡言，从沉默到疯狂，冯楠的变化令人吃惊，经历过那件事，李昕除去难以置信，还不得不承认，她真的低估了冯楠。

那件事过后，她战战兢兢的，整天都不敢出门。

要说，事情并不复杂，讲出来很容易，可背后的原因却不简单，听后让人毛骨悚然。关于身体上的放纵，她想过多次：或许有一天，终会被丈夫抓到。但是，她做梦都想不到，将她捉奸在床的人，不是她的丈夫，也不是他的家人，竟然是冯楠。

说来奇怪。她通常在九点之前就睡觉的，早上七点左右自然醒来，然后上班。这样的状态已持续一年多了。一年前，当他用手指消灭掉那些"声音"，就再没有为睡不着觉发愁过。那次有些莫名其妙，当那条手机短信刺破黑夜时，身体躁动的密码也被激活了。男孩叫王腾达，就是他发来的短信：姐，我好难受，想见你。他们是在网络上认识的，有两个月了吧，他约她见面已不下二十次，但都被她婉言拒绝了。跟他聊天时，她能感觉到他的孤独以及内心的痛苦。她把他当成弟弟，安慰他道，年纪轻轻的，多交些朋友，多出去走动走动，生活就会快乐起来。

有次聊天，他说喜欢她，想见见她，还想让她抱抱。她判断，这个没有安全感的男孩很可能有恋母情结。要知道，他才二十七，她比他整整大出十岁，真要往那种关系发展，她肯定不乐意。但如果无情地将他"拉黑"，肯定会对他造成伤害，她也不忍。他们保持着网络上的聊天，至于见面，她是持回避态度的。当时，看到他发来的短信，她身体不听话似的颤了一下，有些心动。现在想来，可能是"我好难受"刺痛了她，可能是这四个字，让她想到两年前的自己。

她同意了。

见面意味着什么，不言自明。在网络里，语言与语言的见面已隔空完成，而身体与身体的对话自然要从现实中的"见面"开始。她心里也明白，与他那样"做"绝不是"爱"。相比曾经的放纵，她觉得这次更像是奉献，一种母性般的特别关怀。

她临出门时，他打来电话，问她要不要先去喝杯咖啡。她心想，既然有了夜幕这张遮羞布，何必再走其他过场呢？况且他们视频过，彼此的模样都有了大概的了解，也不必再做鉴定。就这样，两人删除掉多余的过程，直奔目的地——楷林国际酒店。这是他早就订好的，1821房间，一切都在她意料之中。

他打开房门，冲她浅笑一下，表情和身体便凝住了，紧紧地盯着她。她被他盯得痒痒的，逗笑道，看啥看？没见过美女呀？快让开。他怔过神来，急忙退步侧身，让出过道。她脱掉昨天刚买的深棕色羊皮上衣，挂进衣柜里，又取下系在脖子上的红色围巾，问他，空调开那么大，不热呀？

他忙把温度调低一些。

在他调温度的时候，她已坐到床沿，有那么一瞬，竟感觉像初次约会似的。他走过来，坐进对面的沙发里。她低头看一眼，发现胸前鼓鼓的，像塞了两个气球，随时会把这件细薄的羊毛衫撑破。她想掩盖，双臂急忙在胸前抱紧，结果适得其反，那里显得更鼓更坚挺了。她有些尴尬，冲他笑道，见到姐啥感觉？他的目光从她胸前扫过，看着她的眼睛说，打扮得真漂亮。

明知他话中有恭维成分，但她心里仍美滋滋的。或许女人都这样，对男人的甜蜜谎言永远没有免疫力。来这里之前，为了把自己打扮得年轻漂亮些，她把衣柜翻得狼藉一片，从内裤到外套，里里外外试过好多遍，最后才选择了这套衣服——粉红色真丝内裤、天蓝色乳罩、白色低领羊毛衫，下穿黑色紧身打底裤，外套毛料黑短裙，还有她最喜欢的深棕色羊皮上衣。接触过那么多男人，她自然明白一个道理：女人打扮得再美再性感，男人真正喜欢的，是她一丝不挂的身体。具体到这次约会，她再清楚不过，与他，只是一次无爱的缠绵，不必在意，可女人的爱美天性让她再次一意孤行。

他没有她想象中兴奋，也比视频中腼腆，话少倒是其次，关键是目光中闪烁着犹豫。他稳坐在那里，不时抚摸一把嘴巴。嘴巴周围那密密麻麻的胡楂泛着青色，低调地张扬着他雄性激素的旺盛。他在想什么，要干什么，她猜不透，也替他着急。难道他对她有些失望？要是这样，正好，他们可以就此结束。

你有心事？她问。

没有没有，只是感觉不真实。他笑道。

感觉不真实的是我，这样吧，咱们改天再约。她起身准备离去。

他上前拉住她的胳膊，央求她别走。她被他的右手用力地攥住，胳膊倒没觉得疼，心却被他哀求的声音击碎了。他将她压倒在床，粗暴地亲吻她，胡乱地抚摸她。她本想反抗的，可那攻势太猛烈，以至于她不舍得吓唬他。当她身体里的潮水翻涌时，他却停止踏浪前行，小声道，姐，你脱掉衣服吧，我去关灯，去把门反锁了。她差点儿笑出声，刚才他胡乱摸她半天，竟然没有找到短裙的拉链，胸罩后面那四排扣也是，弄半天才解开。看样子他没有经验。

他去关灯反锁房门的工夫，她已经把自己脱光钻进被窝了，她闭着眼睛，等待他再次猛烈攻击。他来了。他抱紧她，两个身体紧贴在一起，开始了真正的"对话"。某一刻，他将脸埋进她的胸前，身体颤抖着，粗壮的胡楂儿把她弄得又痒又疼。突然，一股湿热落在她的皮肤上，他的脸也滑滑的。难道他哭了？她问他怎么了，他没有吭声，而是拱起身，用嘴巴将她的话硬生生堵了回去。他们亲吻、互相抚摸，最终她忍受不住，像一头野兽似的，猛力翻过身，将他压到身下，向他发起侵略性"反攻"。可能她的攻击过于凶猛，也可能他抵抗力太弱，只听他大喊两声，身体僵硬，败下阵来。她经过一番战斗，已是遍体鳞伤，身体支撑不住，也倒下了。

有些事情就是这样，你认为已经结束，实则才刚刚开始。她的身体刚倒下，房间的灯光霎时亮起，足以将她的眼睛和身体灼伤。是冯楠。冯楠双臂交叉，置于胸前，嘴角流泻出得意的笑。冯楠侧前方还有个壮汉，她看不清他的脸庞，因为他拿着 DV 机正对着他们录像。她惊叫一声，翻身扯过被子蒙头盖上，心里五味杂陈。

冯楠扯了两下被子，肃然道，你还知道差耻？别装清纯了，先穿上衣服吧。她实在不明白冯楠为什么要这样做。她愤然而起，责问冯楠玩这一出是什么意思。冯楠踱步到她跟前，冷笑着扭过头，冲那壮汉道，你们先到楼下等我。王腾达用手理着头发，怯怯地看她一眼，跟随壮汉默然离去。

她彻底蒙了。看着王腾达的背影，她脑海里闪现出许多影视剧中的画面。她回过头，看看冯楠，明白了，原来这是一个陷阱。王腾达也是他们一伙儿的。之前他不是去反锁门，而是去打开房门，方便冯楠他们冲进来。

她心痛得捂住胸口，而那痛，又刺破手指，回传到心里，把眼泪挤了出来。

冯楠点燃手中的"沙河"香烟，深嘬一口，轻轻吐出，烟雾如飞翔的蚕蛹，舔着她的鼻子、脸庞往上升。她问冯楠为何要这样，冯楠狠狠盯她一眼，仰头大笑，笑得毛骨悚然。转而收回笑，慢悠悠地说，李昕，你和全跃峰的那些勾当，真认为会死无对证？

人常说，怕什么来什么。她本来以为，随着全跃峰的死，他们之间的事再不会有人知道。谁知，这世间的事情就是这样，看似已经消失，实则从未离开，它就潜伏在某个角落，冷不丁像一头猛兽似的，迅疾而出，直击要害。这就是真实的世界，无论你愿不愿意面对，它都时刻包围着你。

5

有些人适合去想念、去回忆，但是不能见，见到了，那个人也就消失了。对王腾达来说，冯楠就是最好的例证。这些年，王腾达无论身在何处，总是会时常想到学生时代，想到教过他的冯老师。她的一言一行、一颦一笑都深深地刻在他的记忆里，随时会闪现。可是自从那天他再见到冯老师，以前的那份美好便渐渐模糊了，到后来，她在他心里就彻底变成冯楠了。

那天晚上，在青年路，他们并没有说太多话。她似乎有急事，简单问了王腾达三个问题：现在过得怎么样？从事什么工作？结婚没有？他逐一如实回答。她没有欣喜也没有失望，只是说，腾达，我有急事要办，咱们存一下手机号，改天再联系好吧？他问她明天能联系吗？她笑笑，拍着他的肩膀说，当然可以。

回到住处，他失眠了，整个夜都被她占据着，睡不着，也不想睡。天蒙蒙亮时，他看看手机，才六点多。挨到八点，他终于忍不住，打电话给冯老师。她没接。他手握电话，心里犯了嘀咕，是没听到还是不想接？再打仍没接。

在早餐店吃饭时，他的手机响起来，她终于回电话了。他放下油条，顾不上擦手，拿起手机，喂，冯老师好。

你打电话了？我睡觉一般将手机设成静音，没听到。冯老师声音慵懒，又说，找我有事吗？

没……没啥事，想见见你。

哦。可以呀，这样吧，晚会儿我联系你。

好好好，我等你电话。

中午冯老师约他吃饭，丁记羊肉汤。饭间她说他太瘦，该多吃点，还说羊肉汤营养高。全是些无关紧要的话。吃过饭，他跟着她走出门，以为她会说些常联系之类的客套话，然后他们就此散去。没想到，在路边，她扭过头小声说，腾达呀，那个事你不能再做了，会出事的。

对于冯老师的突然关心，他很感动，说，其他事我做不来呀。

不去做怎么知道做不来呢。她目光温柔，似盈盈秋水，说，我刚才还想，能不能聘请你来帮我做事呢。

聘我？他觉得有些意外。

是的。她说让他帮她看店，还说小娜玩性大，不上心。后来他得知，店员小娜其实是她的亲戚——她三姨家最小的闺女。他没有不答应的道理。只是他有些犹豫，说，我不懂做生意呀。冯老师说，你不用懂，看住小娜就行，别让她整天想这想那的。再说，你要想学，我教一教你就会了，当初我也啥都不懂。

小娜年龄与他相仿,长发圆脸,厚嘴唇,个头不足一米六,还有些婴儿肥,肤色倒是挺白。胳膊上的血管透过皮肤都清晰可见。与她共事了两个月,他了解到,她老家虽在农村,却没怎么吃过苦。上学时,她没有干过重活,中专毕业后投靠了她表姐冯楠,在澧城打工。第一份工作是表姐帮她找的,在人民商场卖男鞋,之后卖箱包。冯老师从商后,她就帮她打理女装生意,直到今天。

别看小娜相貌平平,她是有野心的,她想嫁个澧城男人,而且外来打工者不予考虑。光符合这个条件也不行,手里端的必须是"铁饭碗"。冯老师给她介绍过三四个老师,不行,没有楼房,破旧小院哪行,一家子老老少少挤在一起,太寒酸。冯老师每次提及她都直摇头,条件好的看不上她,条件差的她又看不上人家。许多女孩都是这样,到最后把自己单下了。

小娜心思在别处,生意肯定做不好。一方面,她对客人不热情,另一方面,她玩性太大,整天拿着手机玩,短信声不绝于耳。每次盘点账目,她总有错误,为此冯楠没少批评她。王腾达清楚,她倒不是对账目动过"手脚",主要是不上心,总是走神漏记。有次他劝她,小娜,你用点心行不行,冯老师可是你表姐呀。她冲他翻了个白眼,"哼"一声,拧过头不再理他。过两天他再说,她仍是很烦,说,你就是俺姐的看门狗。他气得想打人,最终忍住了,毕竟她是女孩子。

没有客人时，他们很少聊天，基本上各忙各的。通常是他看书，她玩手机，他们就像不同世界的人，身体被拴在一间房里，心却远似天涯。冯老师还跟他开玩笑，让他试着与小娜处处。其实她不知道，他和小娜根本就不可能，不是没有缘分，只是他们的心距离很远。

又挨过一个月，他越发感到无聊，真像小娜说的那样，像个"看门狗"，无所事事。还有就是，冯老师在店里待的时间越来越短。最初，不管上午还是下午，她每天还能待在店里两三个小时。到后来渐渐变少，现在两三天还不来一趟，见都见不到她。最近几天，每到中午，小娜总是在一阵短信的鸣叫后，以出去购物为名让他看店，回来后她脸上抹了蜜似的。他猜想，准是她遇到了合适的人。

一连三天没有进店，冯老师到底在忙些什么？他打电话问，她说在忙其他事，具体是什么事她没说。末了她问一句，店里有事？他说没事。挂掉电话他有些后悔，应该约她吃饭的，回拨过去，冯老师有些疲惫地说，腾达你说。

想请您吃个饭，晚上有空吗？他说。

哦，今天没空，改天吧。她说。

他想问她到底在忙些什么，终觉不合适，就没有问。

再约，她依然说忙，未果。那天上午她终于来店里了。盘过账，她提醒小娜别忘了每天把钱存到建行卡上，还说，需要上货时提前说。交代之后，她拎起包就要走。看她要走，他急忙跟过去，想约她吃饭。她顿住脚步，回头瞄他一眼，目光倏然移开，说，辛苦了腾达。或许只是问候，根本没有其他意思，他却解读出是一种歉意。他笑而不语，在她走出店门后，跟上去，再次约她吃饭。她放慢步伐，也不看他，说晚上有事，改天吧。他忍不住问道，冯老师，你在忙些啥？她停下步子，冲他莞尔一笑，说，你不懂。看着她离去的背影，他呆愣在那里，内心被一种失落感击中，痛。

回到店里，小娜露出诡秘的笑，揶揄道，我发现某人单相思呀。他撇她一眼，没有说话。她又不傻，当然能看出端倪。那天晚上，他犹豫很久，还是把那条短信发了出去。后半夜他也没睡，开始在想冯老师看到短信会有什么反应，后来成了等待，等待冯老师的回复。她没有回。天亮了，他问自己，难道她被那条短信吓住了？不应该啊，或许是她没有看到。

短信是经过他反复修改的：冯老师，在我心里深藏着一个秘密，是这个秘密伴随我走过这些年。在我最无助的时候，一想到你呀，我的心中就充满希望和力量。今天，我想把这个秘密说出来，想告诉你，我爱你，这些年我一直在偷偷爱着你。别笑我，我是真心的，不是一时冲动，也没有喝酒，我所说的每句话都在心里憋了很久……最后这个省略号，就像落进大海的一串眼泪，没有半点响声，瞬间消失了。没有回复，他不甘心，打电话给她，被挂掉，重新拨过去，依然没接。

上午他没去店里，吃过早餐就上楼蒙头大睡，中间赵青春给他打过一个电话，当时他还在梦里，说的什么也没听清，嗯嗯几声就挂掉了。一觉醒来，已是下午两点半，他在床上迷瞪一会儿，拿起手机，依然没有看到冯老师的回复。

晚上六点多，赵青春又打来电话，问他到地方没有？他被问得莫名其妙的，说，到哪儿呀？他说电话里跟你约好的，晚上六点半"小南国"一起吃饭。他恍然明白，之前赵青春打电话原来是约他吃饭，他给忘了，于是打哈哈道，正要下楼呢。

赵青春订有包间，红豆厅。他寻思着是不是还有其他同学？推开门，他发现只有赵青春和一个短发厚嘴唇的女人。两人正在聊天。他不认识她。他们起身笑迎，赵青春介绍道，素苹，我朋友。女人嘴角咧出一丝笑，跟他打过招呼，便请他坐下。

她是赵青春的什么朋友，他没有问，也不便细问。席间，他们三人拉家常，尽是些鸡零狗碎的小事。酒过三巡，菜过五味，赵青春开始说正题，腾达，今天除了加深一下咱哥俩的感情，还有个事儿。他问什么事儿。赵青春看一眼那个叫素苹的女人，暗示她来讲。他明白了，原来是这个女人有事相求。她端起高脚玻璃杯，说，腾达兄弟，来，单独跟你碰一个。今天呢，都是自己人，我也不藏着掖着，跟你和青春交交心。他看她一眼，只见她喝过白酒的脸庞白里泛出微红，目光迷离，增添了几多媚色。

不瞒兄弟，我遇到事了。女人放下酒杯，郑重地说。

他浅笑一下，听她讲她的事。本以为是多大的事，其实核心内容就一条：她怀疑丈夫出轨了。她跟踪过丈夫，没有抓到证据，凭直觉，绝对有问题。他看过一篇文章，说女人的直觉通常都很准。他相信她的怀疑不是空穴来风，这世间许多事情，都是冥冥中发生的。

以前他下班后，手机都是随手乱扔的，有时扔到沙发上，有时放到茶几上，最近却捂得严实，还经常有短信进来。有几次来短信后，他不急看，悄悄拿着手机钻到卫生间，半天不出来。甚至连半夜去卫生间都带着手机，你们说他心里有没有鬼。素苹呷一口菊花茶，又说，还有穿戴上，现在衬衣换得勤不说，也不让我给他洗，自己脱掉立马洗出来。这些不正常的举动说明他有问题，很可能是男女关系的问题，而且这事不能问，没有证据，问也是白问，他不会承认的。所以说，想请兄弟你帮帮忙。

这个我帮不了你，真的，原因很简单，连你都找不到证据，我这个外人更找不到。他实言相告。

简单得很，只要把他的手机弄过来，真相自然大白。素苹说。

每个人都有秘密，你有，我有，她有，所有人都有。有些藏在心里，有些已经变成行动，像素苹的老公，他的秘密很可能就在手机里。赵青春像个讲师似的，得意地笑着，继续说，把他的手机弄过来，腾达，这对你来说是小菜一碟。

原来他们早有预谋，让他帮她偷出那男人的手机。他对赵青春很是不满，心说，你和她什么关系呀，这事都管。再说，自从帮冯老师看店之后，他一次都没有干过那种事。冯老师说过，干那种事迟早会出问题的。他不想让她失望。

他仍没有同意。

赵青春从那女人手中接过一个封信，推到王腾达跟前，说，放心吧腾达，不会让你白忙活的。

他把信封推过去，生气道，青春，咱们是老同学，这就不是钱的事。那事我已洗手不再干了，你别为难我。

两人都面露尴尬，赵青春收起信封，又说，腾达，这事要是一般人我不会管，但素苹不是外人，当年我走投无路时，她帮过我，现在她有事求助，兄弟我不能视而不见。咱俩又是老同学、好朋友，办事自然放一百个心。今天就这样吧，也不为难你，回去后你再考虑考虑，过两天我再给你打电话。

6

仝跃峰继续讲述他的故事。

他还是从冯楠开始。他说他们是经朋友介绍认识的。第一次见面，她像个犯错的孩子，低着头不敢看他。在他面前，她两腿并紧，微微颤动着，来回轻抠手指。她皮肤白皙，身上散发出一种香味，像牛奶掺薄荷似的，闻一下，鼻子就醉了。多年以后，这种香味一直飘荡在他的记忆里，再没有真实闻到过。她性情内向，不善言辞，说话时，往往朱唇未启，已是面色绯红，红得要浸出血来似的。

她是市第五中学的数学老师，工作稳定，假期也多，他比较满意。仝跃峰也有工作，是市中医院内科医生。那时候讲究"门当户对"，他们同龄，都有正式工作，外表上，郎才女貌的，两家人自然皆大欢喜。他们都没意见，两个多月后，两人领了结婚证。后来，两家父母找人看了看吉日，婚礼定在阴历九月初八。从始到终都那么顺利。

有时候事情太过顺利，反倒让人不太踏实。那种感觉，隐隐的，说不清道不明，就像捡到一个宝贝，回家后才发现有瑕疵。

新婚之夜，当亲朋好友散去，接下来要做什么，不言自明。洗漱完，她脱掉外衣，穿着秋衣秋裤就钻进被窝，侧身而卧。结婚前，他们没有发生过那种关系，最过分的一次，他亲吻过她的脸，想往下发展，她死活不同意。他寻思，这是个保守的女孩，要尊重她。办完婚礼，等于拿到一张通行证，终于可以通往她身体深处了。他兴奋，恨不得撕破衣服，立刻脱个精光。当然，他还保留一点矜持，脱到只剩内裤时，他掀开大红棉被，躺到她身边。她的身体霎时传来短暂的痉挛。他抱紧她，抚摸她，去脱她所剩不多的衣服，没想到被她拒绝了。她示意他关灯。他理解，毕竟第一次，她肯定怕羞，便关掉灯。

仝跃峰在大学时就有过性经历，是与班里的一个女同学，他的初恋。当时很不顺畅，进入时她疼得要死，感觉像石榴裂开似的，流出一片血。他也疼，第二天那东西还隐隐涨痛。与冯楠这次却不同，他基本没有什么障碍，她也没有流血。事后他一夜未眠，有好几次想把她叫醒，问她是不是第一次，终羞于启齿。

这事让他忧心忡忡很久。一天晚上，他们做完那事，她夸赞他能折腾、会得多。他说是跟小电影里学的。她坏笑道，你还喜欢看那种东西呀？他说哪个男人不喜欢看！她拍打一下他的屁股，说他是"色狼"。他问她以前接触过几个男人？他完全没有准备，脱口而出，好像是话自己跳出来似的。她沉默。有时候，不说比说更让人多想，比如在那一刻。

他不死心，想听到她承认，假装大度地说，我们已经结婚了，你说了也没事，我不是那种爱计较的人。

她身体动弹一下，试探道，真的？

真的，说吧，没事。他鼓励她道。

犹豫了一会儿，她告诉他，她婚前有过一段恋爱史，男方是宁波人，在沙澧与宁波之间倒腾皮革生意，两人同居半年之久。男人曾告诉她，沙澧宜居宜业，很美，他不想再回宁波，婚后要与她一起定居沙澧。他还借了冯楠父亲三万块钱，说这批货走完就还，当时她已怀孕，没想到，男人一去不返，从此杳无音讯。冯楠伤心至极，一度想要自杀，最后在父亲和朋友劝慰下，才慢慢走出阴影。当然，她没有留下腹中的婴儿，到医院做掉了。

冯楠眼眶里明晃晃的，仿佛她的痛苦在闪烁，问他，你会生气吗？他摇摇头，一种痛感慢慢占据上风。后来，这种痛潜伏在他的心底，像一头沉睡的猛虎，每当它苏醒，总会让他疯狂，难以抑制。后来她后悔自己不应该告诉他实情，他也后悔不该问，或者她不该说实话，用谎言来欺骗，对他也是一种善意。

有很长一段时间，每当他们做那种事情，他都会联想到那个男人。黑暗中，好像压在她身体上的不是他仝跃峰，而是她的前男友。他打开灯，想驱赶这种念头，还要盯着她做。起初她不同意，命令他关掉灯，他不同意，坚决不同意。他的动作越来越粗暴，越来越狂烈，像疯子似的，横冲直撞。看到她因疼痛而扭曲的表情，他更兴奋，愈加狂野。第二天，看到她走路时两腿间裂开一道长而宽的缝隙，腰也稍稍向前弯着。他内心窃喜。她对他不满，但在言语上，她倒没有表现出半点埋怨。后来做那种事情的时候，她索性任由他胡乱折腾摆布，不反抗，也不迎合。再后来，他们言语稀疏，婚姻被沉默包裹着，隔阂也从内心深处慢慢裂出。直到他们的女儿出生。

女儿仝童像托盘天平中央的指针，平衡着他们的婚姻，两人把爱聚集在女儿身上。其间他有过婚外情、婚外性，但是对女儿，他像世界上所有的父亲一样，那份爱没有人可以取代。仝童死后，他的爱无处施予，痛却徒然升起。新旧之痛交织在一起，压得他喘不过气来，生不如死。

那段时间，他每天都能梦到女儿，有几次，女儿从河里伸着手，呼喊着"爸爸救我"。当他跳进水里，她却消失了。醒来后他心如刀绞，再无法入睡。还有一次，女儿站在他床前，脸色煞白，浑身湿淋淋的，水滴从她头上不停地落下，轻悠悠地告诉他，爸爸我冷，我冷呀。黑暗中他突然坐起，打开灯，她消失了，他一夜未眠。

不知道冯楠是否遇到过这种情况。他没有问过，因为她在女儿离开三个月后，就辞职干起了服装生意，人也搬到青年街居住。那幢六十平方米的老楼，是她父亲留给她的。她母亲死得早，他只见过她的遗像。冯楠眼睛像她母亲，脸蛋儿、嘴巴，还有鼻子，则更像她父亲。仝童五岁那年，冯楠的父亲突发心梗去世，那处房产自然就过户到她名下。她将租客劝走，自己搬进那里，标志着两人正式分居。

他们变成分居状态后，仝跃峰再没有幽会过情人。她们打他的电话，他不接，追到他家里，无论劝慰还是勾引，他毫不动心，断然拒绝。他跟她们渐渐断绝联系，到后来，他与这个世界也断绝了来往。

他决定离开这个世界，但到另一个世界，他最为害怕的是遇到女儿，他不知道怎么解释。他知道女儿肯定会怪他、恨他，甚至骂他。他没脸再见女儿。原因很简单，女儿出事那天，他并没有在值班，女儿给他打电话时，他虽然在医院，但正与一个女人缠绵。这个秘密冯楠不知道，女儿更是不知，可它闷在他心里，像一颗毒瘤，每时每刻都在吞噬他的生命。

临死前，他鼓起勇气给冯楠发去一条短信，请她在他死后，不要把他埋葬在女儿身边，离女儿越远越好。还好，冯楠遵照他的遗嘱，将他埋在了离女儿葬身之处十余公里的万安公墓。就冲这一点，他说，如果有来生，还是要感谢她的。

说到这里，他还想再说最后一件事，可是来不及了，我们听到一个冰冷的声音，"爸爸"。那是他女儿的声音，他吓得魂飞魄散，边跑边向我道别，说：来生再见。

我醒了。

7

王腾达没喝多少白酒，一瓶五十二度的双洋醇，他们三个人，平均每人三两多酒，很正常。只是他的身体有些特殊情况，不能掺着喝酒，掺一点都不行，准醉。吃饭时当然没有掺酒，掺酒是因为赵青春硬拉着他去 KTV 唱歌，三人又喝了不少啤酒。四听啤酒下肚，那劲头，就像啤酒泛起的泡沫，很快就顶到了他的头部。

他们继续唱。王腾达已经晕头转向，胃里翻江倒海的，像潮水一般。他的喉结不停地往下压，感觉快要支撑不住时，急忙拉开门，跌跌撞撞地向卫生间跑去。吐得一塌糊涂，连眼泪都吐出来了，便池里一摊污秽，散发出难闻的酒臭味。

洗过手和脸，他要回包厢时，发现这里像个迷宫，楼道蜿蜒不说，每个门还都一模一样。他们是在K10还是在K01，他不太确定。听歌声辨别更不行，那些声音从门缝里挤出来，鬼哭狼嚎似的，要找到哪个是赵青春发出的，比大海捞针还难。最简单的方法，找到K01和K10包厢。好在，每扇包厢门上有个茶色的玻璃小窗，走近，可以隐约看到里面的人。找到K01包厢，里面没有开灯，电视屏幕吐出的光一明一暗，将小屋渲染得神秘朦胧。他走近那扇门，站稳，侧脸窥视，发现一男一女正在投入地亲吻。昏暗中，那散发的荷尔蒙味道，顺着门缝儿溢出来，将他本来已抽回的脚又拉了回去。

男人双手胡乱摸着女人，两具身体越来越活跃，欲火难忍之时，男人往下扯她的裤子。女人也急不可耐，将裤子顺腰推到脚脖儿。女人抬起脸瞟了一眼电视屏幕，就这一眼，生生将王腾达的心灼伤了。因为那女人正是他的冯楠老师。

他的身体颤抖不止，双脚像被钉子钉进地板里，动弹不得。当那平头男人腰部用力向前一挺，门外的他，仿佛被谁从背后狠踹一脚，腿一软，扑通跪倒在地。他的额头将包厢门顶开。他强忍疼痛抬起头，看到冯楠慌乱地提着裤子，平头男人已扎好腰带，两眼恶狠狠地盯着他。冯楠认出他来，霎时怔住了，平头男人冲着他破口大骂，你他妈的找死呀，还不快滚蛋。

他没有理会，歪头看一眼冯楠，慢慢站起身，攥紧拳头，铆足劲儿冲平头男人脸部就是一击。那男人向后趔趄两步，终没站稳蹲坐到地上，还把茶几上的啤酒弄倒两罐。那男人当然不会就此罢休。两人厮打在一起。当他被揍得无力反抗时，冯楠却淡然地坐在沙发上，也不看他们，只是盯着电视屏幕吸烟，脸庞忽明忽暗的。

他们停止了厮打。

事情往往就是这样，越想怎么样，反倒不怎么样。冯楠问他们，你们怎么不打了？他气得说不出话来。

第二天早晨，冯楠给他发来一条短信：我的世界，你不懂。他躺在床上，头昏昏沉沉的，还在疼。他没有回复信息，把手机仍到枕头边，继续睡觉，不一会儿，被一串急促的来电吵醒。

起床了吧腾达。是赵青春。

还没有。他说。

昨天晚上你咋了？去趟卫生间，回来又喝那么多酒，疯了似的。赵青春说。

他知道疯狂喝酒的事，后面的事就记不清了。

腾达，素苹让我转告你，你能答应帮那个忙，她万分感谢，需要配合时你随时说。

我答应过她吗？他忘了。

你答应得很豪爽，我们还共同干掉了一整罐啤酒呢。赵青春说。

他努力回忆着，怎么都想不起来。他相信赵青春没有说谎。那么，既然答应，肯定是有理由的，可能是受了冯老师的刺激，一时冲动答应的。

那……就这两天吧，让她把她老公的行踪告诉我。他说。

两天后，素苹给他打电话，告诉他，晚上七点他们夫妻请同学吃饭，在迎宾大酒店荷花厅，让他伺机动手。随后她发来一条彩信，是她丈夫的照片。那男人白白净净，三七分的发型，戴一副黑框眼镜，面带微笑，文质彬彬的，谁会想到，这样的一个人，生活竟然不检点。

迎宾大酒店离他的住处有些距离，已经六点二十分了，时间紧张，他赶紧下楼搭乘一辆出租车前往。到酒店六点四十六，他没有上楼，计划在他们吃饭前搞定。他们七点十分才到，一辆黑色桑塔纳3000开了过来，灯光从他脚下滑过，停在酒店门口。凭直觉就是他们。果然，先是素苹从后车门出来，扫一眼酒店的霓虹灯招牌，来到车尾，打开后备箱拿出两提酒，进入酒店大厅。看来她是个聪明的女人，故意为他创造条件。

男人跨出驾驶室，左手拎着公文包，锁好车，右手拉两下车门，确认锁好才离开。正愁无法下手，这时男人边走边掏出手机，摁亮屏幕，瞅一眼，放回西服左侧内兜。下车第一件事看手机，是好多人的习惯，也有确认时间的意思。他加快步伐，向酒店门口走去。男人没有觉出异常。他低头前行，用余光感知目标的移动轨迹，快靠近时放慢步子。与预想的一样，他们在门口台阶前成功会面，身体发生轻撞。

这么冒失，走路不长眼睛吗？男人身体趔趄一下，训斥道。

他连连躬身点头，怯声道歉，对不起，对不起，对不起。

怕男人发觉，他已做好逃跑准备，恰逢其时，有人冲这边喊"老范"，男人立即扭头答应。他窃喜，真是天助我也。脚下像踩着祥云，迅速消失在夜色中。

路上他拿出那部三星手机，准备抠掉电池强行关机，刚好进来一条新信息。因为手机有屏锁，他打不开，不过新信息能看到：亲爱的，我想你了，今晚有没有空来陪我？

看着手机屏幕，他仿佛闻到了一股酸酸的味道。本来没当回事儿，不经意间，看到那排手机号，他的眼球被刺痛了。难以置信，竟然是小娜。他关掉手机，思绪却像洪水猛兽，无法切断。

上午八点素苹准时打来电话，恭喜他马到成功，还有一堆夸赞，并约他见面。言外之意，让他把手机交给她，顺便付钱给他。这桩交易圆满结束。如果不是小娜，这些事情顺理成章，但是现在情况显然不同了。他以太累为由，与素苹约定下午三点半见面，地点在丹尼斯二楼。

放下电话，他翻来覆去地想，这事要不要告诉冯楠？让她教训教训小娜，还是自己单独找小娜谈谈，劝她悬崖勒马，别再玩火？说来也巧，犹豫不决之际，冯楠打来电话约他见面，他决定让冯楠来处理这事，毕竟小娜是她表妹。

冯楠第一次到他的住处。她进门环视一圈他的小客厅，直蹙眉头。他知道她嫌脏嫌乱。他说自己比较懒。她说男人都这样。沏茶的工夫，她已拿出香烟点燃。烟是一款名叫"卡碧"的外烟，细支，薄荷味。端上茶，她将烟盒向外推了推，问他要不要尝尝。他说，抽不贯，还是"沙河"比较对味儿。似乎她不愿意先提及 KTV 那事，他也装糊涂，不主动说。

腾达，我懂你的心思，可你对老师还是不了解呀。她目光瞟向窗外，显得漫不经心，而又心事重重。

你对学生也不了解啊。他说。

沉默。两人足有两分钟没有说话，就坐在那里，各怀心事。如果换一种说法，或许他们在以沉默的方式，表达着他们尴尬的师生关系。

腾达呀，你一定感觉老师很……放荡，可在我看，这样的活法是自由的。她又说，你只看到我的这一面，我不为人知的另一面你没有看到呀。以前我是怎么过来的，其中所承受的苦，谁能理解呢。

她哭了，声音像是被某个东西堵塞似的，憋出的眼泪，打湿了他的情绪。面对冯楠柔软的一面，他不知道说些什么，也不知道是不是该原谅她。他说，见你，我是想说另一件事情的。

啥事？她慵懒地说。

关于小娜的事。他说。

小娜怎么了？她怔了一下。

他将那件事从头到尾讲了出来，怕她不信，还把老范的手机拿出来，说，你要看短信内容的话，我可以找人把手机锁解开。

解开，我非看看这死妮子在搞什么。烟刚摁灭，她又点燃一支。

解开手机锁，他们只看到小娜发来两条短信，之前肯定还有，只是被老范删掉了。不过这两条短信已足以说明问题。他问她怎么办，三点半要见素苹，手机肯定要给她的。冯楠稍作思忖，说，这样吧腾达，把这两条信息删掉，把手机给她。小娜的事我来处理。真是气死人。

果然不出所料，下午把手机交给素苹时，她塞给他一个牛皮纸信封，里面装有两千块钱。至于他们后来的事，闹没闹、离没离，他不太清楚，也没有再问。他只知道，小娜换了新手机号，每天老老实实看店，生活变得很规律。有意思的是，通过小娜的事，他和冯楠的关系融洽了不少。

8

我采访小娜时，她如实告诉我，那天夜里，她犯下一个错误。后来那个男人告诉她，那个错误是正确的，只是有点疯狂，有点不可思议。

她犯错的根源在于酒，她不应该喝酒的。那天他说只喝一点干红，她没有拒绝。喝完干红，他又让她喝一罐啤酒，她也没有拒绝。两种酒掺到一起，她浑身开始产生反应，头晕、体热，不过意识还算清醒。就在这种状态下她犯下了错误，与他发生肉体关系。在出租车上，他搂住她的腰，她拒绝过，他说到宾馆开间房，她拒绝过，在宾馆房间，他将她压在身下，她拒绝过。可她拒绝得不够坚决，体内分明有两股力量在斗争、在厮杀，驱使她对他的暧昧边拒绝边鼓励。

有过第一次，第二次、第三次就向他们招手了，没有拒绝的力气，以至于小娜明知他是有妇之夫仍心存幻想。老范符合她所有的择偶条件，得知他已婚，她还幻想他会离婚娶她。渐渐地，她感觉他并不想离婚，也不想与她分手。那段日子她纠结矛盾，甚至有些恨自己。突然有一天，她的事情被表姐发现了，冯楠冲她破口大骂，骂她"犯贱"，说她是"小三"。她委屈得哭了，解释半天，冯楠越听越来气，骂她，你说你要不要脸，明知道他有老婆还跟他来往，骂你犯贱你一点儿不亏。

冯楠骂半天仍不依不饶的，小娜忍受不住，反击道，你骂够没有？

没有骂够，怎么了？不服气？冯楠厉声道。

你还骂我哩，你呢。她的愤怒疯长，像洪水泛滥，道，我表姐夫死后你跟那么多男人鬼混，我说过吗？我骂过你不要脸吗？

"啪"的一声，小娜左脸遭受重重一击，她捂住脸，逼视着冯楠，不语。随即冯楠带着哭腔道，你这样说姐吗？

冯楠这一哭，小娜有些懊悔了，这些年表姐帮助她太多了。还有，女儿淹死，丈夫自杀，两个至亲的人相继离世，一般女人遇到这种事多数是挺不过来的。的确不该那样说表姐。

冯楠泪流不止，说，你跟姐能一样吗？再说你理解姐的苦衷吗？

对不起姐。她声如蚊鸣。

冯楠擤一把鼻涕，起身就要离去。

她起身拉住冯楠，道歉，姐，对不起，我不该那样说你。

冯楠扭身抱住她，说，你还年轻，小娜，可不能这样，作为女人，在感情上一开始就错的话，一辈子就都输了。

姐，我听你的，不再跟他联系了。她向冯楠保证。

你要把手机号换掉。冯楠说。

好。可是，他知道我在这儿卖衣服。

放心，像他这种情况，只要你不再跟他来往，他不会再纠缠你的。冯楠话锋一转，肃然道，你可不能犹豫，要坚决与他断绝来往。

他老婆已经知道了，如果来闹事怎么办？这是她最为担心的。

这个你不用管，我让腾达去办。

王腾达知道这事？

这事就是腾达发现的，幸亏他及时告诉了我，不然这事可没法收场。

他怎么知道的？

一句话两句话说不清。冯楠走进柜台，坐下，说，腾达这孩子有毛病，但人是好人，当初你要是听我的，还会有这事？现在倒好，连他都……

他都怎么了？她问。

连他都说你那个事不太光彩。冯楠摇摇头，说，我一直觉得，你俩比较合适呀。

我俩不合适，我不喜欢他，他也不喜欢我。她坦言道。

冯楠以过来人的经验向小娜托出她的见解：你们真要是相处的话，不见得不合适。好多夫妻都是这样，结婚前觉得谈得来、很合适，结婚后却发现根本不是那回事。毛病都暴露出来时，两人互相不忍让，吵闹就会成为生活的常态。看看那些离婚夫妻，婚前哪个不是感觉再合适不过了？反倒是起初看起来不合适的夫妻，结婚后却慢慢懂得了啥是爱情，所以说古代的"父母之命，媒妁之言"是有一定道理的。你们俩呀，为时已晚，只能说没有缘分。

姐，其实……其实王腾达喜欢的是你。她终于说出来了。

冯楠怔一下，笑了，有点羞涩，道，你这丫头净瞎说，我是他老师，比他大那么多，绝对不可能的。

晚上，冯楠说带她去天堂酒吧喝酒、看演出。她去了。

不只是她们俩，还有别人，那人是个看上去很结实的男人，短发，肚腩微微凸起，左侧嘴角有道伤疤。表姐又换人了，上次她见到的那个是瘦长脸的男人，爱说爱笑的，还跟她聊过几句。要说，像他们这种关系是不能见光的，小娜作为表妹，更不应该知道，可冯楠就是这么直截了当，不隐藏，不掩饰。

天堂酒吧里昏暗迷离，灯光下，一张张面孔忽隐忽现，或呆板，或甜蜜，或颓废，或落寞，他们配合着缥缈的音乐，恰到好处地喝酒聊天。这里像天堂也像地狱，这里的人既像天使又似幽灵，时间在这里被模糊了。

小娜找到冯楠说的位置，看到他们正在喝酒，两人没有过多交流。冯楠上身伏于桌沿，将酒杯举起，对着灯光仰头看，随着酒杯的晃动，酒也来回荡漾着。冯楠侧脸挺直脖子，够着指间的香烟，吸一口，又夸张地凸起嘴唇，脸颊收进去，再拉长，吐出烟雾。酒杯被烟雾包裹，氤氲、模糊。

男人不认识小娜，看到她，冯楠挺直上身，迷离一笑，示意她坐下。有过与老范的那次经历，小娜不再喝酒，她告诉冯楠，姐，我喝雪碧就行。冯楠迟疑一下，端起低腰玻璃杯，放到唇边，仰脖吱溜咽下。将空杯放到小娜面前，说，好，你就喝雪碧。来，倒上，咱仨碰一个。

一瓶伏尔加见底，冯楠的舌头已经僵硬，肢体动作越来越大。小娜阻止冯楠，说，不能再喝了。男人附和道，再喝你就醉了。不行，冯楠执拗地又开一瓶，还说有事让她帮忙。谁承想，酒打开，半瓶下肚，冯楠已烂醉如泥，事情肯定说不成了。

小娜没喝酒，当然理智清醒。她知道，首要任务是把表姐送回家睡觉。还好，冯楠醉酒后，只是趴在桌上睡觉，没有大吵大闹。男人问题不大，舌头有些僵硬，说，小妹，让你姐睡会儿吧，等她醒了我送她回去。小娜不同意。男人看她态度坚决，便结了账，与她一起架着冯楠乘出租车回去了。

男人走后她不放心，留下来陪冯楠。

冯楠睡得死，她凑过去细听气息，还算均匀，这才放心。第二天早晨，冯楠起床后问小娜，我昨天是怎么回来的？小娜说是她送回来的。冯楠问她，我说话有没有不妥的地方？小娜说，你困得要命，叫都叫不醒，是架上出租车的。

冯楠松一口气，拍拍额头，再没多言。

你喝醉前说有事给我说。她提醒道。

哦，那事呀。冯楠没往下说，转身走进卫生间。

她猜测着是什么事情。

冯楠从卫生间出来，说，也没多大事，想问你一个问题。

啥问题？

你真不喜欢腾达？

真不喜欢。

我最后再说一次，腾达真不错，你可别后悔。

我很确定不喜欢他。

嗯，好，我明白了。

怎么了？

也没啥，只是为你们感到可惜。

她心想，莫非表姐准备接受王腾达了？过了一段时间，那件事发生之后，她恍然明白，表姐那样问她是有原因的。

9

小娜的事情败露后，王腾达就不再看店了，而是帮冯楠做另一件事：盯住小娜。

盯梢一个多月，他发现小娜变好了，上班下班都很规矩，也没有半点异常。冯楠对小娜、对他都挺满意。通过这件小事，他明显感觉冯楠对他的态度发生了很大变化，以前冯楠总是神神秘秘的，或者说刻意在隐瞒一些东西，现在不这样了，有些话不再躲藏遮掩，而是把他当知心人似的都说出来。

又过了一个多月，小娜处了个对象，是冯楠介绍的。男人在全跃峰生前所在的市中医院上班。王腾达见过那人一次。那天中午，冯楠宴请小娜他们吃饭，让王腾达作陪。饭桌上，男人言语不多，但王腾达透过男人那副近视镜片，看到男人的眼睛，他捕捉到一些别样的内容，嗅到一股非常的味道，这种感觉只可意会无法言说。

实际上，冯楠觉得他与小娜最适合。有次冯楠喝醉，打电话让他去接她，路上她说，腾达呀，你人不错，我真希望小娜能跟你成一家，可惜啊，你俩互相没感觉。

他不知道说什么好，就干笑两声。

不过腾达，你心里已经住着一个人了是不是？她问。

他多想告诉冯楠，他心里住着的那个人就是她，但是她醉了，便说，到家了。

她不愿意下车，非要去他的住处。到他租住的房子楼下，他扶她下车，上楼，进屋，烧水。等他把绿茶沏好，她却倒进沙发里睡着了。怕她感冒，他让她躺到床上去睡。进卧室开灯，看到床上太乱太脏，他又将新洗的床单、被罩和枕罩换上，收拾停当，却喊不醒她。于是他将她抱起，这时她猛然睁开眼睛，死死盯着他，不认识似的。

睡沙发容易感冒，睡床上啊。他将她抱进卧室。当他将她轻轻放到床上时，她突然伸出双手，环住他的脖子，娇声娇气地说，腾达，你不是喜欢我吗？来吧！她使劲将他的头往她怀里揽。他挣脱着，结结巴巴地说，你……你醉了，别这样……别这样，你睡吧。在那种状态下，如果说不动心，恐怕连他自己都不相信。那会儿，他身体里滋生出两股力量，它们经过一场惨烈的战役，最终获胜方告诉他，你不能下手，那样就等同于禽兽。

清晨醒来，天已蒙蒙亮，窗外雾霾浓重，城市一片模糊，如同浸泡在掺水的牛奶之中。他从阳台回到客厅，蹑手蹑脚来到卧室门前，屏息聆听，没有声音，冯楠仍在睡。他轻轻摁下把手，推开半扇门，看到她侧身屈腿而卧，像奄奄一息的龙虾。被子顺床沿躺到地上，是她蹬掉的。他蹑手蹑脚走近，拉起被子，轻轻盖在她身上，结果还是将她惊醒了。她睁开眼，呼地坐起，看看他，又低头瞅一眼自己，发现穿着完好，说，腾达你想干啥？

我没想干啥呀，怕你感冒。昨天晚上你喝多了，送你回家你不回，就让你在这儿休息了。他强调道，我在沙发上睡的。

哦，你睡沙发我知道，看来没有喝断片儿。谢谢你呀腾达。她迷瞪过来。

他心想，既然知道我睡沙发，那应该知道自己说过的话。他没有问。

我说啥胡话了吗？她冷不丁问道。

他摸一下后脑勺，笑道，没有没有。

我就说，不至于说出那种话来。她在装傻。

三天后冯楠再次来到这里，她坐在沙发上，眼睛细眯，若有所思。与三天前一样，他给她沏了杯绿茶，放到茶几上。她端起玻璃茶杯，吹了吹，呷了口茶，道，腾达，今天我可是半滴酒都没喝，我想问你个问题。

你问吧。他说。

你喜不喜欢老师？她冲他媚眼一笑，道，必须如实回答。

这……还用问吗？

当然要问，老师想听你说实话。

喜欢。

那，你想要老师吗？你懂得的。

我……

不要害羞，说吧，想就想，不想就不想。

……想。这个字好沉，他支吾半天才从嘴里推出来。

她放慢语速道，腾达呀，怎么说呢，老师挺欣赏你的，有个事想让你帮忙，如果你觉得难为情，老师不勉强你。

啥事，你说吧。他说。

犹豫了一会儿，她吞吞吐吐地说，老师想让你帮我……勾引一个女人。

你说啥？他觉得听错了，确认道，你说啥？我没听清。

让你帮我搞定一个女人。她嗓门抬高一些，说，这下听清楚了吧，你把她办掉，你想要啥老师都答应，包括老师的身体。

最后一句话如雷贯耳，把他炸得晕头转向的，他的身体晃动几下，没有挺住，猝然跌倒在地，眼前一片模糊。

腾达，腾达，腾达……

他慢慢睁开眼。

你没事吧腾达？不愿意就算了，可别吓老师。她把他搀起来。

他重新坐回沙发上，弓下腰低着头，目光沉得拔都拔不动，盯着地板某个地方发呆。

腾达你别这样，老师也没逼你不是。她说。

沉默很久，他抬起头，木然地说，就按你说的，我同意。

两个月后，按照冯楠的安排，他成功将李昕约到宾馆，帮冯楠完成了报复计划。至于后来发生的事，他知道他错了，不应该那么急，因为她承诺过，她去外地处理好另一桩事情就回来找他，兑现承诺。结果没等她离开澧城，他就强行把她给办了。

那天晚上他跟踪了她。

七点半，他来到怡心茶庄楼下，竟然看到是李昕与她见面，他感到极其意外。难道李昕把那天的事忘得一干二净了？女人真是让人猜不透。她们话不多，简单打个招呼便一前一后上了楼。她们谈些什么他听不到。九点十分，两人下楼后分道扬镳。

从黑暗处蹿出来，他拦下一辆出租车，指着冯楠的轿车说，追上那辆白色的甲壳虫。司机伸头朝前细眯一眼，二话没说，挂挡起步，给足油门便追。前面路口是绿灯，冯楠过去后，变成了黄灯，出租车师傅没含糊，一脚油门下去，车身踏着黄灯冲了过去。出租车接近冯楠的车后慢了下来，出租车师傅小声问道，在执行任务吧？司机把他当成警察了，他愣一下，道，嗯，谢谢配合。师傅笑笑，没再多问，目光紧盯前方，专注驾驶。

冯楠去了长兴路，这是他同样没想到的。以前小娜说过，自从仝跃峰死后，冯楠就很少去长兴路家里了。这次莫非有事？半小时后，他轻敲房门，未开，附耳屏息静听，里面没有动静。他知道她在，为什么不开门？再敲，从防盗门背后弹出一句话，硬生生的：谁呀？他报上姓名，说找她有事。"吱呀"一声，铁门咧开了嘴巴，吐出了她那张警惕的脸，确认是他，才将门推开。

客厅里灯光昏暗，空气中飘浮着丝丝薄烟，还有淡淡的檀香味。他探寻四周，沙发、茶几、电视都被塑料布盖着，看来一直没有用过。他反手带上门，站在门边的白色鞋柜旁，想往里面迈，冯楠挡住，拒绝他往里走。

腾达，找我有事？她没有质问他的跟踪。

没事，想找你聊聊。他说。

哦，那明天吧，我今天没空。她说。

里面有人？他看一眼卧室。

没有。我只是想一个人静静，你走吧，有事明天再说。她上前挪动一步。

有不开心的事？说出来就没事了。他闻到她身上散发出来的胭脂香味，莫名地兴奋起来，道，真的，我想和你聊聊天。

今天不行。她很坚决。

他们近在咫尺，而她的身体和言语都坚硬地拒绝着、驱赶着他。奇怪的是，当她拒绝时，他看到她上下弹动的红唇，像被它们灌醉了似的，语无伦次地说，我……我想你，我真的想死你了，你就成全我吧。

后来，每当王腾达回忆起那些细节，他总会想到他当时不可思议的急切——说那些话时，他身体已经扑过去了，而"扑"也成为那次疯狂事件的开端——他抱紧她的身体，鼻孔里哼哼着，胡乱地亲吻她的嘴巴、她的脸庞、她的脖颈……她全身扭动着，奋力反抗，还呵斥他放开。他哪会听进去呢，继续疯狂地侵略着她的身体，越发猛烈。稍不留神，她挣脱出来，待他再次扑上来，迎接他的却是一记响亮的耳光。他护住左脸，眼前不断滑过星光，思维也有些混乱。

你给我滚！她厉声呵斥道。

他抖动两下脑袋，定睛看她一眼，随又冲上去，将她摁倒在地。她大叫一声，把他吓得要死，急忙捂住她的嘴巴。他的手掌变得只有嘴巴那么大，她的胸部起伏得更加剧烈。她双手掐住他的右手，试图将他移开，以至于将他的手腕都掐出血来，未能如愿。不一会儿，她的眼睛越瞪越大，舌尖舔着他的手心，两腿不停地踢腾。他顿时清醒过来，右手像触电似的，立即缩回。她粗重地喘息着，死死盯住他，目光似箭。

他出神了。时间恍若静止。

突然，她举起双手，将他的身体拽压下去，狂乱地亲吻他，毫无防备。他再次恍惚，犹如入梦。他没再多想，积极地迎合着，去完成他许久的梦。亲吻间，他侧身跪下，捧起她的脖颈，想将她抱进卧室。不料，她再次拒绝，哀求道，不要，不要呀腾达。她红酒一般的身体，如蓄积千年的洪峰，以势不可当的姿态，将他淹没。他像中弹的士兵，身体滑落下来，瘫躺在地。与他想象中的截然不同，没有快感，无论生理上还是心理上，都没有。

潮落下去，冯楠目光呆滞，凝望着屋顶，泪珠在眼角处裂散，顺着脸颊向下滑，没有声音。她扬起左手，在空中轻晃两下，指向卧室，她示意他到卧室看看。

卧室里的墙灯亮着，仝跃峰注视着他，面带微笑。只是那目光和笑容呈黑白色，被罩在相框里。在他面前，是一盏青灰色香炉，里面三支檀香还未燃尽。他不敢与他对视，将顶灯、落地灯和壁灯全部摁亮。床头上方的相片吸引着他，那五幅相片呈一字排开悬挂着，大小相同，A3 纸那么大，无框，水晶装裱，简约而不俗。

相片全是冯楠的单人照。

从左边第一幅，是黑白半身照，她一袭白底碎花连衣裙，齐刘海儿，两根长长的麻花辫垂在胸前，她双手轻抚右侧辫梢，明眸轻雾，眉蕴雅韵，唇含羞笑，不染半点红尘，一股清纯之气仿若从骨头里流淌而出。这是她走过的少女时代。这能理解，所有女人都留恋那个时光。第二幅是彩照，湖面垂柳布景为底，她手扶膝盖，侧身席地而坐，唇不点而红，眉不画而翠，姣若春花，媚如秋月，青春的气息扑面而来。第三幅是新娘妆，单人婚纱照，漂亮脸蛋，场景、神情，还有夸张的化妆，与其他女人的婚纱照别无二致。第四幅，她身处森林，抱树探头，长发如瀑，面施粉黛，深情款款，青春靓丽。第五幅最为独特，她全裸出镜，背景是海边夕阳，水波粼粼。她长发齐肩，一丝不挂，双腿自然并拢，端坐于硕石之上，面朝大海。虽看不到目光神色，但那细腰圆臀，光滑肌肤，能撑破任何男人的眼球。那女人是她吗？她在想什么？遗憾的是，那天他没有问，于是，第五幅肖像成为一个谜团，因为第二天她就消失了，没有任何迹象，像人间蒸发。

他四处找寻无果，半年后，依然杳无音信，失望失落之际，他决定放弃寻找，同时他也决定放弃自己。

10

丈夫要从美国回来了，李昕整夜未眠，忐忑不安。

以前那些事，她想过多次，要向丈夫坦白，可每次都欲言又止。这一次，她犹豫了很久，决定向丈夫全盘托出，挨打、挨骂、离婚都行，无论什么结果她都接受。可世事无常，下一秒会发生什么，没人能说得清楚。

事情要从她丈夫说起。丈夫请的是短假，与以往不同，没让她接，自己回家了。回家后，没等她坦白自己的事情，他却先声夺人自曝出轨。她眼睛圆睁，嘴巴大张，惊讶得连话都说不出来。丈夫请求她的原谅。她定定神儿，像个学生，聆听着他的坦白。他言简意赅地告诉她，起初他们只是肉体上彼此安慰，后来才产生了感情，上个月那女人回国办了离婚……他的语气平静极了，像在讲述别人的情事。不过，从他眼神中，她仿佛看到了自己的内心。她没有责怪，也没有资格责怪，她所有的准备都没有了用武之地，他们无争无吵地顺利离婚了。

没有孩子，所以他们只有财产分割问题。这也不是问题，两套房产，各自一套，青年路那套归他，只需通知租户搬走，他再将东西搬进去即可。而他却说，东西不急着搬，房租你还继续收。她当场拒绝。

他没有再说什么。

解除婚姻不能代表爱与不爱，说是用一张纸来证明一次分手更为合适。这不算什么，人生那么短暂，何必苦自己呢？她反倒这样安慰起自己。

离婚后，她每天严格遵守着"两点一线"，除了上班和回家，很少与别人来往。她也知道，冯楠已经走了，没有人会找她。这很好。

说到冯楠，那件事发生之后，本以为她们的关系会彻底决裂，不会再有任何联系了。然而，因为全跃峰生前的情人田丽萍，她们俩仍进行着尴尬的交往。那晚冯楠找她是为了了解田丽萍的情况。对于田丽萍，她倒是知道一些，但没有告诉冯楠，只说不知道。过了两个月，某天晚上，冯楠神出鬼没似的出现了，找到她，说已经打听出来，田丽萍在新疆乌鲁木齐。怎么打听出来的，她没问，冯楠为什么说这些，她也没有问。只是，冯楠说要去乌鲁木齐时，她劝说道，冯楠，何必这样呢？得饶人处且饶人。

冯楠没有理会。

冯楠再次出现，是三个月后，依然是突然出现。冯楠冲她笑道，刚从新疆回来，不过明天又要离开了。她心想，冯楠肯定会炫耀她如何报复了田丽萍。结果没有，冯楠让她觉得不真实了。

那次见面，有关田丽萍的情况，冯楠说得不多，但都是重要信息。她说田丽萍已生下一个男孩，是仝跃峰的。现在田丽萍仍是单身，在一家母婴洗浴店带子打工。至于她们见面后发生过什么，冯楠只字未提。这不是重点。冯楠见她是有要事相托：一是小娜，让她多找小娜谈心聊天，别让小娜把路走偏了。二是王腾达，他是个好孩子，聪明、善良，帮忙撮合他和田丽萍在一起。三是田丽萍，田丽萍会带着孩子回到澧城，要她帮忙照顾孩子，照顾田丽萍的生活。最后说到李昕，冯楠潸然泪下，完全没有铺垫。冯楠身体战栗着，在她耳边哽咽道，对不起。李昕身体一惊，想说没关系，却如鲠在喉。

那次相见，更像是一种告别。她问冯楠要去哪里，冯楠笑笑没说，之后就再无消息了，彻底消失了似的。

有天晚上，她路过冯楠家楼下，看到小娜正在搬运东西。她知道，这套房已经出手，只是不明白，为什么那么急。小娜说中介催得紧，白天服装店要营业，就趁晚上搬运东西。东西也不多，三轮车车厢都没装满，尽是些被褥之类的。小娜身边站着一个瘦长脸的男人，她没有问小娜，不过能猜出两人关系不一般。男人冲她礼节性笑笑，算是打过招呼。她又问小娜店里生意怎么样？小娜说还行。她问小娜最近冯楠打电话没有？小娜摇头说没有。她们又寒暄几句，然后挥手告别，各忙各的。

某天清晨，她正在洗漱，床头放着的手机响起。看到手机号码，她感觉既熟悉又陌生。一般情况下，不是熟悉的人，她不会存对方手机号的。犹豫再三，接起，竟然是王腾达，的确有些意外。电话里，王腾达提出与她见面，原本该坚决拒绝的，但她想到冯楠的那番交代，便同意了。

他们见面的地点在迪欧咖啡。厅内灯光柔和，夹杂着舒缓的轻音乐，卡座里的青年男女的窃窃私语将餐厅衬托得更加幽静。他在东北角的一个卡座里，看到她，他站起身摆摆手。不知为什么，她夹紧肩包，莫名地有点紧张。在他面前站定，她没有立刻坐下，而是狠狠地剜他一眼。他咧出尴尬之笑，面泛红晕，低头，竟然掉下一抹羞涩。

她想笑，但忍住了。他们点过餐，服务生离去，他向前探过身，僵硬地说，对……对不起呀。她紧抱自己，不说话。他说，请你原谅，那事……我有苦衷呀。他哭丧着脸，看她还不说话，又说，要我怎么做你才能原谅呢。他双手揉搓着，灯光下，眼眶里明晃晃的。

不原谅又能怎样，都过去了。她说。

他顿时喜形于色，哑巴几下嘴，似要感谢，却终没说出口。本想他只是为了道歉，其实不然，他是向她打听冯楠的。她答应过冯楠，不将她后来的事情说出去，其中就包括王腾达。此刻面对他的问询，她已想好如何回答，于是敷衍他道，你问错人啦！当初你的冯楠老师是怎样对付我的，你也知道，我和她再没有联系过，更不会知道她在哪里。

姐，你肯定知道。他意味深长地说。

我真不知道。她坚定地说。

姐，你就告诉我吧，我必须要找到她。他转而哀求道，姐，求求你，她对我很重要。

莫非他们之间发生了什么？她这样想却没有问，只是说，冯楠不在澧城，其他的，我真不知道。

他不相信，歪着头又问，真不知道？

她真不知道，怕他穷追不舍地问，便语重心长地说，腾达，那事……姐已经原谅你了，希望我们以后成为好朋友，无论生活上还是工作上，有需要姐帮忙的地方，你尽管提，姐会尽力帮你，至于冯楠，姐真不知道她在哪里。

他定睛瞄她一眼，还有些不相信。

你还要姐给你发誓吗？她说。

他摆摆手，情绪一落千丈，目光中流淌出一种说不出的痛楚。这种感觉她曾经有过，许多人都有过，她认为，王腾达只不过正在经历，没什么大惊小怪的，过一段时间再劝劝他，终会好起来的，却没想到出事了。

半月后，她再次听到王腾达的名字是在他因抢劫被警方抓捕的新闻报道里。新闻里说他是惯偷，从未失手过，偏偏这次抢劫被抓了。本来他已得手，怪异的是他没有逃跑。如果得手后他扭头逃跑，即便警察及时出现，也很难抓住他。可他没有跑，只是恨恨地盯着那女人，等着警察来抓他似的。女人不敢接近他，正要喊叫，瘦高个的警察便出现了，果断将他抓捕……他最终被判刑三年零六个月。他们说，这是最好的结局。可她心里明白，他实施抢劫是故意的，抢劫后，他压根儿就没有打算逃跑。

她懊悔不已。

王腾达入狱不久，田丽萍带着孩子回来了，田丽萍找到她，第一件事就是问她，王腾达在哪里？她艰难地说，他在监狱，在离澧城一百多公里的阳州市第二监狱。

安置好田丽萍，又帮她找到一个可靠的保姆——李昕的二姑——带孩子，田丽萍提出要去探监，自然由李昕陪同。

第一次探监。见到王腾达，感觉他成熟了很多，那淡然的神情、平静的目光，就像风雨之后的湖面，深邃而不乏韵味。介绍过田丽萍，他定睛看看她，礼貌地招呼道，你好。她提醒王腾达，之前冯楠找过她的。听到冯楠，他的目光亮了一下，很快又暗下去，低头轻叹一声，陷入沉默，场面有些尴尬。

这时候，田丽萍面带羞涩地说，王腾达，楠姐经常提到你，也说过你的点点滴滴……以后我就在澧城生活了，澧城离这儿不远，我会经常来看你的。

她……还好吗？他更关心冯楠。

她应该挺好的，我不知道她现在在哪儿，上次她走前交给我一封信。田丽萍从挎包里掏出信，隔着铁窗推进去，说，她让我转交给你，是写给你的。

他戴着手铐，瞅一眼那封信，拿到手里，低下头，不语。

第二次探望王腾达，已是隆冬时节。田丽萍给他买了一套保暖内衣，两条沙河香烟，还有牛肉、水果之类的食物。跟上次差不多，他很平静，见到李昕和田丽萍也没有表现得惊喜，算是不热不冷，而且会面时间不长。

腾达，昕姐帮我找了一份工作，在新达商场做收银员。田丽萍冲他笑笑，又说，以后我还会来看望你的。

同为女人，田丽萍传递给王腾达的好感，李昕当然听得懂。可是王腾达倒还像上次一样，淡淡地说，谢谢你。

准备离开时，王腾达突然喊住李昕，冲她微微一笑，道，姐，真的对不起。

她故作轻松地说，都过去了，没有谁对不起谁，再说，那天我就告诉你了，我已经原谅你了。

从此以后，她过着近乎隐居的生活，很少与别人来往。小娜生意红火，感情稳定。田丽萍也过得充实，孩子吃得白胖，身体健康结实。至于她和王腾达之间的爱情，田丽萍没有说过，她也没有问过。直到昨天，他们送来结婚请柬，她才知道，王腾达早已刑满释放了。

婚礼上，冯楠没有出现，李昕也没有觉得失落。经历那么多，她感觉就像一场梦，所有人都是过客，所有人都悄然远去。她深信，类似他们的故事，今后仍会续演，但那些故事于她，已是无惧无悲、无惊无喜。毕竟，每个人内心萌生的那份情，都需要用另一份痛来铭刻。

羽　毛

1

一栋六层老楼，由红砖砌成，经了岁月的洗涤，砖已不那么红，变成了土灰色或泥青色，而且因风化，砖墙表面已经疏松，都裂开了，薄薄的，一片片，一层层，悬翘着，在风中摇摇欲坠。一到夏天，老楼的墙上便蔓延出许多青藤。这种青藤叫"爬山虎"，它附墙滋长，藤蔓质柔，茎叶葳蕤繁盛，密密匝匝，宛如柔软的羽毛，将整栋楼包裹起来，铺染成绿色。

密集的叶丛中，四楼，有一扇红框玻璃窗，向外敞开着。窗内黑乎乎一片，像洞穴似的，阴森恐怖也神秘。在窗户的右下角，一簇卷须的青藤探出了头。这是一间闺房，主人不在。但女孩的照片到处可见，墙上、电视上、床头柜上都有。女孩削肩细腰，皓齿蛾眉，眼如弯月，笑着。但是，那明亮的眸子，在清澈之中，仿佛蕴含着淡淡的忧伤，让人看了隐隐心疼。

今天是她出嫁的日子，她却不在。床上有些凌乱，离床沿不远处的地板上，有一片黏稠的血。血已经冷却、凝固，变成了红褐色，也像黑色，散发着铁锈腥味。那片血与窗户距离不远，其间有一道长长的血滴印。血滴圆圆的，省略号似的爬上窗台，站在那簇青藤跟前，看上去，仿佛这楼体失色的砖红是被那探头的青藤吸进肚子，又吐在了这里。这些血迹，将这间屋子渲染得诡异神秘，也让女孩的去向变得扑朔迷离起来。

一阵风吹过，窗户的木框碰到了墙壁，发出"当当"的响声。响声中，一只褐色的麻雀，"叽"地啼叫一声，从床后跳了出来。它左右看几下，便轻展双翅飞上了窗台。窗外，一片树叶落下，打着转，飞舞着，从它身边飘过。它发现了，没有慌，也没有逃，而是呼扇两下翅膀，回过头，冲那片血颤叫一声，随即一扭身，飞走了。

它在这屋子里待了多久，或许连它自己都记不清了。不过可以肯定的是，它离开时，窗外，曙色微露。

2

电视里，播放的是本市晚间新闻，电话机旁，肖芙正传播着另一则新闻——凌晨发生的自杀事件。的确，有一女孩自杀了。肖芙冲电话喋喋不休，说那女孩太傻，竟然为了一个男人命都不要了！接着又说男人，说男人都不是好东西，不能把他们当回事云云，说得兴致盎然的。我收拾完东西，看着她干咳一声。她斜睨我一眼，没有理我，仍在说。看她这样，我便将那两千块钱在她面前晃了晃，轻轻放到了电视柜一角。恰时，她仰首大笑起来，恭维那女人道："我不行，哈哈，我……我哪有你手段多，哈哈哈……"她笑得浑身乱颤，像刹车失灵似的。我急忙戴上墨镜，背起吉他，躲开了。

我曾经是"歌手"，但"歌手"这个称谓，我自己始终都没有真正承认过。我不否认我喜欢唱歌，也参加过演出，可现在，我的歌声却与演出无关了。现在呢，我只是在月底，从工资中抽出两千交给她，然后背起吉他，来到澧河公园，在哪个僻静的角落唱上两三个小时，仅此而已。每月一次，这也是我与她的口头协议。

我在一家广告公司上班，工作还算清闲。但我必须承认，我性格内向，沉默寡言，没有朋友。尽管我有婚姻，但没有爱情，唯一的爱情，也随着她的逝去，永远埋藏在了心底。结婚后，我只能偷偷地想念她，而且每次想起她，心都会痛得流血。于是我就唱歌，因为在唱歌的时候，我能长出羽毛丰满的翅膀，能飞翔，当然，这也是我最为惬意的时刻。或许是歌声稀释了我的痛苦吧。我想。

不觉间，我来到了澧河岸边。岸边的狭长地带通常被人们叫作"沿河公园"，公园里有花草树木，有假山雕像，也有亭榭。左边不远，就是澧河。悠悠澧河水，清澈明亮，柔软光滑，像少女的皮肤。一到晚上，这里便成了人们的乐园，他们或坐在石凳上聊天，或伫立在岸边听澧河水声、观沿岸夜景，很是惬意。当然，也有一些青年男女，他们在树林里、在月光下，甜言蜜语，谈情说爱。正是因为有了这些，澧河的夜才变得浪漫、诗意起来。

穿过幽暗的树林就是公园的尽头，再往东去就完全是河岸了。从河岸到水面，有一条倾斜的台阶，由碎石子和水泥砌成，长长的，像连接人间与地狱的梯子。河水上涨时，留在"人间"的台阶便少了一些；河水下落时，那些台阶又被吐了出来，还给了"人间"。我就坐在被吞来吐去的那两级台阶上，怀里抱着吉他，戴着墨镜，开始了我的歌唱。然而，让我没有想到的是，这一次，我的歌声竟然唤醒了另一个世界的小芙。

3

从墓地回来，陈尘面色萎黄，眼圈红肿着，心情呢，抑郁悲恸，犹如掉进了深渊。

莫鸣在卧室，正站在床头挂照片，那是他们的婚纱照。他扭过头，问她歪不歪？她精神恍惚，呆若木鸡，扶着门框，不语。莫鸣看出了异常，如遭电灼，急忙跳下床，趿拉上拖鞋，揽过她问："脸色这么难看，怎么了？哪儿不舒服？"说着，就把她抱了起来，轻轻放到床上。她身体舒展着，瘫软着，柔若无骨，目光定定地注视着上方，像死尸一样。上方是大红的"喜"字，由四条彩带拉扯着，悬在那里。后天他们就要结婚了。陈尘一想到结婚，忽然间，那些无奈、茫然和绝望，就像一个梦，而这个梦，于她来说却是可怕的。

豆大的汗珠，不断冒出她的额头。这下，莫鸣就更加紧张了，抱起她就往外走。她摇摇头，气若游丝地说："给我倒杯水，我……没事的。"莫鸣责怪道："都中暑了，还说没事。"她最终还是被送进了医院。

医院里，空气中弥漫着来苏水味，她说受不了，坚决要回去。回去后，她又发觉，其实真正让她忍受不了的，并非那些来苏水味。是什么呢？她一时想不出，后来她想，应该是岳桦的死吧。岳桦为什么会选择死？他想用他的死表达什么呢？她痛彻心扉。

第二天，她终于做出了那个决定——回家。听到她说要回家，莫鸣骤然蹙起了眉头，听错了似的，"什么？回家？开玩笑的吧？"她说没有开玩笑，必须回家。说这话时，她的声音不大，情绪也平静，但这平静之下，却有无数个"决然"在涌动。莫鸣眼睛瞪得大大的，很是震惊。要知道，她对他一向是顺从的，连说话的声音都柔柔的，唯独这一次不同。莫鸣摸了一下她的额头，说："你的病还没有完全好，我不能同意，再说不是说好了吗，就在这儿结婚。"她说结婚是在这里，但必须将她从家里娶过来。当初莫鸣考虑，她那个家已很久没人了，况且她一直是住在这里的，就在这儿婚娶，典礼在酒店，这样挺好。况且这个计划已经与婚庆公司商定过了。所以，他再次劝她按原计划办。她没有反驳，而是背靠床头，目光虚虚的，飘向门外，不语。莫鸣坐下来，挠挠头，眼珠子转了转，又问她，到底怎么了？她依然沉默着，不看他，也不说话。的确，沉默的力量不可小觑，它看似微弱，实则威力之大，令人难以捉摸。终于，在沉默之中，莫鸣紧绷的脸泄下来，长叹一声，转而笑道："好好好，听你的，改计划，我现在就给婚庆公司打电话，改！"

她胜利了，第一次胜利。可是，她没有因为自己的胜利而兴奋，甚至连微笑一下都没有，没有。

远处，夕阳挂在楼顶，像一团即将燃尽的火，绯红而热烈，将这个城市渲染得金灿灿的。夕阳下，澧河水波光粼粼，如同一条流动的彩带，缓缓东去。桥上，下班的人群熙熙攘攘，人们行色匆匆。人流中，她手拉行李箱，迈着沉重的步伐，走着，而且每走一步，细高的鞋跟儿便将石板路面踩得橐橐作响；她身后那飘逸的长发，像一挂瀑布，静静流淌着……不一会儿，夕阳便掉到了群楼的身后不见了，而此刻，她已走进一条僻静的小巷。在小巷里，她回过头，又西望一眼，方发现，适才的喧嚣和陆离，已然成为身后的风景，而在前方不远处，就是那栋浑身像长满羽毛的青藤老楼了。

4

我说过，我在唱歌的时候有戴墨镜的习惯，因为当我戴着墨镜时，澧河的夜才更像是夜，然后，我闭上眼睛，边弹边唱。当我闭上眼睛，这个夜在我的歌声中才真正成了另一个世界，而我自己，也变成了真正的我。

我还说过，我唱歌的时候，会长出羽毛丰满的翅膀，会飞。这一点，千真万确。虽然我看不到它，可我能感受到它的存在。那绒绒的羽毛，像绸缎一样光滑，那健硕壮实的翅膀，足以将我包裹。在微风吹拂下，它扇动着，将我从地上拔起，将我带到空中，然后越飞越高，越飞越远……是的，我原本就能飞翔，在唱歌时，在另一个世界里，我能到达任何一个地方。可是，我总要飞回这里的，因为据我所知，小芙不会飞，我害怕我飞离了这里就再也见不到她了，所以，我又飞了回来。

我的翅膀还没完全合拢，突然传来"扑通"一声，我的歌声戛然而止，眼睛也迅速睁开，我看到有人掉进了水里。不会是投河自尽吧？想到这一层，我的身体不禁趔趄一下，竟也差点掉进河里。

我知道，我又回到了现实世界。在这个世界里，我看到了那个白衣女子，她像一团雾似的，在澧河里扭动着身体，两手胡乱地拍打着水面。那溅起的水花，证明她与我同在一

个世界。我看不清她的脸，也听不到她的呼喊，但我莫名地
感觉到，她就是小芙。无论是不是小芙，都容不得我再犹豫
了，我甩掉吉他，一纵身冲进了水里……

5

　　岳桦死了。陈尘的第一反应是，怎么可能？不可能！绝
对不可能！她笃信，即便他决定要死，也会提前告诉她的。
转而她又笑了，认为这只是一个小小的玩笑，他不会死的。
可脑海里分明传来一个声音：这不是玩笑，他死了，真的死
了。她又默默地问，真的死了吗？真的。那一刻，她的身体
凝住了，怔怔的，如魔附体。就在某个瞬间，她猝然倒下了，
像一具死尸似的，倒下了。她知道，这不再是一个小小的玩
笑，而是命运给她开了一个天大的玩笑。

　　又呆愣一阵子，她的眼泪才顺着脸颊流下来，晃晃的，
流到了她的下颌，也流进了她的心里。如果说，这泪水流在
她脸颊的是悲痛，那么流进她心里的便是血了。的确，她的
心仿佛在流血，就像被利箭射中，却不见箭的身影，因为它
浑身沾满血，飞离了她的身体。

　　她做梦也没想到，他会猝然死去。更让她想不明白的
是，他为何选择去死？对于他的死，她无法接受，也不愿意
相信这是真的。不过，终于有一天，她相信了，而且在那一
天，她决定要去看看他。

羽　毛

但是莫鸣不明白，说："天这么热，清明节的时候都去过了，又要去？"

"我想问问我妈，她在那个世界快乐吗？"她淡淡地说。

"嗬，我知道了，你是想告诉她，我们快结婚了，让她也高兴高兴。"

她没有再言。

莫鸣说要与她一同前往，被她拒绝了。

上午，她去了母亲的墓地，在墓前，她对母亲说了许多话。之后她又去了另一块墓地，并且在那里待了很久很久。那是岳桦的坟墓，墓碑前有鲜花，墓碑上有岳桦生前的照片。照片上，他在笑，冲着她一直在笑。很快，在她的泪雨滂沱中，他的笑容模糊了。而那石碑，仿佛一扇坚实的大门，紧紧关闭着，将她拒之门外，也将他们分隔开来。她终于没有忍住，哭声如刀割一般，断断续续挤了出来。"你这个傻瓜，你为什么抛下我呀？为什么呀？你说呀……你好狠心哪！"她伸出右手，轻轻地，触摸到了他。他仍在笑，笑得像这夏日的阳光，炽热、持久，也让人不安。她触摸着他的笑，盯着他，嘤嘤地说："你别光笑，你说话呀，你怎么不说话？我想听你说话呀傻瓜……"他没有说话，只有笑容。这笑容，让她悲怆、心痛，因为她知道，虽然此刻他们离得很近很近，可是，这近得触手可及的距离，遥远得吓人。

哭了多久，她已不记得了；怎样回来的，她也不记得了，只觉像是在做梦，做了一个冗长的梦，这个梦如同一条大蚕，在慢慢咀嚼着她的心叶，最后，将她整个人都吞噬了。其实，这并不是最可怕的，最可怕的是，当她跌跌撞撞进门来，当她看到莫鸣，听到他的声音，看到那红得让人目眩的婚房，她突然发觉，原来，比那噩梦更可怕的，竟是眼前的这一切。

6

那个落水的女孩得救了，我将她托上了岸。

女孩一袭白裙，像个天使，当然她与我一样，浑身湿漉漉的。我顾不上看"天使"长什么模样，因为她处于昏迷状态，当务之急是救人。好在，有关溺水的急救方法，我从书本上看到过。我迅速将她放置在我的右腿上，用手拍打她的后背，间或晃动她的身体。一通拍打之后，我暗暗告诉自己，如果积水再吐不出来，就打急救电话。没想到，她脖子猛地向上一仰，"哗"的一声，积水一泻而下，嘴里夹杂着咳嗽声。我继续在她背上捶压，她又吐出一些，这样来回几下，估计积水吐尽了，我便将她轻轻放下，让她平躺着。之后我又将两个手指摁到她手腕上，感觉到她心跳基本正常，这才松了一口气。

借着灯光，我扫了她一眼，看到她高耸的乳房，像贴了一层轻纱，一起一伏的，面部却依然没有动静。我像蟾蜍似的爬过去，凑近她。她头发很湿，一绺一绺的，贴附在她的脸上。我伸出右手，慢慢撩开那些头发，试图看看她的脸。这时候，她猛然睁开了眼，她脸色蜡白，没有一点血色，模样很是吓人。我悚然惊叫一声，跌倒在地，急忙捂住了眼。

她没有说话。

迟了一会儿，我从指缝中窥视到她慢慢坐了起来，我连忙问："你……你到底是人，还……还是鬼？"

"你猜呢？"她的声音轻飘飘的。

"我……我……猜不出来。"我像从冰窟里刚爬上来似的，语不成句。

她梳理头发的手停下来，捂着嘴哧哧地笑了。这笑声令我感觉既缥缈又亲切，就像这澧河里的水，清澈纯净也神秘。我心想，她应该不是鬼，因为如此动人的笑，断然不可能是鬼的。我慢慢放下手，咳嗽两声，问她为什么要投河自尽。她歪着头，戏谑似的说："你看到我跳河了吗？"我摇摇头，又问："如果不是跳下去的，那……难不成你是从澧河里冒出来的？"此言一出，刚刚被我咳散的恐惧再次袭来，尤其是在朦胧中，我分明看到她就是小芙，心里就更害怕了，"你……你是……小芙？"

看她不说话，我心里既害怕又好奇，便情不自禁伸过右手，颤抖着，想托起她的脸看个究竟。可她将头甩向了另一边，末了还回眸冲我一笑。我一阵寒噤，心想，难道小芙真的死而复生了？

过了一会儿，她缓缓站了起来，并低头冲我说："谢谢你，你的歌很好听，我还会来听的。"说完，她扭身离去，任凭我不停地唤她"小芙"，她却头也不回一下，像一片白色的羽毛，飘起来，被黑夜吞没了。而随着她的离去，适才的漆黑，也迅速将她身体留下的裂璺，弥合了……

我呆怔在那里，一片茫然，恍若梦中。

7

伊甸园宾馆。

电梯"噔"的一声，他们的身体顿了一下，五楼到了。陈尘尾随他在 521 房门前站定，到这时，她心里仍在质疑，他……可以吗？又想，不可以怎会开房？想到开房以及将要发生的事，她的心跳加快了，脸色也泛得红红的，红得要滴出血来似的，烫。

回想那些日子，她感觉，莫鸣就像一个噩梦，紧紧缠绕着她，摆脱不掉，也醒不来，真是煎熬难忍。实际上，即便莫鸣不在，她仍旧是躺下去没有好梦，醒来也没有惊喜。自从认识了岳桦，一切都变了。在她眼里，他就像一束温和的阳光，穿透层层阴霾，照射下来，奇特而美好，温暖而明丽。

她爱上了岳桦。

不过，令她纠结的是，她明明感觉到岳桦是爱她的，可他却从未向她表白过。有好多次，她问他："你爱我吗？"岳桦没有说话，没有点头，也没有摇头。她很想听他说他爱她，结果这个岳桦，通常是一笑而过。有一回，在她的再三逼问下，他终于说话了，但说出来的话，却让她伤心很久。有时她恨不得忘掉他，可越是想忘记，反而对他的思念越积越多。她知道，他的一切已然融入了她的灵魂，进入到了她的内心深处，不但忘不了，还注定会伴她一生。

这一次，她没有想到他会主动约她，更没有想到，他竟然还开了房。可是，当他们进到屋里，接下来发生的事，与她所期待的就大相径庭了——岳桦没有迫不及待地抱她、吻她，或者慌乱地扯掉她的裙子，他先是拉上窗帘，接着，打开了壁灯和台灯，然后就坐在她对面的床沿。他目不转睛地看了她片刻，忽然，深情地说："陈尘，你让我做了一个美梦，谢谢你，可是这个梦，也让我很痛，很痛。"她嘴唇颤抖着，不明白，脸上写满了委屈，眼眶里，泪水打着转。她终于忍不住，扑过来，嘤嘤地哭出了声。他身体僵硬在那里，两手紧握着。呆怔片刻，他两手松开，分开手指，轻轻地，穿过她的黑发，抚摸到她的肩膀。他像捧起一簇花似的，将她捧在怀里。他们紧紧拥抱在一起，很久。

渐渐地，静了下来，仿佛空气都凝固了。她双目紧闭，粉颊埋在他的胸膛里，聆听着他的心跳，感受着他的体温……她沉醉了，沉醉在这份久违的美好里……她看上去那么妖艳，那么妩媚，也那么贪婪，像饥渴的小鹿，仰起长颈，等待着那颗果子的到来。她没有等到，倒是小腹被一样硬硬的东西顶得浑身酥软、血脉偾张、呼吸急促……她张开双眸，只见那疯长的欲望已经从眼角洪水般涌泻而出。这时候，岳桦倒像被开水烫着了似的，慌忙将她推开，身体连连后退，最后蹲坐到了床头。神情苏醒过来之后，他便开始捆自己的脸，一下、两下……她扑过来，捧起他的脸，小心翼翼地抚摸着，哭道："别这样，我愿意。"

岳桦不停地摇摆着头，说："可是，我不能。"

"为什么。"她不明白。

"因为你所需要的，我一点也给予不了，包括爱情。"他将她扶起，帮她擦着泪，继续说，"有一天，你会明白的……"

听到这话，她怔住了，很久没有说话。等她再次开口说话时，已经变得声嘶力竭了："我不明白！不明白！你个骗子，大骗子！你在欺骗我！"

她甩掉他的手，扭过头，不再理他。

"可是，我的心，永远不会欺骗你，永远不会。"他淡淡地说。

原本她以为，他睿智文雅，成熟可信，不会虚情假意的。现在看来，他与那些不负责任的男人倒是很像。于是，她不断告诉自己，不要再理他，更不要相信他的话，因为他是个伪君子、懦夫！

她抹了把眼泪，起身就要离开。他拉住了她，幽幽地说："就让我最后吻你一次吧。"她顿住脚步，身体凝住了，稍迟，慢慢扭过头，也不看他，猛地甩掉他的手，哭着跑了出去……

让她做梦也想不到的是，第二天他就死了，是自杀。

8

小芙像一个魅影，飘到我面前，逗了我一下，很快又消失了。在她消失的这半个月里，我失魂落魄的，满脑子都是她。我甚至怀疑，那晚见到小芙，真的是在梦里。几年前她就死了，为什么会死而复生呢？如果是，我明明认出了她，为什么她又离我而去了呢？尤其是她那哀怨的眼神，盯得我浑身战栗，我忘不了。

第一次见到小芙，是在北京的天堂夜总会，当时我正在演唱那首《谁》。不经意间，小芙的身影在一束束氤氲的灯光下忽明忽暗地闯进了我的视线。她在舞台一侧静立着，长发披肩，两臂环抱胸前，歪着头，仿佛陶醉在我的歌声里。这也给我感觉，她是与众不同的。我边唱边走向舞台那侧，当光束掠过她的脸，我窥到了她忧郁的表情，还有那哀怨的眼神。尽管只是一刹那，但是我却心头一颤，情绪立刻被她俘虏了，以至于我在演绎这首歌时，因用"情"过度，歌声里的那份感伤变成了一种悲戚，并慢慢向全场蔓延开来。对于一个歌者来说，"情绪失控"是万万不应该的。意外的是，当音乐渐渐淡去，余音未落，台下便响起了雷鸣般的掌声。

　　　　　　　　　　　　第五幅肖像

在声浪中，我扫了一眼小芙，发现她正在擦拭眼角，这就让我更加意外了。接下来，我冲台下的观众微笑着，鞠躬致谢下场，身后，是主持人的声音……

我走下舞台，只见小芙手握无线话筒，来到了舞台边。我们对视一眼，擦肩而过，接着，从主持人的口中，我第一次听到她的名字……本来，我想站在她刚才的位置听她演唱的，可我看了看手腕上的电子表，时间实在太紧张了，就走向了后台，因为我要赶到下一个场地演出。后来我才知道，原来小芙与我一样，是"京漂"，每天晚上靠不停地串场演出来维持生计。

我在音乐学院学的是美声，但我喜欢通俗唱法。毕业时，老师也说，通俗唱法比较适合我，尤其是我对伤感类型音乐的演绎，很出彩。老师给予了我高度赞赏，说我"无论情绪的拿捏，还是声音的控制，都很好"。于是，我对演绎这类歌曲更有信心了。一年后，我成了"京漂"大军中的一员。虽然每天很累、很辛苦，但我很开心。可以这样说，我是做着自己开心的事，唱着伤感的歌。那天邂逅了小芙，我对"伤感"又多了一层理解。从那以后，我在唱歌时，总会情不自禁地想起她，情绪也会很快进入"心痛"状态，而我却心不由己。

9

这家西餐厅，叫作"红豆"，紧靠澧河北岸，餐厅虽然不大，但很温馨。吊灯、烛光、玫瑰花、牛排、咖啡、果汁，还有似有似无的音乐，它们交织在一起，就显得很浪漫了。因为这浪漫，他们见面的地点大多在这里，所以被他们称为"老地方"。

陈尘盯着他清瘦的脸，默默不语。低矮的杯子里，灯芯被一小团火包裹着，火团有很多层，颜色由浅至深，闪闪的，打在他们脸上。岳桦将嘴唇凑过来，轻轻将蜡烛吹熄了，只见黑黑的烛芯吐着青烟，向上方的罩灯缥缈散去，很快，青烟没有了。

她不明白，他为何要吹熄它，总觉得这次他挺反常的。首先是打电话。以往他们见面，都是她主动约的。这样主要是要考虑到莫鸣，因为只要莫鸣在家，她就没有自由，也就不能随便见他。唯独这一次，是他主动约的她。再有就是，他今天的装扮很特别——黑皮鞋，深蓝色西裤，白衬衣，而且还理了个新的发型——毛寸，要知道，之前他一直是长发齐肩的，怎么突然返璞归真了？

对于他的反常，她没有问，他也没有说。表面上，他还是那么淡定、沉稳，眼神中，依然透着那难以望穿的深邃，这些都是她喜欢的，一直喜欢。

　　　　　　　　　　　　　第五幅肖像

"你找我一定有事。"她声音柔柔的，似肯定又像是疑问。岳桦拿起刀叉，指一下她的牛排，说，是有事，先吃饭，吃过饭再说。话虽这样说，但她在慢慢切割牛排时却心不在焉，想，到底是什么事呢？

吃过饭，岳桦抽出纸巾，优雅地抹擦了一下嘴巴，说要带她去伊甸园宾馆。"伊甸园宾馆？"她嘴巴张得大大的，不相信似的，又问："你说的是伊甸园宾馆？"岳桦端坐着，微微点点头，说："是的。"她没有一点思想准备，因此心里既紧张又兴奋。曾经，她想过好多次，他们之间是该发生一些事情的，比如拥抱、亲吻，比如性，甚至她幻想着，她将来要生下一个属于他们的孩子。结果呢，他不但没有吻过她，而且连一次拥抱都没有过，最多是牵一下手，更别说性爱和孩子了。

她心里很清楚，当一个女人爱上一个男人，她会心甘情愿地为他付出一切，包括身体。而男人，最先爱上的往往是女人的外表或身体，之后才有可能爱上这个女人。岳桦不是这样。他对她从来没有表白过，哪怕一点点暗示都没有。她经常思考这样一个问题：他这样，是不是不爱我？要么就是失去了性能力。就在刚才，当他说出要带她去宾馆时，她着实震惊了。倒不是她不愿意，只是太突然，一时没有反应过来，所以她又问他："你……你……可以吗？"岳桦浅笑一下，只说了一个字："走。"当岳桦拿着伊甸园宾馆的房卡，当他们走到电梯门口时，她仍在怀疑："这是真的吗？"

10

　　那次在"天堂"邂逅小芙之后，我们很长时间没有再见，我甚至想，难道她就这样消失了？实际上，她没有消失，我们是有缘分的，因为一个月后，在那里，我们再次相遇。与上次不同的是，这次见到她时，她正在舞台上演唱那首《伤痕》，而我所处的位置，正是上次她所站的位置。同样的地点，同样的哀怨眼神，同样的默然相视，也是同样的擦肩而过。只不过，她演唱完之后，没有离去，而是站在那个幽暗的角落聆听我唱歌。她听得很投入，神情还是那么忧郁。从她忧郁的眼神里，我读懂了她的感伤，并暗暗喜欢上了她。虽然我不知道，她是否也喜欢上了我，但我明白，她也读懂了我内心的孤独。就这样，我们通过歌声相互依偎着、彼此温暖着，一切含而不露。

　　那段日子，我觉得我是最幸福的。因为她的存在，我的世界变得明媚一片，也因为她的存在，我孤独而冰冷的心渐渐温暖起来，这温暖，我很是迷恋。

　　小芙这个人很矜持，平时言语不多，但这丝毫不影响我们的交流，因为我们有音乐、有眼睛。音乐让我们心灵碰撞，而眼睛，就像两条秘密通道，直达心灵深处。我们彼此抚慰，我们共同感受和分享着那些忧伤与孤独……这是我们独特的交流方式，她不说，我懂；我不说，她也明白。这样很好。

那段时间，我们经常到玉带河畔散步，除了散步，自然少不了聊音乐、谈理想。至于进一步发展，比如牵手拥抱、亲吻呢喃什么的，没有，一次也没有过。

那天，与往常某些深夜一样，我们又去玉带河畔散步。头顶的月光，洒得地上到处都是，它将我们的身影印到了脚前，时而交错在一起，时而短暂地错开，就像那皎洁的月光，清冷中不乏明静，内敛中不失热烈，感觉似无还有，却也暧昧难名。正走着，突然，我们不约而同地停了下来，身子扭过来，眼神撞在一起。地上，两只纤细的手影，优雅地搓了搓，慢慢伸向另一个身影。另一个身影，弯下来，捧起那只右手，小心翼翼地吻了一下，并用食指在上面写下了三个数字：521。

顺手而上，经过胳膊、肩膀，我看到她仰头笑了，一笑，露出那洁白的牙齿，齐齐的，使得那些月光立刻扭过头羞答答地溜走了。本来我可以抱她的，我甚至感觉，她已做好了被我拥抱的准备。但我没有那样做，因为在我眼里，她是一个圣洁的女神，我担心控制不住力量，担心会将她抱碎。

我是真的不忍心。

11

莫鸣打电话说要出差，陈尘关掉电脑为他收拾衣物。刚刚整理完衣物，旅行箱的拉链还没拉上，手机就响了。在书房，她急忙去接。刚接起，恰巧，莫鸣开门进屋来。他一边换室内拖鞋，一边问她，谁的电话？她脸色突变，恐慌至极，头发仿佛炸开了似的。幸好，她在卧室，莫鸣没有发觉。当他再次问起，她已镇定下来，摁掉电话，淡淡地说："是小芙打来的。"她轻拍了两下胸脯，又压抑着喉咙，长嘘一口气，很轻。"谁是小芙？"他没有进卧室，而是去了卫生间。卫生间传来一串声音，哗哗啦啦的，之后便是冲厕的水流声。她从容走向卧室，边走边说："是我表姐。"

"你表姐？哪个表姐？我怎么没听你说过。"莫鸣尾随过来，伸出手，"手机拿来，我看看。"

她紧张极了，心跳得厉害，霍霍的，仿佛要挣脱她的身体。她最担心的是他接过电话回拨过去。事实上，他接过手机并没有回拨，而是翻动着通话记录看。当"小芙"两个字跃然在目，他才点点头，嗯了一声，将手机递还给她。

临走前，他再次提醒她：不准随便出门，不准与异性网聊，不准与异性通电话（包括男同学），不准关手机。这番话像烂熟于心的台词，他每次出差前总会背一遍。交代完之后，他拉起箱包，扭头就往外走。下楼时，他突然又顿住脚步，回过头说："哦，我忘了，改天我见见你表姐。"

"恐怕不行，她要移民到美国生活。"她抠着手指，柔柔地说。

"哦，那算了。"他迟疑一下说。

看着他离去的背影，她不禁长叹一声，从心底里为这个男人感到悲哀。

莫鸣个头不高，大脸盘，小眼睛，体形较胖，尤其那肚腩，肥肥的，像身怀六甲的孕妇，走起路来，笨笨的，狗熊一般。他是个"小心眼"，尤其是情感方面，极不自信，仿佛随便一个人就会将他的陈尘夺去似的。

平时他表现极好，只要在家，每天都会为她洗脚、做饭。出差在外地时，一天要打上无数个电话，回来后，还总有礼物带给她。但她不爱他，一点儿也不爱，甚至对他满是愤懑。当然，她没有与他分手。之所以没有离开他，除了遵守母亲的遗言，更多的是对他的怜悯。这种怜悯，让她整日陷于痛苦和纠结之中。要说，岳桦的出现应该使她的痛苦消失才对，结果却恰恰相反，她心里反而又多了一分煎熬。有什么办法呢，有的人，看了一辈子却痛苦了一辈子；而有的人，看了一眼却能深爱一生，难道这就是宿命？她不甘心。

"他走了，你刚才说什么地方？"她回拨了"小芙"的电话，脸上洋溢着甜蜜，"嗯，嗯，好好好，我去老地方找你……"

12

我租住的地方，很旧，是北京大杂院。院子里租住的人形色各异，他们像我一样，都是来北京追逐梦想的外地人，也都忽隐忽现的，很神秘。平时，我们没有来往，更无深交，最多碰面打个招呼，或一笑了之。再说，由于职业所致，往往人家工作，我休息，自然与别人交往不多。不过，对我们来说，这些都无所谓了。

时值深秋，又是白天，这座被抛下的院子，悄无声息。这时候，我就在窗户里侧，反骑着那张破旧的靠背椅，手肘搁在椅背上，凝望着窗外，发呆。阳光薄薄的，透过黄黄的树叶，打在我脸上，有些刺眼。远处，一些市井之声从墙缝和窗缝里渗进来，将这里衬托得更加静谧。

离我的窗台不远，有一棵石榴树。这棵树生长旺盛，茂密的枝叶间，还点缀着一颗颗红石榴，很是好看。一只我叫不出名字的小鸟，立在那棵石榴树的枝头，东张西望的。它小小的眸子乌黑闪光，似隐若现的，喉咙里不时流泻出婉转啼声。我心想，它一定是认为院子里没有人了，把这里当成了它的世界。所以，当我的手机响起时，它被吓了一跳，只见它机灵地扭过头，看到我的同时两只灰灰的爪用力一蹬，张开翅膀飞走了。

电话是小芙打来的，她问我还在睡吗？最近，我不知道为什么，心里总有一种悸动，这感觉很莫名，也怪怪的，说不出缘故，理不清头绪。最明显的变化是，每次演出回来很难入睡，即使勉强睡下了，也很浅，稍有风吹草动就又醒了，之后便再也睡不着了，于是就发呆，想小芙。有时我想给她打电话说说话，可想到她在休息，摁出了号码又取消了。她打电话来，我是没想到的。难道她也失眠了？可能吧。电话里，我说我睡了一小会儿，被院子里上班的人吵醒了，就再没睡着。她说她也是，又说："我们转转去吧。"我暗自兴奋，连声说"好"，急忙穿衣、洗漱，出门时，我像小鸟一样，欢快地飞起来了。

我们约定在西单见面，之后去香山，看红叶。来北京几年了，市内的主要景点倒是逛过一些的，但香山却一次也没有去过。这次有小芙陪伴，我的心情自然格外高兴。与我不同的是，小芙却表现得没有那么兴奋。她坐在靠车窗的位置上，听我眉飞色舞地说个不停，而她只是偶尔点点头，更多的时候，她的眼睛是望着窗外的。我收敛住笑容，轻声问她："不舒服吗？"她扭过头，望着我笑笑，说没有。那一刻，我分明感觉到她心事重重的。

秋天的香山，是红叶的世界。漫山遍野的红叶，像火焰一样，将香山烧得红彤彤的。香山红叶是指黄栌树的叶子，这些黄栌树，大多是清朝乾隆年间栽植的，有二百多年的寿命了。在玉华山庄，小芙轻拍着一棵黄栌树，仰脸望着那茂密的枝叶，冷不丁说了一句："我们人的生命，远比这树脆弱。"我望着她，心头一怔，想不到她竟会出此感慨。之后，我们来到了"半山亭"。坐在亭子里，她轻轻依偎在我的肩头，望着远处，不语。突然，她像梦呓似的，说："我们要是永远这样多好！"我扭头看了她一眼，发现她仍然望着远方，便说："会的，我们会的。"她没有接我的话，而是坐起来，懒洋洋地说："我困了，想枕着你的腿睡一会儿。"于是，我连忙脱下上衣，在她躺好后，盖住了她的上身。

小芙真的累了，躺下去没多久就睡着了。我看着她美丽的脸，默默地想，这个小芙，到香山好像不是来看红叶的，仿佛只是为了枕着香山的美景睡一觉。总而言之，这次香山之游，我感觉她怪怪的。

13

莫鸣满脸的凶煞，揪着陈尘的头发，不由分说就往门上撞。撞几下，又掴了她两个耳光，然后一把将她甩倒在床。她抱住头，身体蜷缩着、颤抖着，冻僵了似的，不吵不骂也不哭。莫鸣像疯子一样，冲她咆哮："说！还聊不聊了？"她没有动弹。莫鸣又推搡她两下，继续怒吼："起来起来，说，还聊不聊了？"她依然不语，身体在手臂的支撑下，慢慢升起来。她的额头被撞得又红又紫，还泛着血丝；右侧嘴角处，有鲜血，像蚯蚓似的，在蠕动。而下垂的头发，像海藻似的，遮住了这一切。

灯光下，她倏然抬起头，眼睛瞪得圆圆的，直勾勾盯着他。这时再看莫鸣，身体像被箭击中，往后趔趄一下，嘴巴大张着。那表情，分明是被吓住了。这一吓，也让他的情绪陡转。只见他扑通跪在地上，两手不停地掴自己，左脸一下，右脸一下，右脸一下，左脸又一下，嘴里不停地忏悔、道歉："我错了，对不起，尘尘对不起，我错了，我不是人……"

陈尘没有阻拦，这是他一贯的作风。每次都是这样，先是打她骂她，接着是喋喋不休的自责、道歉。对于这些，她已经麻木了。果然，看她毫不动容，莫鸣仰头看着她，凄凄地说："好尘尘，我错了，原谅我吧。你知道吗尘尘，其实我打你的时候，心里比你还痛。我打你，是因为我怕失去你呀。原谅我吧，我会给你幸福的，求你了，别再跟他们聊了，好吗？"莫鸣说着说着，竟然趴在她腿上哭了，哭得嘤嘤的，胸脯还一颤一颤的。她双目微闭，随即，两行热泪夺眶而出。她之所以流泪，不仅是因为心疼他哭了，而且还为自己感到悲哀。

"睡吧。"她冷冷地说。

听到这话，莫鸣陡然笑了，站起身，就帮她擦血迹、抹药水，还为她洗脚宽衣，并且道歉声不绝于耳。他这样做，是为了赢得她的原谅，再则就是，劝说她以后别再上网聊天了，特别是不要跟男人聊。她不搭腔，只是听，听到不耐烦时，最多叹息一声。

摁灭床头的台灯，他们彻底被夜色淹没。黑暗中，莫鸣侧过身，小心翼翼地说："尘尘，原谅我，好吗？"她知道，她要是不说话，他准会说："你不说话，就表示还不原谅我。"如果她背过身子，仍不理会他，他会继续问，"你真的不原谅我吗？你不原谅的话，我会很伤心的。"所以她必须说话，哪怕是敷衍，也要说："原谅原谅，睡吧。"仅此，莫鸣便释然了、开心了，身体凑过来，附在她耳边呢喃道："尘尘我爱你。"她知道，他一直想等到她那句话："我也爱你。"她也知道，这句话他等了很久，也等了很多次，结果呢，一次也没等到。

　　事情虽然过去了，但她相信，总有一天，她还是会找人倾诉的，而莫鸣依然会对她施以暴力……有什么办法呢？他一直这样，只要她与陌生男人有接触，哪怕只是网上接触，他都会变得疯狂、暴戾起来，而且他打她的方式也是花样百出，捆起来打、吊起来打、关禁闭，都用过。她一个弱女子，手无缚鸡之力，反抗就是要么用眼睛瞪他要么在心里鄙视他。但现在，她的世界里有了岳桦，这些暴力她自然就不在乎了，因为他的毒打和谩骂，在将他们的距离拉得更远的同时，也使她的心离岳桦越来越近了。慢慢地，她养成了一个习惯，每天、每时、每刻她都在期盼他出差。她甚至想，只要他出差，宁愿被他毒打一次。

　　终于，莫鸣打电话说，他要出差了。那一刻，她关掉电脑，顿觉身体轻盈起来，身上像长出了翅膀，在飞。她想立刻飞到岳桦身边。她不知道，她为什么会那么想念岳桦？她也不明白，她与莫鸣、与岳桦之间到底怎么了！不过感情这东西，谁又能说得清楚呢。

14

那件事是怎样发生的，至今我也不太清楚。

那天上午，我正在睡觉，一阵急促的敲门声将我惊醒。当时我心想，可能是房东收房租，就倒下身子，蒙起头，不打算理他。

敲门声很执拗，一直不停。我猛地甩开被子，弹起身，愤愤地说："别敲了！来了！"说着，我慢腾腾穿上衣服，揉着惺忪的眼睛，打开了门。原来是小芙。小芙眉头紧蹙，一脸的焦急与惆怅。

还没等我开口，她先问我话了："我该怎么办？"我告诉她，别急，慢慢说。她进门来，站在我凌乱的床前，说蓝天唱片公司要签她。我笑了，这是好事，还用考虑？签！小芙迟疑片刻，定了定神儿，说："可是，我有一个不好的预感。"我问她什么预感，她低下头，长叹一声，没有说。我正要追问她，她轻柔地搓着手，看着我，吞吞吐吐地说："我们回老家吧。"

我忘了说了，我和小芙是同乡，都是喝澧河水长大的。我们在一起时，经常说起有关澧河的故事，洗澡呀，划船呀，那些钓鱼的人呀，等等，每次谈论起这些，就仿佛又回到了童年，很幸福。但是，每当我问起她的父母和兄弟姐妹时，她总是闪烁其词的，往往避而不谈。直到我们恋爱了，她依然没有说起过。还有就是，她为什么来北京？为什么选择唱歌？对于这些问题，她也不像我那样明确——一是喜欢唱歌，二是为了梦想。她呢，只是说，说不清是为什么，就来了；也说不清是为什么，就成了一名歌手。她的"说不清"也使她在我心中更神秘了。但这一次，不论她说清说不清，我肯定会鼓励她签的。作为一个歌手，我心里很清楚被"蓝天"这样的知名唱片公司签约意味着什么，所以我劝她，机会失不再来，应该把握住的……可是我错了。这个错误，也让我承受了一生的孤独和痛苦。因为第二天，小芙就死了，是跳进玉带河自杀的。

小芙的自杀，一时间成了娱乐界的一大新闻，有的媒体说，她是污浊的娱乐圈中贞洁的化身；有的媒体说，她是潜规则中的叛逆者……不管他们怎样说，我失去了小芙，同时失去的，还有我的"感伤"……小芙遗留给我的，只有两样东西，一张我俩在香山时的合影，一张她演出时的光碟。

15

苏小芸是谁？

苏小芸在莫鸣的培训公司上班，任文秘一职，曾经是陈尘的同事。陈尘在公司上班的那段时间，相比其他人，与这个苏小芸还能聊得来。可能因为年龄相仿，也可能是同在一个办公室，没事时，苏小芸总喜欢找她聊天。其实她们的性

格是不同的，她属于内向型性格，苏小芸很外向，说起话来
滔滔不绝的，尤其是声音，很有特点，那就是发嗲，说话时，
拿腔拿调。起初她不习惯，一听这声音浑身麻麻的，冷。过
了一段时间，渐渐地她也习惯了，或者说，是麻木了。

　　每次聊天，陈尘许多时候是在聆听，但只要她一开口，
苏小芸便会立刻停下来，手捧下巴，歪着头，一副耐心听讲
的样子。听不明白的地方，苏小芸就嗲声嗲气地插一句，
"为什么呢？"然后她再解释。

　　她们聊天的内容，涉及面很广，工作、生活、社会新闻、
网络流行话、时下的热点话题……都聊。当然，她们也经常
聊男女之间的情感问题。在这方面，她很少讲自己的经历，
倒是苏小芸，对于什么初恋的感觉、失恋的痛苦、形色各异
的男人等颇有见地，说起这些时，手舞足蹈的。起初她感觉
这个女孩年龄不大感情经历却如此丰富，是不是有些轻浮？
后来她发现，不是这样，苏小芸有点天真，有点爱幻想——
她执拗地相信，爱是最高尚的，与钱无关，这世界上一定有
一份真爱在等着她。她曾告诉陈尘，只要找到那个男人，两
人彼此相爱，哪怕那个男人一无所有，她也会与他厮守一生
的。这是苏小芸的心愿。结果呢，她每次恋爱都以失败告
终，得到的，除了心痛还是心痛。

　　终于有一天，苏小芸面对她发出了这样的感慨："男人
都是花言巧语，靠不住的！"

　　"幻想很美好，现实很残酷，或许，这就是生活的全部；

而生活中，往往有着太多沉重的代价与痛苦，有什么办法呢？顺其自然吧。"陈尘劝慰道。

其实，她的这个"顺其自然"里，也包含着自己对生活和情感的无奈。她甚至还想说，从古至今，许多人的一生都是以悲剧谢幕的；而许多女人的一生，也都是在隐忍中度过的……要我说，悲剧最完美的结果就是死亡。那样的完美，我想过，也做过，但没有成功。不过，后面这番话，她没有说，也不能说。

在公司，流传这样一种说法，说苏小芸整天黏在她身边，是因为她是准老板娘。苏小芸这样做，目的只有一个：为了讨好她。但陈尘不这么认为，她只是感觉，苏小芸内心的痛苦也是需要倾诉的，她就是苏小芸的倾诉对象。要说，所有人都希望有一个能倾诉内心的对象，这个对象可能是人也可能是物。当然，大多数选择了人。人呢，要么是信得过的，要么是毫不认识，一说了之。大千世界，芸芸众生，谁会找到你呢？找不到最好。就像她，自从莫鸣将她"隐居"后，她心里便有了太多的思考，也堆积了太多的痛苦。那么，这些痛苦谁能理解呢？自然，她想到了虚拟的网络，而不是苏小芸。个中原因，她说不清楚，反正冥冥之中有一种感觉，这个女孩还未达到她作为倾诉对象的标准。没办法，感觉这东西太奇妙了，虽然它模糊难明，却总能支配一个人的行为。

她离开公司后，苏小芸倒是经常打电话，却一次也没有找过她。她心想，或许是因为莫鸣。她是知道的，莫鸣对于亲近她的人，一向"审查"得很严。所以这次苏小芸的突然出现，她感到很是意外。

果然，意外的事情发生了——就在苏小芸走后的当天晚上，莫鸣一进门，对她就是一番毒打。刚开始，她还莫名其妙的，当身体在遭受暴力侵害的过程中，从莫鸣气愤的言辞里她渐渐明白了，原来莫鸣打她，是因为她网聊，还有她对他的失望。就在那个时候，她想到了一个人：苏小芸。是苏小芸窥探了她的内心，是苏小芸出卖了她，苏小芸为钱出卖了自己，因为苏小芸已经被莫鸣收买了。

她感到这一切太有戏剧性了，简直不可思议，犹如一部电影似的，有铺垫，有阴谋，有引诱，有冲突，也有高潮。但真正的高潮，并不是莫鸣雨点般的拳头，也不是莫鸣的谩骂，而是她的窃喜——她庆幸她没有告诉苏小芸，那个名叫"岳桦"的男人已然闯进了她的心，虽然他们才刚刚认识。也是因为这个，对于莫鸣的毒打，她在表现出的冷漠之中还隐藏了一种极大的刺激感。

16

小芙忧郁的神情，我忘不了；小芙感伤的歌声，我更是不能忘却。她死后不久，她的歌声和神情就像我的血液与肉体，被我的骨骼披起来，带走了。

我回到了老家。

没有了小芙，我经常独自蹲坐在澧河岸边，看着波光粼粼的河水，发呆。我幻想着，在那流淌的河水之下，是否有小芙的身影？虽然我不确定，但在我心里，冥冥感觉她就在那里。那里虽然只与我一水之隔，我们却无法重逢。我想念她，想得我泪眼蒙眬，也想得我心痛。不觉中，我唱起了那首《伤痕》。那是她在这个世界上演绎的最后一首歌。这首歌让我伤痛难忍，让我哽咽，也让天上的乌云翻滚、雷雨大作……如果因为我的歌声上天都哭了，那么，这一流河水，便是小芙的眼泪了。当我想到小芙那哀怨的眼神，当我想到她孤独的眼泪，我不再犹豫，缓缓站起来，纵身一跃，像一条鱼似的，射进了水里……

在水中，我没能与小芙重逢，因为我被一个女人救上了岸。这个女人，就是肖芙。

小时候，肖芙学过跳水，后来成为省队的跳水运动员，由于成绩不佳，便放弃体育从商了。人常说，英雄救美，而我与肖芙，却恰恰相反。不过结果一样，我成了她的丈夫。为什么答应娶她呢？仅仅因为她救了我？这个问题，到现在我都没搞明白。如果非找个理由，我想，应该是她叫"肖芙"吧。当时我想，小芙、肖芙，难道肖芙入水救我时，小芙的灵魂附在了她的体内？结婚后我发现，我错了，她根本不是小芙。她不但神情不忧郁，而且言行也不优雅，整个人粗犷、豪放，大大咧咧的。这样一个女人，怎能让我对自己的想象不怀疑？

肖芙天生有种征服欲，凡事总喜欢对我下命令。结婚这么久了，她一直没有怀上孩子。这倒也无所谓，最让我受不了的是，她竟沾染上了赌博的恶习。结果可想而知，家里积攒的钱被她输了个精光。

起初，她是不允许我唱歌的，后来她赌博输光了钱，便开始逼我下班后到夜总会唱歌。目的很明确，为她挣些赌资回来。我当然不会去。自从小芙死后，我一次也没有为了挣钱而唱过歌，因为我相信，那些悲伤的歌声，是上帝派我来诠释寂寞的，与挣钱无关。对于这些，肖芙自然不会明白，她只会在我不愿意时动手打我，我经常被她打得鼻青脸肿的。相比之下，我的态度就好很多，任凭她打骂，我不还手也不答应，她的"诡计"一次也不曾得逞过。

对于她打人这事，我得多说一句。并不是我打不过她，主要是她大打出手时，不知为什么，我总会想到小芙，而一想到小芙，我就再没有还手的力气了，甚至某些时候，我宁愿被她打死。

肖芙终究不是小芙，她们有很大不同。具体有哪些不同，我说不太清楚，从某一方面讲，我想，或许小芙留给我的是精神世界的"忧伤"与寄托，而肖芙带给我的却是现实世界的煎熬与痛苦。说实话，很多时候，我很想活在死后的世界里，至少，那里有小芙。

17

夜晚,天地之间本应盛满黑暗和宁静,可偏偏,那璀璨的灯光破坏了这一切。它们像一个个长筒喇叭,将少数人唤醒了,唤得兴奋起来,于是,这些人过起了"夜生活",这就是城市生活。

在城市的喧嚣之下,澧河却是宁静的,它被汽车与人流遗忘了。不过,陈尘却没遗忘,此刻,在路灯的指引下,她正冲它走来。

路边,一片枯死了的树叶,打着转落到了地上,没站稳,吱吱滑出一段距离,然后停了下来。不远处,汽车猛兽一般,疾驶着向她扑来,到了眼前却又分开,飞向了她的身后。如果她猛然向左跳一步,或许那飞速的汽车便会成全她的意愿。可她喜欢水。她痴痴地认为,只有那宁静柔和的澧河水,才能洗尽她的痛苦与绝望。出乎意料的是,当她试图结束自己的生命时,那澧河水却果断地拒绝了她的"喜欢"!她想死,却终没能如愿。

第二天,她受到了惩罚,感冒了。这时,天空中乌云密布的,暗了下来。突然,那层层的云团,被毒蛇芯子似的闪电撕裂了,接着从裂隙中爆出一声炸雷。很快,雨点砸下来了,越来越密,越来越凶猛,不过没多久就渐渐没了力气。夏季的雨就是这样,来时脾气暴躁,倾泻而下时,带着肆虐

　　　　　　　　　　　　第五幅肖像

和疯狂，走时又急匆匆的。苏小芸就是在雨点稀疏时出现的。

她接起电话，就听到了苏小芸那发嗲的声音："在家吧，淋死我了！"她来到阳台上，探出头，向楼下望去。外面还下着雨，苏小芸打着一把红色的雨伞，站立在风雨中。身后，雨水飞溅下来，濡湿了她的灰白色印花连衣裙下摆。她看不到苏小芸的脸，只是瞅着红色的雨伞，冲电话说："我在家，2单元401，我在阳台上，你抬头就能看到我。"苏小芸看到了她，两人挥手打招呼，之后，苏小芸便一手打着伞一手提着裙子笑盈盈地跑了过来。

昨晚的事情，除了她和那个男人，在这世界上再没有人知道。莫鸣只知道她感冒了。那时候，他正在出差回来的路上，他在电话里听出了她异样的声音。而坐在对面沙发上的苏小芸，也知道她感冒了。

苏小芸直截了当地说："听莫总说你感冒了，怎么样？吃过药了吧？"她浅笑一下，说没事，吃过了。苏小芸喝了一口茶，先是"长篇大论"一番，什么公司的小张结婚了，没几天老李却离婚了……还说到毛杰给她打电话了……

那个瘦高个的毛杰，陈尘是记得的。他被莫鸣开除前是业务部经理，能说会道的。至于被开除的原因，与她有直接关系。因为他跟她多说了几句话，多看了她几眼，关键是那眼神中有种朦胧的暧昧。虽然它朦胧得不易察觉，却仍被莫鸣捕捉到了。最终的结果是，毛杰被开除，陈尘被莫名地

"隐居"了。

"毛杰这人，居心不良，不自量力，胆大包天，活该！还想要你的电话，做梦！"苏小芸愤愤地说。

"你不说，我还真不知道，原来毛杰被开除是因为我。"陈尘笑了笑，不知是说毛杰，还是在说莫鸣，"我没有那么好，他这样做，不值得。"

苏小芸说："值得不值得，通过这件事，我们都发现了，莫总挺在意你的，你得好好珍惜。"

"其实……其实我和他，你并不了解……不像你想象的那样好，我……挺失望的。"说话时，她吞吞吐吐的，末了还长叹一声。

"不会吧？"苏小芸睁大眼睛，身子凑过来，"莫总对你挺好的，我们都看在眼里，羡慕在心里，你还失望什么？"

"我内心的孤独，你呀，不会懂的。"她淡淡地说。

"不就是不在公司忙活了吗，这没什么，你现在不挺好的，多清闲，没事可以逛逛街、购购物。"苏小芸吸溜一口茶，继续说，"实在不行，还可上网聊天，反正打发时间嘛。"

"网可以上，但他不让聊天。"她说。

"你不会偷偷上？"苏小芸起身坐到她身边，坏坏地道，"不过，网上色狼多，你可得小心，像你这么漂亮的美眉，很容易被'狼'叼跑的。"

陈尘笑了，扬起右手，嗔怒道："小丫头片子，再胡说看我打你。"

"有没有，老实交代！"苏小芸开玩笑似的说。

"有！成群结队的，气死你！"她仰起脸，冲苏小芸"哼"了一声。

"真的假的呀？"苏小芸笑道。

"真的。"她脸色一暗，笑容没了，沉吟片刻，说，"你不是我，所以体会不到我内心的寂寞与孤独，这段时间，要不是在网上聊天，我早就闷得疯掉了。其实，我也只是聊天，如果遇到你所说的色狼，我根本不会理睬他的。唉，你不懂。"

"我懂，你就是闷得慌。"

"也不全是因为这吧。"

"那还因为什么？"

"我也说不清楚。"

看苏小芸还想继续往下问，她巧妙地扯开了话题。之后，两人又闲聊了一会儿苏小芸便走了。

雨停了，透过玻璃窗户，苏小芸的身影清晰，步履轻盈，节奏明快，时不时还挥舞一下手中的红伞，与雨中的那个苏小芸简直判若两人。这时，陈尘默然自问：风雨中那个打红伞的女孩真的是她吗？

18

有人说，寂寞不是与生俱来，而是从爱上一个人的那一刻才开始。或许，我对小芙的爱，就是寂寞的。

再次见到小芙，还是在澧河岸边。我依旧戴着墨镜，弹着吉他。与往常一样，在歌声中，我的翅膀张开了，它慢慢挥洒着我的寂寞与哀愁。不知什么时候，我感觉我的羽毛上，有什么东西掠过，像一层薄纱，柔柔的。我的歌声戛然而止，只觉身后一袭风过。我扭过头，看到了小芙。小芙的眼睛瞪得大大的，右手悬在我的肩膀上空。

我的翅膀消失了，而她还呆愣在那里。

路灯下，小芙的五官鲜明地进入我的视野，她还是那么年轻，好像岁月丝毫没有在她身上留下痕迹。

"你……真的是小芙吗？"我问道。

她没有回答，而是问了关于我的翅膀的问题："你……你怎么会长出翅膀？"

"你真的是小芙吗？"我更关心我的问题。

她沉默了，目光投向那幽幽的河水，眼神中散发着无尽的忧伤。

我模仿她以前的动作，搓搓手，告诉她："每当我唱歌时，我就会长出翅膀，因为我的歌声中……有你。"

"你……为什么总在这里唱歌？"又沉默一会儿，她才

　　　　　　　　　　　　第五幅肖像

问。

"因为我在这里等你，因为我相信你就在这里。"我深情地望着她说。

她再次陷入长长的沉默，眼角闪烁着晶莹的泪光。

我不知道，以这样的方式等待会有什么结果；我也不知道，在这里，是不是只为等待小芙，但我知道，就这样等待，总有一天会有什么将我带走，不是小芙，就是命运。

而这一次，被带走的不是我，是小芙。她是被一个电话带走的。打电话的人，我不知道是谁，也没有问她，只看到她挂掉电话后，一脸的惶恐。"我得走了，你保重。"她从肩包里摸出眉笔，在一张白纸上草草写下一串数字，交给我说："这是我的手机号，有机会再联系。"之后，她也要了我的手机号码。

我手里捏着那张纸，呆站在岸边，孤身残影，茕茕孑立。她被黑暗完全吞噬的那一刻，我顿然失落、悲凉起来。

19

墓碑像一扇门，遮挡着死者的躯体，也封存了死者的秘密。她叩不开、进不去，母亲的秘密自然也无法知晓。死者已去，秘密安在。她不解的是，母亲临死前，为何非要她嫁给莫鸣？难道就为两家老人熟稔？或许没这么简单。

莫鸣原本在乡下，高中毕业后，来到这里打工。陈尘记得，第一次见到他时，他是那么腼腆、羞怯，一说话还脸红呢。当时她还取笑他像个姑娘家，母亲呵斥她，不许这样说。

她母亲对他很好，帮他找工作，让他住在家里，并且常常塞钱给他……在她看来，母亲对莫鸣比对她还亲。为此她经常"吃醋"，她的父亲更是接受不了。那时候，她父母之间的感情早已到了破碎的边缘，而莫鸣的到来，终于使她父亲忍无可忍。因为莫鸣的到来，使她父亲心里多年的怀疑成了事实。至少，在她父亲看来是这样的——莫鸣就是他们的私生子。于是，第二天一大早，她父亲便离家出走了。父亲出走后，仿佛从世界上蒸发掉了似的，她再也没有见过。他在哪里？她至今也不知道。其实，将她父亲离家的原因归结到莫鸣一个人身上也不准确，应该说，莫鸣只是个导火索，其真正原因，与一个男人有关。

这个男人，是她母亲当知青下乡时认识的，他们曾经相爱过，但最终没能走到一起……那男人为了她母亲一生未娶……这事从气愤的父亲口中说出时，她和姐姐睁大了眼睛，都感到不可思议。那时候，她姐姐还没有死。

过去的事，不应该重提，因为这很伤人。实际上，莫鸣是个弃婴，是那个男人从庄稼地里捡回来并养大成人的。他来投奔她母亲，也是因为他的养父——也就是那个男人——死了。男人临死前有交代，让他来找陈尘的母亲，还带来一封信。信的内容，只有她的父母知道，父亲是强夺过来看的，他看过之后，狠狠将信撕了个粉碎，之后就离家出走了。不知道为什么，父亲出门前，回头瞪了她一眼，而那一眼，也令她不寒而栗。多年以后，父亲那眼神，她总也忘不了……看着父亲离去的背影，看着呆若木鸡的莫鸣，当时，她母亲伤心地哭了。而母亲的哭，在她看来，却与父亲的出走无关，与莫鸣的到来也无关，一定是因为那个男人死了，她悲伤……她也认为，莫鸣很可能就是母亲的私生子，不然父亲忍了这么多年，怎么会离家出走呢？但母亲的临终遗言，彻底推翻了这一猜疑。

那是在三年前，母亲病危那天。

那天，病床上的母亲气若游丝地说："尘呀……妈，不行了……妈走后，让小鸣……小鸣，照顾你……"

"放心，姨，小鸣一定会照顾好尘尘的。"一旁的莫鸣带着哭腔说。

母亲再次叮嘱她："尘呀……答……答应妈……嫁……嫁给小鸣……"

她心头一震，止住了哭泣，感到意外与不解。

"妈，你说什么？"她指了指莫鸣，指了指母亲，又指了指自己，说："他……你……我们……"

母亲没有解开她的疑团，只是说："答应妈……"莫鸣看着她，又在她肩上轻拍两下，示意她，老人时间不多了，赶紧做决定吧。

"答应妈……好……好吗？"母亲再次哀求道。

她犹豫了一瞬，点点头，含泪而应。

母亲笑了，她是嘴角挂着笑离开的这个世界。现在想来，她很后悔，甚至有点怨恨母亲。每次莫鸣打她骂她时，她都会在心里责备母亲："妈，为什么让女儿答应你呀……妈，你看到了吗？……"母亲听到没有她不知道，但她终于下定决心去找母亲，于是那天晚上，她来到了澧河岸边……

20

她是小芙吗？这个问题，在我们约会几次后仍然萦绕在我的心头且挥之不去。有时候，我感觉她不是小芙，比如，她的某些记忆被时间冲得模糊不清了；比如，她的歌声消失了。有时候，我又感觉她就是小芙，比如，她丝毫未变的忧郁眼神很像是小芙。虽然说，人总会改变与坚持一些什么，但面对此时的小芙，我难免会犹豫、徘徊，内心在真与假之间不停地进行着激烈的斗争。不过，我最终发现，她的确不是小芙。

识破她是在那天晚上。

那晚我们吃过饭来到了澧河岸边，散步。与在北京的玉带河畔一样，正漫步走着，突然，我们不约而同地停了下来，扭过身子，眼神撞到一起。月光下，她伸出了纤细的手。我本来想捧起那只手，小心翼翼地亲吻它的，但是，我的心痛了一下，只是虚虚地将手搭了过去，并被她温柔地抓住。

　　　　　　　　　　　　　　第五幅肖像

我知道，小芙每当牵我的手或抚摸我的脸之前总会先优雅地搓搓手的。虽然我不知道小芙为什么要这样做，或者说这样做有什么寓意，但这个习惯，她是从未改变过的。而身边的这个小芙无此动作，所以我初步断定，她不是小芙。

为了进一步试探她的真假，我用食指在她手心写下了"521"，结果，我看到的是她的茫然，听到的是："写的是什么字呀，傻瓜？"于是，我将手抽离出来，没有回答她，心里只觉针刺一般。

对于这个小芙，我早已知道，她深深地爱上了我，甚至爱到了无法自拔的地步，就像我对小芙的爱一样。我还知道，她是有"男朋友"的，不过，她对他没有一点感情，就像我和肖芙一样，人虽然近在咫尺，心却远隔天涯。仅此一点，她与我一样，也是不幸的。

她不是小芙，这已是一个不争的事实。但仅过了两天，我就不再心痛了。为什么呢？确切地说，应该是一种解脱，或许说，是解脱后的彻底绝望……还有就是，没多久，肖芙也发现了我与小芙的恋情。她对我再一次进行拳打脚踢之后，当着我的面，毫不留情地将小芙生前的照片和光碟烧毁了。也就是在那一刻，我下定了决心：去找小芙！

我想再次说一下活着的这个小芙。对于她的欺骗，我始终没有揭穿，毕竟爱是每个人的权利，毕竟她是深深爱着我的。因此我想帮她，让她不再重演我的悲剧。于是，在决定离开这个世界之前，在决定去见小芙的前一天，我主动约了她。

21

一栋六层老楼，由红砖砌成，经了岁月的洗涤，砖已不那么红，变成了土灰色或泥青色，而且因风化，砖墙表面已经疏松，都裂开了，薄薄的，一片片，一层层，悬翘着，在风中摇摇欲坠。一到夏天，老楼的墙上便蔓延出许多青藤。这种青藤叫"爬山虎"，它附墙滋长，藤蔓质柔，茎叶葳蕤繁盛，密密匝匝，宛如柔软的羽毛，将整栋楼包裹起来，铺染成绿色。

密集的叶丛中，四楼，有一扇红框玻璃窗，向外敞开着。窗内黑乎乎一片，像洞穴似的，阴森恐怖也神秘。在窗户的右下角，一簇卷须的青藤探出了头。这是一间闺房，主人不在。但女孩的照片到处可见，墙上、电视上、床头柜上都有。女孩削肩细腰，皓齿蛾眉，眼如弯月，笑着。但是，那明亮的眸子，在清澈之中，仿佛蕴含着淡淡的忧伤，让人看了隐隐心疼。

今天是她出嫁的日子，她却不在。床上有些凌乱，离床沿不远处的地板上，有一片黏稠的血。血已经冷却、凝固，变成了红褐色，也像黑色，散发着铁锈腥味。那片血与窗户距离不远，其间有一道长长的血滴印。血滴圆圆的，省略号似的爬上窗台，站在那簇青藤跟前，看上去，仿佛这楼体失色的砖红是被那探头的青藤吸进肚子，又吐在了这里。这些血迹，将这间屋子渲染得诡异神秘，也让女孩的去向变得扑朔迷离起来。

一阵风吹过，窗户的木框碰到了墙壁，发出"当当"的响声。响声中，一只褐色的麻雀，"叽"地啼叫一声，从床后跳了出来。它左右看几下，便轻展双翅飞上了窗台。窗外，一片树叶落下，打着转，飞舞着，从它身边飘过。它发现了，没有慌，也没有逃，而是呼扇两下翅膀，回过头，冲那片血颤叫一声，随即一扭身，飞走了。

多年以后，一个戴墨镜的女人曾经来到这里，不过，老楼已经不复存在了，取而代之的是这座城市的"大手笔"——喷泉音乐广场。后来，女人祭拜了自己的母亲，接着，又将她姐姐小芙的墓与歌者岳桦的墓合在了一起。至于那只麻雀，再没有人见过，或许，它早已死了。

（原载《广州文艺》2014 年第 2 期）

裂　合

A1. 寻找

他决定离开。他已经出发。他坐在开往玉州的大巴上，他要找到那个像他儿子的男人。

大巴驶入澧河大桥时，夕阳正在吻别这座城市，他双眼微闭，身体像树叶浮于水面，晃动着向城外缓缓游离。手机铃声将他吵醒，从夹克兜里抽出手机，屏幕显示是"亚涛"。亚涛是他二姨的儿子。他摁通手机，懒洋洋地说，亚涛，还让哥给你再说多少遍，正想办法哩，哥弄来钱就还你，别急呀。

我跟亚磊再不会相信你的鬼话了，你说话不算话，你就是个无赖、杂种！电话里，亚涛情绪激动，说着说着就骂上了。他没有反驳，接受着亚磊的谩骂，当听得不耐烦时，抬手将通话轻轻摁断，然后关机。前座有个中年女人，回头鄙夷地瞄他一眼。他没有理会，闭上眼继续想事儿。

因为欠钱，他已没有容身之地了，几乎到了"人人喊打"的地步，尤其是亲戚和朋友的反目，如洪水猛兽般涌来，生生把他的心逼成一座孤岛。想到这些，他更加坚定，必须找到大海的亲生父亲，并与他达成一种交换。

单从地理位置上看，玉州与澧城并不远，直线距离一百多公里，但因为太行山脉的阻挡，要绕山路才能到玉州，三个半小时的车程，下车已是九点半。

玉州的夜光怪陆离的，与澧城差不多。他走下出租车，站在车水马龙的街边，五彩斑斓的灯光掠过他的脸庞，让他觉得这里既熟悉又陌生。这条街道叫未来大道，向东穿过这座城市的商业区。他举目仰望，看到对面楼顶瘦扁的四个炽光灯大字：财富中心，就是它。他从脚下甩起那个蓝白相间的双肩包，背好，身体扭动几下，向财富中心俯视的黑暗区域走去。大约走了有二十分钟，他拐进一条僻静的胡同。胡同两边是一个挨一个的院落，院里的楼房破旧，有的三层，有的四层。许多院落门口悬挂着灯箱，它像告诉走进这里的人们，那里是家庭旅馆。他最终选择住进金鑫。

小旅馆的大门敞开着，门后西侧的屋子里，有一男一女。男人已经谢顶，胡须像钢针似的挺在嘴巴周围，漫过下巴和脸颊，与鬓角的头发交织在一起。胡子男坐在折叠式小方桌前喝酒吃肉，酒是二锅头，肉是大块的酱牛肉。身后是一台暖风扇和一个熊腰似的女人。暖风扇吐着橘色的光，女人正专注地看着电视里播放的古装剧。

他咳嗽一声，说，住宿。女人穿着睡衣，扭过头，说了句"拿身份证登记一下"，又转向电视画面。

一晚上多少钱？他问。

带卫生间六十，不带五十。她没有扭过脸。

他掏出两百块钱，摸出身份证，说，来来来，六十的先住三天。

胡子男满上酒，放下时将酒瓶用力蹾向桌面，瞪着女人道，还看！

女人显然不高兴了，剜一眼胡子男，却没有作声，肥厚的嘴唇撇得像压扁的香肠，一把拽过钱和身份证。草草登记过，她说，二楼206，门没锁。他眯着眼提醒她，我给你的是两百。她大脸向上一仰，说，我知道，剩下二十是押金。他冷笑一声，拿过身份证道，理都在你们那边。

似乎都是见过世面的人。三人在短暂的沉默之后，喝酒的继续喝酒，看剧的继续看剧，他不疾不徐地向二楼走去。

一夜无事。第二天，他在财富中心楼下蹲守一天，没有见到人，失落地回到金鑫旅馆。天色已晚，他简单洗漱之后，肚子里滚出一串咕咕声，饿了。他打开门，正好撞见一对青年男女，两人不知在说什么，笑得神秘兮兮的。他们从他身边擦过，女孩身上飘散着一股浓重的粉香，他深嗅一下，鼻子已被醉倒，连打两个喷嚏。

楼下只有胖女人。他吃过饭回来时，胡子男像昨天一样，正在喝酒吃肉，胖女人背对着门口，坐在那里，专注地观看那部古装剧，这情景就像是昨天的复制。看来许多家庭都是这样，日子过得像复印机似的，今天复印的是昨天的场景，明天复印的是今天的场景。他脑海里突然闪出父母的身影，对，他们的日子也是这样。

吃饭时他喝了二两酒，以为会睡个好觉，没想到，躺下去却睡意全无。在床上，他的身体像跳上岸的鱼，翻来覆去的。忽然，他隐约听到隔壁有动静，确切地说有异常的声音传来，那声音像口渴，又像猫叫，时长时短，时缓时快，叫得他浑身痒痒的，仿佛爬进去许多虫子。他的身体不再翻动，他用眼珠转动着整个黑夜，屏息聆听着、幻想着，不觉间身体便涨得难受，整个人仿佛快要炸裂似的。他起身下床，到卫生间洗把脸，下楼去找那胖女人。

胖女人不在，胡子男半躺在床上，右手夹举着已燃过半的香烟，目不转睛地看着电视里的散打比赛，那是省台著名的《武林高手》节目，他也看过几期，是那种拳拳到肉的真打，很刺激。他推开透明玻璃门，烟味酒味夹杂在一起扑面而来。对于他的贸然出现，胡子男身体一怔，指间的烟灰瞬间散落到被单上。胡子男急忙拍掉烟灰，坐起，问他，有事？他抽出两支香烟，一支扔向胡子男，一支别到自己唇间，点燃，深吸一口，吐出，隔着烟雾道，能不能给我换个房间。

房间咋了？胡子男问。

人家青年男女弄事儿，咱总不能不让人家弄，房间隔音又不好，闹腾得睡不好觉呀。他说。

裂　合

胡子男下床，趿拉上棉拖鞋，冲他招招手，笑道，咱们都是从那个时候过来的，别生气，等他们折腾累了就消停了。过来兄弟，正好我也睡不着，咱聊会儿天，整两杯。

我已经喝过了。他说。

我也喝过了。胡子男把简易木桌展开，拿出一瓶汾酒、一袋酱牛肉、一袋花生米和两袋涪陵榨菜，说，都没喝多，反正睡不着，再喝点儿。

他掏出香烟和打火机放到桌上，拉过凳子坐下，心想，大半夜的竟然和一个陌生人喝酒聊天，像做梦似的。他摇头笑笑。胡子男往一次性塑料杯里倒酒时，瞅他一眼，似乎读懂了他的笑意，说，没想到吧，其实没啥，我老杨好交朋友，咱俩算是有缘。打看到你第一眼，我就感觉你是常在外面跑的，我以前是搞运输的，也常在外面跑。老杨说着把酒递过来，并跟他碰杯。两人抿一口酒，放下，点上香烟，老杨问他贵姓。他告诉老杨他叫刘钢，澧城人，来玉州找人。说过之后他觉得不妥，又改口道，说是找人，也是要账。老杨扔进嘴里一颗花生米，边咀嚼边说道，躲债要债，找人要账，都一码事儿。

是，是一码事儿。他附和道。

你做哪路生意的？老杨问。

融资担保。他说。

这行现在风险可大呀兄弟，前几天电视台报道过，玉州一家融资担保公司被围堵打砸。听说，有债主还雇了些艾滋病人威胁公司老板，挺吓人的。老杨喝口酒，压低声音道，有些地方还出了人命哩。

他苦笑道，我来玉州是因为一笔旧账。

老杨说，哦，这样呀，那是我想偏了。

放下酒杯，他把话题转到老杨身上，道，杨哥，你这旅馆生意我看可以，不少挣吧？

老杨咀嚼着牛肉，在空中摆摆手，说，不挣钱不挣钱，弄个旅馆，主要是给我家那娘儿们找个事干，就这还拴不住她，动不动就跑出去玩麻将，玩性大。再说，别看这小店，竞争也挺大的，你看看这条小街，旅馆有三四家，靠它挣钱的话，哼，能饿死人。

你还有别的生意？他问。

那当然。西市街我有一个汽车修理店，连修带洗还卖米其林轮胎。老杨满脸自豪。

那这生意挣钱。他恭维道。

挣钱是挣钱，就是太忙。老杨轻叹一声，说，主要没人可用，大大小小的事都得我操心，累呀。

两人边喝边聊，越聊话越多，聊生意，聊生活，聊朋友间的事。一瓶酒将尽，两人便有些醉意，聊的内容也更加深入，渐渐就聊到了家事上。老杨的舌头已有些僵硬，说他儿子不争气，大学没考上，让他帮忙打理店也不干，整天打游戏。说到儿子，老杨摇摇头，神情中流露出对儿子不务正业的伤心。

他喝下杯中酒，长叹一声，拍拍老杨的胳膊，眼含泪花道，哥呀，你这算不上啥事，兄弟我比你伤心呀。我欠了一屁股债，亲戚朋友都不再相信我，看见我都想揍我呀。这还不是让兄弟最心痛的，最心痛也最耻辱的是，我老婆跟我离婚了，她早就有了相好的，离婚当天就跟人跑了，谁有兄弟我过得憋屈呢。他痛得再也说不下去，哭得像个孩子……

翌日清晨，他被一串敲门声惊醒，起身，头还晕晕的。打开门，老杨拎着油条和八宝粥站在那里，让他吃点东西养养胃。看到老杨，昨晚的酒后之言便跳进脑海，他后悔不已。可说出去的话就像泼出去的水，想收回再无可能，好在老杨只是陌生人。

他递给老杨一支香烟，自己开始穿衣洗漱，然后吃早餐。他说，不好意思杨哥，兄弟昨天很丢人，别见笑呀。老杨连连摆手，假装生气地说，哪里话，你没把我老杨当外人，我要笑话你还是人吗？其实哥跟你一样，整天烦得要死，天天喝闷酒。两人又聊了一会儿，老杨就去汽车修理店忙活了，他则继续找人。蹲守一天，依然没有见到那个人。晚上老杨等他喝酒。两人聊到半夜。第三天，人仍没找到，他回请老杨一顿酒，两人又喝到半夜。

通过三次喝酒聊天，他发现，老杨虽然言语粗犷，但内心其实也有柔软的一面，比如说到养父养母，他真就像个孩子似的，定定地望着天花板，回忆着，眼眶里泪花闪烁。渐渐地，他觉得跟老杨聊天不累。后来，两人成为无话不谈的朋友，再后来他与老杨发生一些故事。

A2. 讨债

甩开窗帘，新的一天又涌进屋子，刘钢伸了个懒腰，嘴里哈出一股酒臭味。他心想，如果现在开车遇到交警，肯定能吹出"酒驾"。不过，那辆本田雅阁已经卖掉，再不用担心酒驾了，他担心的是龙哥又说没钱。

出租车在一处破旧的大院门口停下。这里是城中幸存不多的老厂院，在上世纪八十年代，它是风光十足的澧醇酒厂，现在已经破败了。生锈的铁栅门两旁，那红砖门柱上的"仓库重地""严禁烟火"仍依稀可见。院内是一片老式红砖厂房，现在被龙哥作为轮胎仓库。

大门紧锁，他抓起链条锁在门柱上撞击几下，很快，里面传来看门人老段凌厉的声音，找谁？他没有说找龙哥，而是自报家门，是我，钢子。老段从大门东侧那间小屋里探出头来，看到是他，就来到门前。老段手捏钥匙，没有急于开门，笑盈盈地说，又来了？

不来没法呀。他掏出软红云香烟，递给老段一支，说，龙哥在吧？

龙哥真名叫段龙海，但他没有听谁叫龙哥"段龙海"或"龙海"过，都叫"龙哥"。这是流行叫法，也是一种"尊称"。他和龙哥已交往近二十年，没叫过别的，全是"龙哥"。不过老段不叫龙哥为"龙哥",因为他们是亲戚。

你给段总打个电话吧。老段说。

老段的意思再明白不过,龙哥在。他摁通龙哥的手机,朗声笑道,龙哥,我现在在厂门口,你在吧?接着他连嗯两声,将手机交给老段。老段举着手机听了有三秒,嘴里迸出一个"好"字便挂掉电话,开门放他进去。锁上门,老段凑过来小声告诉他,听上去他心情不赖,应该会给你点儿。他点点头,冲老段递过感谢的微笑。

龙哥在餐厅吃早餐。餐厅在厂院东北角,也是红砖旧厂房,但里面是改造过的,有就餐大厅,有大灶和小灶,也有按照星级饭店标准装修的豪华包厢,专供龙哥使用。因为工人辞退得只剩五个人,大餐厅和大灶已经停用,只有小灶每天烟火旺盛。

他走进餐厅来到包厢,龙哥在喝豆浆,看到他了但没有说话,只用目光戳了他一下,又继续慢悠悠地吃面前大盘小盘里的早点。龙哥身边站的是朱杰,西装革履的,两手轻握置于腰间,一脸严肃,跟影视剧里的保镖一模一样。其间,大厨送来两个煎蛋,放到龙哥面前,龙哥依然吃得不紧不慢的。他像木桩似的杵在餐桌对面,静静等候。龙哥放下刀叉,朱杰早已递上纸巾,待龙哥擦过嘴巴,又抽出牙签剔牙,然后漱口。忙活完这一套,龙哥要抽烟。朱杰捧着火机,打着,将龙哥叼在嘴上的"中华"烟点燃。龙哥吸一口,吐出,隔着烟雾懒洋洋地问,咋样钢子,情况有没有好转?

他急忙凑过来，堆出满脸的苦笑，说，情况不好啊龙哥，要债的人都堵到家门口了，实不相瞒，夜里十二点前我没敢回过家，不敢露面呀。

龙哥朗笑一声，道，哥说你两句啊，钢子，欠账还钱是天经地义的事，你躲啥哩？躲过初一还能躲过十五？要想办法借钱，还要想办法生钱。

刘钢心里直骂娘，真想上去狠狠掴龙哥几个耳光。本来龙哥该还他钱，结果他更像是欠债的。当初龙哥找他融资时，可是以合作、互助、商量的口吻的，现在倒好，真应了那句老话：欠钱的是"大爷"，要钱的是"孙子"。

我也不想躲呀龙哥，这不是找你想办法了嘛。他哭丧着脸，目光里闪着泪光，说，龙哥，兄弟实在没得办法了才找的你，还按上次说的，把欠那仨月的利息抹掉，把当初融给你的八十万本钱还给我就行，行吗龙哥？龙哥，当初你对钢子的好钢子没有忘，也正是对龙哥为人的信服，我才放心把钱借给你的，如今兄弟实在走投无路了，龙哥你不能不管兄弟啊。

龙哥挺直身板，拉下脸呵斥道，钢子，你啥意思？说我不讲诚信？

朱杰上前一步，更凶，咋说话呢钢子？想找事儿？

不是不是不是，我不是那个意思，龙哥。刘钢双手在眼前来回摆动着，脸上堆起的笑一波接一波的，源源不断。

那你说你是啥意思？龙哥道。他被龙哥问得哑口无言，

裂　合

尽管嘴里填了无数个"我"，却未能吐出半字。他的确只有一个意思：还钱。尴尬之时，龙哥笑了，用夹香烟的手指点着他，说，放心兄弟，马上要出一批货，半月内还你一半，这样行吧？

龙哥这样言之凿凿，他不好再说什么，只能再等半月。问题是，这半月如何躲债，成了他首要考虑的问题。现在已经没有人再相信他了，甚至都盼着他出丑。当初他与老婆离婚，安慰他的人就少得可怜，言语和目光中浸透了嘲笑。表弟亚涛更是过分，说他活该。他不敢想象，如果大海非他亲生的消息再传出去，不知会遭受什么样的耻笑。

离开餐厅，他垂头丧气地走着，思绪被潮水淹没、吞噬，以至走到大门口时，老段喊他三声他才回过神来。老段安慰他，慢慢来，迟早会还的。

没法弄呀，唉，我抢银行的心都有了。他苦笑道。

老段把他的玩笑当了真，急忙劝道，可不能犯浑，抢银行犯法，那是坏人干的，你要做个好人，可不能走那歪道。

好人难做，坏人也难做。我不想做好人，也不想做坏人，我只想做个普普通通的人。他边说边迈过那道铁门。

在楼下，他买了两箱桶装方便面和一箱火腿肠，趁楼道里无人时悄悄溜进家里，他决定闭关半个月。直到轻轻反锁住防盗门，整个人就像进入了保险柜，他心里顿觉安全很多。他坐进沙发里，再次掏出那张鉴定报告……

大海住在爷爷奶奶那里，生活和学习全由他们管，他不用操心，偶尔过去看看。那天中午，他到父母家楼下，正好遇到母亲接大海回来。街坊老孙头看到他们，嘴巴啧啧两声，冲他母亲道，嘿，你看看这孩子，越长越像钢子。母亲笑道，那当然，俺孙子肯定像俺孩儿啦。说者无意听者有心，他定睛看看大海，没感觉哪地方像他。他是国字脸，鹰钩鼻，眼睛偏小，眉毛短而稀。大海呢，大海是长圆脸，鼻子翘挺，浓眉大眼的，除了肤色稍黑有点像他，其他地方完全不像。脸形也不像他前妻林娟，林娟是圆脸蛋，苹果似的。对于大海的身世，以前他就有过怀疑，但瞬间就被自己否认了。他认为许多人都是这样，从小模样跟父母都不太像，越长大越像。那天老孙头的话，让他再次怀疑起来：大海是不是我的亲儿子？林娟已经离开澧城，再无音讯，问她，难度太大，也会弄得沸沸扬扬。他想到了做DNA亲子鉴定。两天后他借体检之名，把大海带到市第一人民医院进行抽血鉴定。熬过忐忑的一周，拿到结果的那一刻，他彻底蒙了，心头就像刺进了一把刀，流血不止。那段时间，他抽烟酗酒，哭过骂过，连死的心都有。好在，冷静之后伤口的血仿佛慢慢凝固了。他告诉自己，生活再痛也要继续下去，不能因此消沉不振。他强忍痛苦，该借钱借钱，该要账要账，仿佛什么事都没有发生过一样，其实他心上的伤口连痂都还没结。

　　这次猫在家里躲债，有人敲门有人打电话，都在他的预料之中。敲门他肯定不会吱声，来者敲累了就会认为他不在家。打电话呢，他把手机调成了静音，不想接就任它闪着，想接便到里屋去接，然后谎称自己不在家，并保证半月后还钱。他用这样的方法成功躲过三次敲门和四个来电。

正在吃泡面，第五个电话打进来了，是邱天明。

邱天明是他的发小，在火车站西边开有一家美发店，说是美发店，主要业务不是理发。邱天明这家伙比较精明，打两次看他不接，就发来一条短信：我在门口，知道你在家里，我这次来不为要钱，是想告诉你一件重要的事，关于大海的。他犹豫片刻，回复道：大海能有啥事？邱天明短信里说道：开开门细说，放心，就我一人。他急忙收起亲子鉴定报告，小心翼翼地打开门，左右扫视两下，确定没人，才小声说，快进来。

邱天明坐稳，冲他笑道，不就欠点钱，至于吓得像惊弓之鸟一样吗？

你是坐着说话不腰疼，落到你头上试试。他推开泡面桶，点燃一支烟。

兄弟能理解你。邱天明说。

说正事吧，你刚才说到大海，大海咋了？

这个嘛。邱天明身子凑过来，小声道，你没发现大海不像你吗？

你这货咋说话呢？大海不像我吗？就算不全像我也像他妈吧，别跟哥开这种玩笑。他假装生气地说。

邱天明说，哥，咱俩可是光屁股孩时就在一块儿玩了，这是啥事呀？我敢胡乱开这种玩笑吗？兄弟是有根据的。

啥根据？

我问你，嫂子是不是玉州人？

是呀。

那就对了。邱天明神秘兮兮地说，我店里的红红也是玉州人，比嫂子小不了几岁，听她说她和嫂子是初中校友，应该比嫂子晚两届。她说嫂子可是学校里的名人，当年嫂子跟同班一个男孩子谈恋爱，传言两人发展到了那种地步，两人轰轰烈烈的，连校长都知道，最后两人被开除了。之后呢，据说那男孩的家人不同意，嫂子一赌气就离开玉州到了咱澧城。对了，你跟嫂子是在澧冠商场认识的吧？

是呀。他说。

哥你想想，你比她大七八岁，她为啥会同意？你们还是闪婚吧？邱天明摊开双手，说，这显然有问题嘛。

这些问题他都想过，结论跟邱天明想表达的意思是一致的，那就是，前妻林娟跟他结婚前就已经怀孕，怀的那个孩子就是大海。但面对邱天明，他是不能承认的，哪怕编瞎话也要瞒过去。

他假装释然，身体仰躺着，笑道，天明，你呀，越说越离谱，我看是受电视剧影响太重。说实话，前面的事儿我不知道，但有一点我最清楚，我和她同居一年零两个月后大海才出生。

有那么长时间？邱天明自言自语道。

裂　合　　　　　　　　　　　　　　　　　　　　　217

当然有。你还能比我清楚？他笑道。

那就奇怪了。邱天明半信半疑。

没啥奇怪的。他说。

邱天明的身体瘫软下去，很快又挺起，换成一副严肃的面孔，道，本来想通过这事帮你做做文章的，听你这样说，那没辙了。那啥，哥，我放你公司那八万块钱你啥时还我吧，我急着用钱哩。

别急别急，先别急。他拍拍邱天明的胳膊，说，你刚才说做做文章，做啥文章？说来听听。

邱天明说，我昨天听红红说，当年跟嫂子谈恋爱那男的，是大户人家的公子，他现在一定很有钱。如果孩子是他的，你可以跟他做桩买卖，告诉他大海是他跟嫂子的孩子，他肯定想要回自己的亲生骨肉，那么你就可以提条件了，十万块钱没问题吧？这样的话，我的钱你不就可以还上了。刚才听你这么一说，还做个屁文章呀。

邱天明的话让他暗自兴奋，但表面上却故作镇定，说，当然做不成，人家提出做个亲子鉴定不就全漏了！不过，我倒是想见一见那男的，他是有三头六臂啊，竟然把她迷成那样。

邱天明眼珠子快速转动着，道，对了，哥，你可以跟他借钱。

我和他没有半点关系，人家不会傻到那种地步的。他说。

咋没关系？你不会说你跟嫂子没离，说嫂子把他俩当年的事都告诉你了，现在你生活有困难，借他点儿钱，他肯定会借的。邱天明再次兴奋起来。

看时机成熟，他顺理成章地抛出他真正的想法，说，倒是可以试试，可是我不知道他在哪里呀？说不定不在玉州呢。

这个你放心，我回去让红红打听打听。邱天明说。

红红跟你说这么多，还帮你打听，你俩关系不只是店员和老板的关系吧。他笑道。

邱天明诡异一笑，说，这个……哥你应该是明白人。

第二天晚上，邱天明打来电话，说已经打听出来那男的叫卓小宁，就在玉州，具体做什么生意不清楚，反正是公司老板，公司就在玉州未来大道上的财富中心里面。末了，邱天明催促他赶紧去，并特别交代，借来钱一定要先还他。

放下电话，他陷入沉思，犹豫该不该去做这笔交易。

A3. 遮掩

寒风如刀般将阳光刺碎，温暖仅停留一瞬便不知所终。路边，雪堆正浸洇着周围的脏土，雪在融化，可刘钢的心却像跌进了冷窟，结上了厚厚的一层冰。

离开医院，他走进瘦弱的阳光里，瑟缩前行。回到家时，他的手脚已经冻木，松开胳膊，衣服好像胖了一圈。屋里更冷，他跺跺脚，哆嗦着去开空调，没反应，开灯灯也不亮，家里停电了。他骂出一句脏话，坐进冰冷的沙发里，点燃一支烟。刚吸两口，有人敲门，他愤然打开，发现是亚涛。

他不耐烦地说，下次吧亚涛，我没有要回来钱，等我要回钱一定第一个还你。这话他重复过无数遍了。亚涛没接话茬儿，进屋跺跺脚说，真冷。他说停电了。两人好像不在一个频道上，亚涛呼出一口哈气，说，我知道，嫂子跟你离婚这事儿对你打击挺大，可是……刘钢将右手伸开，在半空中挥动两下，打断亚涛，摁灭香烟说，可是个啥，放心，我们是亲戚、是兄弟，哥不会跑的，你的五万块钱连本带利一分都不会少。另外你给我记住，亚涛，不是你嫂子跟我离婚，是我甩的她。

亚涛没有生气，走到沙发前，弯下腰又挺起身子，他没有坐下，说，不是那意思，哥，咱们是亲戚、是兄弟，当初就是因为这层关系我才投的钱。在还钱这事上，哥，我得说你两句，你有点假呀，今天推明天，明天推后天，兄弟我就想听个准音儿，钱，最迟啥时候能还？

既然知道我们是兄弟，那你就放心，明天一早我再去找龙哥要钱，钱要过来就还你。他其实也没有信心能要回钱，心说，龙哥不还我钱，你们谁也别想拿到一分。

你说话得算话。

要不你明天跟我一块儿去找龙哥，不给钱，咱俩弄他的事儿，行不行？

龙哥的名气谁不知道，亚涛当然不敢去，道，那是你的事，我不掺和。

　　亚涛离去，随着大门砰地关闭，他迸出两声冷笑。

　　仍旧没电。出门时他发现，原来是配电箱跳闸了。他推上总开关按钮，嘟囔一句，又是超负荷。

　　下楼就是馨柳街。这是条老街道，背依澧河，不长，楼房都是上世纪七八十年代建的，比较破旧，住户多为老澧城人。他路过天源浴池门口，有人叫他，钢子，你爸在里面洗澡哩。他看一眼，老孙头正拎着玻璃茶杯冲他微笑。老孙头那茶杯实际上是橘子罐头瓶，罐头吃光后，瓶拿来当茶杯，外面罩个毛线编织的网套，像模像样的。他没有说话，老孙头喝口茶叶水，重新拧上杯盖，又说，大海这孩子别看不说话，脑袋瓜还真灵，听你爸说又考了个第一名。他冲老孙头尴尬一笑，内心猛然被某种东西刺痛，于是扭过头离去。

　　到家，母亲正在厨房擀面条，听到开门声她并没有回头看就说，这回咋洗这么快？母亲这是把他当成父亲了。他轻咳一声，再次提醒正费力擀面条的母亲，道，以后别擀了，楼下老贾卖的也是手擀面，买面条多省事儿。母亲缓缓拉动擀面杖，将面皮卷铺开，又撒上一层干面粉，说，老贾的手擀面是假的，是用机器和的面，掺水多，吃着不筋道。再说咱面剂子里还掺有俩鸡蛋呢，他能舍得放？买他的面条干啥。他想到大海，就没有再接母亲的话茬儿，他推开了西侧卧室房门，屋里没人。他回过头问母亲，大海去哪儿了？母亲边叠面皮边说，华丽刚才来找他玩，一准在她家。他扭身走向门口，说，那我去找他。母亲从厨房走出来，两只沾有面粉的手悬在半腰，说，钢子，你先别走，刚才不说大海我还没想起来，那天你带大海去医院体验结果咋样，身体没啥毛病吧。

没啥毛病，都正常。他关门离去。

外面依然冷飕飕的，三三两两的行人要么伸着脖子挤进某家小饭馆，要么缩着脖子走出来，身后甩出一抹热气和香味，转眼被寒风吞噬。

华美娟不在，棋牌室里只有大海和华丽，牌友还没来，他们一般两点左右才陆续到场。室内有五张麻将桌，东北角是一张破旧的前台接待桌，桌前有一台饮水机。大海和华丽趴在桌沿，把麻将牌当积木，正专心地摆"高楼"，没有注意到刘钢。

他冲华丽问道，你妈呢？

两个孩子同时扭头，大海好像很惊诧，目光还怯怯的。

我在这儿。华美娟抬腿迈进屋里。他没有回头看，也不用扭头，听脚步声都能判断出是她，毕竟他们彼此都很熟悉，连她右侧屁股上有颗红痣他都知道。再看华美娟，虽年近四十，却仍是蜂腰肥臀的，尤其是当她脱掉鸭绒袄，转过身来，那蓝色羊毛衫包裹着的乳房，像两座山包似的，一下子就砸到了他面前，压得他抬不起头来。

他冲大海一摆手，道，大海咱走了，回家吃饭。

烩面马上送来，有大海的，吃完再走。华美娟将长发甩到肩后，漫不经心地说，这么长时间不来，还以为你消失了呢！啥时候请我喝酒？他冒出胡楂儿的嘴唇努动两下，迟疑片刻道，你跟老胡不是经常喝吗？她猛地甩过头，说，你竟然监视我。

他冷笑一声，说，我哪有那闲工夫。

也是。不过你甭多想。她瞅一眼华丽，把话又咽了回去。

他将手揣进裤兜，扭过身，缩起肩膀走出棋牌室。大海尾随他身后，那瘦小的身躯，像一只小狗。他们到家，老爷子已经回来了，见到孙子一把揽到怀里，摸摸小手又摸摸小脸儿，说，看把孩子冻的，饿了吧大海？对刘钢倒不理不睬的。刘钢心里明白，父亲嫌他没出息，生意干了不少，但都没维持多久。前年，他决定做金融担保公司时父亲就不同意，结果上家的本和息结不到手，下家追着堵着让他还钱，这里面不少是亲戚，经常给老人施压，弄得他们丢尽了颜面，老爷子自然对他没有好脸色，这是其一。还有他离婚之事，也把老爷子气得不轻。母亲曾安慰他，也劝说老伴儿，这事儿不怨钢子。尽管这样，爷儿俩关系还是越来越紧张，虽然他们同往馨柳街，但如果没有特殊情况，刘钢是不会来这里的。

吃过饭，母亲让他去送大海上学，他瞄一眼大海，告诉母亲，以后不用来回接送了，大海马上就满十岁了，学校又不远，完全可以自个儿去上学。霎时，老爷子脸色变得吓人，深紫色的嘴唇颤抖着，骂道，净说屁话，不想送我去送。这一顿呵斥让他低下了头，不敢看父亲，但心里比眼睛都亮——老爷子眼睛定然瞪得像个火球，喷射着灼人的愤怒，能烤死人。母亲在厨房听到老伴儿又骂儿子，便插话劝他们，别动不动就干仗，都少说一句。

你收拾你的吧。老爷子转向大海，瞬间换成另外一张面孔，温和地笑道，书收拾收拾吧大海，爷爷送你去上学。大海合上书，瞅一眼爷爷，又瞅瞅刘钢，没有动弹。他冲大海点点头，大海这才起身进屋收拾书包。老爷子鼻孔里呼出两筒气，冲老伴儿发火道，等会儿别急着去玩牌，你看里屋书柜脏的，多长时间没擦了！

老伴没有吱声。

大海和父亲出了门，他起身也准备离开，母亲从厨房出来，让他等等。他朝里屋扫一眼，心想，估计老太太是让帮她擦书柜。说起那组实木书柜，已经很旧了，比大海的年龄都大，具体是哪一年买的他已记不清了，当时他应该还没结婚。当年父母都在实验中学教书，在他印象中，两人得个空儿就会捧本书看，母亲还给他推荐过《老人与海》。可他压根儿看不进去，他一看书就瞌睡，比吃安眠药见效都快。退休后父母有大把时间可以看书了，让他没有想到的是，两人都有了其他爱好。老爷子迷上了唱戏，每次将大海送到学校，老爷子就直接掉头去文化宫，跟那群老头儿老太太一起唱豫剧。母亲则不然，她喜欢打麻将，通常上午打扫卫生或到大集上买菜，然后回来做饭。吃过中午饭，大海和爷爷前脚出门，母亲后脚就跟着下楼去玩麻将。当然，她不去华美娟的棋牌室，那里年轻人多，楼下老方棋牌室才是他们老年人的天地。他们不赌钱，就图个娱乐。

他以为母亲急着下楼打麻将，想让他擦拭书柜，其实不是。母亲从冰箱里拿出一兜饺子，说，上次包饺子你没来，我留一兜冻了起来，你拿回去放冰箱里，想吃了煮一碗。他接过来，道，你打麻将去吧，我擦完书柜再走。母亲摆摆手，笑道，你不用管，玩牌又不是啥要紧的事，晚去会儿也能坐上，没事儿，你忙你的去吧。他抬起右手挠挠头，想说些什么，却只是咂咂嘴就扭身离去了。

在家闷头想了一下午，还是发愁钱的事情，想来想去，借钱已经不可能了，没人会借给他，必须盯着龙哥还钱。龙哥绝对有钱，只是他现在生意不好，不想还钱罢了。多次找龙哥要钱，一分都没拿到，气急败坏时，他连绑架龙哥的心都动过。他暗中跟踪过龙哥十来次，基本摸清了龙哥的行踪——每天玩到半夜，要么住在金龙国际，要么住在厂里，很少回家；常去玩的地方有两个，一个是帝王夜总会，一个是白夜会所。每次有动手的念头时，理智就会提醒他，这是犯罪，要冷静，毕竟还没有到那一步。

半斤酒下肚，他没有洗漱就躺到床上，似睡非睡的状态下，他仍在念叨：明天龙哥还我钱，明天龙哥还我钱……

裂　合

AB. 裂合

夕阳燃尽一天的热烈，缓缓跌入地平线，白昼与黑夜即将完成交接。刘钢拖着疲惫的身躯回到旅馆，心情有些沮丧，那个叫卓小宁的男人仿佛在跟他捉迷藏，故意让他找不到。

那一夜格外漫长，他躺在床榻上，深陷的眸子里，浸泡着黑夜。黑暗中，他感觉自己成了一粒尘埃，在楼宇间轻盈地飘荡着，稍稍扭动身体，他又恍惚觉得有无数粒尘埃在自己的身体里。

凌晨两点，似睡似醒之间，有个男人出现在了他的脑海中，他不确定那是不是卓小宁。阳光下，那男人在冲他笑，那笑意味深长，似微笑又像嘲笑。他提步上前，想问他是不是卓小宁。突然起风了，没有铺垫，没有过渡。风贴着地面冲上来，来势凶猛，扬起无数沙尘，将那男人的脸和嘴巴都吹得浑浊了。阳光被吹进了灰暗里，整个城市被尘土淹没，他眼前一片昏暗，已看不清对方的脸。风咆哮着，猛烈地吹打他的白色衬衣，衬衣与他的皮肤粘得更紧，仿佛要挤破肚皮钻进他的身体里。这时候，一个声音飘过来，拖着尾音，慢悠悠的，以至于连狂风浓尘都没能改变它的声调和姿态："别再找我，也别再问我，大海就是你的孩子，你的亲生儿子。"声音消失，风也止息，那男人也不见了。

醒来之后，他摁下电灯开关，总算将黑夜切断。不过，短暂的梦境依然清晰。于是他陷入沉思，心说，难道大海是我的儿子？那不可能。梦里的男人是卓小宁？也不确定。紧接着，那些过往的人和事，像放电影似的，在他脑海中快速闪过。他想，人生真是如幻如梦，有真有假，没有真也没有假。不过不论真与假，他已决定，明天再去等一次，卓小宁再不出现他就回澧城。

　　第二天早上出门前，他再一次拿出那张照片，定睛看了看，犹豫一下，重新放回衣兜。那是一张卓小宁和林娟的合影，他翻腾大半天才找出来，就在那个红色相册里，压在他的单人照下面，他曾多次翻看过，但没有发现。照片中的他们有些青涩，有些稚嫩，他们充满向往的目光里流淌着甜蜜的心事。发现后，他咬牙切齿，嘴里骂着"狗男女"，愤然将照片一撕两半。冷静下来，他又将照片捡起，粘到一块儿。来玉州之前，他担心认不出卓小宁，便带上了它。

　　岁月不会放过任何人，在他的想象中，如今的卓小宁肯定比照片上的卓小宁成熟、气质好，应该是成功人士那种形象。谁会想到，他与卓小宁的会面不但充满戏剧性，场景与想象中也截然不同。

　　当时他正犹豫着要不要回澧城，突然不远处发生了骚乱，就在财富中心门口，六七个中年男子像从天而降，愤然将一男子摁倒在地，拳打脚踢。路过的人在围观。他没有看清那男子的面孔，只听到一声声惨叫和求饶。他认为是寻常的打架斗殴，没有在意，起身加入看客队伍。

那群男子边打边踢边骂道：狗日的，还不还钱？还不还钱？

继续骂：还躲呀，躲呀，踢死你个狗日的！

那群人连踢带骂的，被打男子只有招架的份儿。他身体蜷曲在地，护着头部，滚过来滚过去的，惨叫不止，间或夹杂着求饶声。男子的确被打惨了。

停，别打死喽。其中一个人阻止道。

他们收起拳脚。地上有血。那男子身体微微颤抖，疼痛地呻吟着。有个方脸平头的男子，像是领头的，上前轻踢一下他的小腿，狠狠地说，再问你一次，也是最后一次，钱，到底还不还？

还，还，一定还。被打男子声音沉闷，像从腹腔里发出来的。

啥时候还？说！方脸平头男子审问似的。

后天还，后天一定还。被打男子急忙保证。

好，你说的啊。方脸平头男子蹲下身子，冲那男人讥讽道，卓小宁，你狗日的还可以骗老子，还可以躲着让老子找，不过你给老子听好喽，下次就不是这样了，下次老子非卸你一条腿不可。

后天一定还，一定还，绝对不骗你。卓小宁再次承诺。

好。我等你电话。方脸平头男子起身，右臂一挥，其他人鱼贯离开。

卓小宁仍躺在地上，围观者小声议论着散去，只有刘钢定定地站在那里。不一会儿，卓小宁费力地抬起头，面目狰狞着坐起身，将鼻孔和嘴巴上的血抹擦掉，这才看见刘钢。

两人近在咫尺，刘钢拿出照片，将照片上的帅小伙与眼前的卓小宁来回比对，然后收起照片，蹲下身子，肃然道，你就是卓小宁？

卓小宁一脸茫然，声音虚虚的，道，是……是呀……

想到林娟，想到大海，他目生凶光，双手骨节咯咯作响，拳头攥得像石块，随时会抡起砸下。卓小宁惊恐地看着他，怯声道，刚打完还打呀，别再打了哥，后天一定还钱啊。

他突然笑了，笑过，身体又晃动两下，竟然将眼泪晃了出来。一串笑，两行泪，彻底将卓小宁搞蒙了。直到他起身离去，身影模糊，卓小宁仍是一脸茫然，仿佛连疼痛都变得不真实，恍若如梦。

老杨把刘钢送到车站，两人互留了手机号，他就走了。

回到澧城，有关大海他不再多想，下车第一件事，要钱。他给龙哥打电话，龙哥敷衍说货还没有出手，钱暂时还不上。他没再多说，挂掉电话，拦下一辆出租车回家，准备使出最后一招。不过还未等他动手，就先遭到了黑手。

到了楼下，付过钱，出租车绝尘而去。路灯下，他像一头猛兽，转身扑进黑暗的楼道。还没到家门口，他突然被人踹倒，紧接着，拳脚像暴雨似的袭来。他抱头蜷缩于地，扭动身体躲闪，嘴里号叫不止，但无济于事。他想到了卓小宁，仿佛情景再现，只是被打的那个人由卓小宁换成了他。

打他的人是亚涛、亚磊兄弟，还有邱天明及两个陌生人。五人停下拳脚后，他的身体像散架了似的，挣扎几次都没能站起来，嘴巴里咸咸的，抹一把，有血。看到血，五人脸上露出了恐惧的表情。他从牙缝里挤出骂声，他妈的，你们下手真狠啊，快扶我起来。

亚涛、亚磊和邱天明急忙扶他起来，说，今天必须还钱。

说这话时三人底气已虚。

进屋来，刘钢侧身轻轻窝进沙发，一摊泥似的。待缓过劲儿来，他慢慢坐直身子，冲他们道，既然大家都已经撕破脸皮了，那我就在这儿撂下一句狠话，我欠大家钱，龙哥也欠我钱，龙哥的钱要不回来，大家的钱我是不会还的。

你这是耍赖你知道吗？亚涛气得直跺脚。

你们急也没用，我已经想好了，要想让龙哥还钱，必须下狠手。他说。

你……你……你想下啥狠手？邱天明哆嗦道。

啥狠手？我准备绑架他，不还钱就要他的命，反正我已经没有退路了，大不了一命抵一命。他瞄一眼他们，肃然道，你们谁愿意跟我去？愿意去的我多还他一半钱。

邱天明抓住他的胳膊，道，可不能冲动，龙哥这人不好惹，你去也是送死。

他甩掉邱天明的手，问另外几个人，有谁愿意跟我去？

他们面面相觑，无人应答，房间里霎时变得死寂。刘钢起身走到里屋，拿出一条尼龙绳、两把匕首，扔到茶几上。再看他们，眼睛睁得溜圆，面露恐惧。他又问一遍谁愿意跟他去。亚涛退缩一步，道，那是你的事，跟我无关，我只要欠我的那份钱。

亚磊说，钢哥，还钱可以宽限几天，但一定要还给我们，其他的事，我不管，也不会参与，只是，兄弟我劝你别走极端。

再给你一星期吧，七天后还不还钱，我们还来。亚涛说。

亚涛、亚磊的眼神碰撞一下，扭身离去。

看此情景，邱天明什么都没说，摇摇头，冲那两个男子摆摆手，三人也走了。刘钢冷笑着把尼龙绳和匕首收起来，回到客厅抽了一支香烟，然后拎起那个蓝白相间的双肩包下楼向父母家走去。

父母正在客厅看电视，看到他，老爷子剜了他一眼，母亲简单打个招呼就继续看电视。他知道他们心有不满。这段时间他们同样痛苦，因为儿子，本就爱面子的他们，在亲戚和街坊朋友那里受到不少冷嘲热讽，老太太现在都很少去打麻将了。

大海在卧室写作业，他透过门缝儿瞄一眼，缩回身子从包里拿出两包玉州红枣，一条白玉牌香烟，还有那个小熊造型的陶瓷存钱罐——这是大海早就想要的——摆放到茶几上，他迟疑两秒，将空空的背包甩到肩上，走了。

下楼去找华美娟。

棋牌室内烟雾缭绕，说笑声与麻将碰撞声交织在一起，传递着他们跌宕起伏的情绪。华美娟不在。刘钢走到吧台前，问小艾，你娟姨不在？小艾告诉他，华美娟买东西去了，并说，吃晚饭时出去的，也该回来了。他二话没说，扭头就走，这时老张招呼他道，钢子来玩会儿。他脚步未停，摆摆手，径直向外走去。

一出门就看到华美娟。

华美娟身边那个男人是李行，他们并肩慢行，小声说着什么。看到刘钢，两人同时顿住脚步，呆愣在那里。

他与华美娟有暧昧关系，这在他离婚前属于秘密，他离婚后，两人已是半隐半公开。李行经常到华美娟的棋牌室打麻将，他们认识，此刻撞见刘钢，李行的尴尬和胆怯可想而知。李行摸一把自己的额头，冲路灯下的刘钢笑笑。还未待笑容散去，刘钢冷不丁扑过来，拳头像冰雹似的，重重落到李行身上。面对他的强大攻击，李行毫无还手之力。华美娟倒冷静，没有大喊大叫，没有劝他们，任凭他们撕打，仿佛与她没有半点关系似的。

刘钢收起拳头，扭头狠狠盯她一眼，疾步离去，身后是李行躺在地上痛苦呻吟。

第二天早上，刘钢去找华美娟，敲半天门，没人开，估计是送女儿上学去了。他蹲在门口抽烟，等她。华美娟回来看到他，脸色瞬间沉了下来，也不理他，开门闪进屋里。他起身尾随而入，带上门，拉一下她的胳膊，却被她甩掉。

她扭过头，一屁股坐进客厅的沙发里，气愤地说，有啥事儿，说吧。

他干咳两声，问她，你跟李行好上了？

想跟我好的人排长队呢，还轮不上他。她说。

以后别理他们了，咱们结婚。他说得突兀，华美娟一愣，转而大笑两声。

我是认真的，咱们结婚吧。他正色道。

她继续笑着，说，好呀，结婚。

结婚以后咱们也生个孩儿。他说。

华美娟笑容淡去，道，生个孩儿？你养得起吗？

我养得起。他说。

那好呀，那我等你来娶。她说得有些随意。

那好，等我把钱还完就娶你。他说。

她直起身子，叹息一声，道，我们已经不是爱冲动的年轻人了，有些事你还是要想清楚再说。

是得好好想想。他自言自语道。

虽然华美娟回答得有些不认真，但没有反对结婚，这让他心情大好。回到家，他拿出准备好的刀和绳，计划晚上行动。其实他早就动过绑架龙哥的心思，也曾跟踪过龙哥，龙哥经常去的几个地方，像华都会所、皇冠娱乐中心，他都摸得一清二楚。准备妥当，刘钢下楼吃饭，一抬头看到天空中乌云正在翻滚。不大会儿工夫，乌云越卷越厚，切断了阳光，天空暗了下来。虽然乌云遮断了阳光，可它自己也迷失了，就像身陷地狱找不到出口，横冲直撞的。他知道，要下雨了。

他决心已定，风雨都不能动摇，今晚就下手。吃过饭，走出萧记烩面馆，没想到，龙哥打来了电话。他一惊，心想，这么巧。龙哥言语寡淡，听不出是喜是怒，只说现在让他到厂里一趟。他有些怵，猜测，不可能是请他吃饭，也十有八九不是要还钱。除了这两点，龙哥约他能为了什么？打开门，看到茶几上的刀子，心里便有了底气，咬咬牙，抓起那把刀子别在腰间。

厂里豪华包间里，龙哥已经吃过饭，正在剔牙，他立即排除请他吃饭的可能。龙哥身后分别站着朱杰、小超和小林，三人肃然而立，站得笔直。龙哥坐靠背椅，软塌塌的身体呈半躺姿势，瞟他一眼，慢悠悠地道，钢子，听说——你要办我？

他连连摆手，笑着否认没有，并说，我哪有那个胆儿。

龙哥咧咧嘴角，似笑非笑，看一眼朱杰他们，三人瞬间明白，刘钢还没反应过来，就被他们摁倒在地。他像困兽挣扎着，哀求道，龙哥，我真没有那个意思呀。龙哥接过朱杰递来的刀子，左右瞅瞅，说，钢子，这是英吉沙刀子吧，有些年头没动过了，还锃亮锃亮的。

龙哥，我……我……他知道，再解释也无济于事了，认栽吧。这时候，龙哥晃晃悠悠走过来，蹲下身子，右手把玩着刀把，那寒气逼人的刀光在他眼前游来游去，比插进他的身体还让人恐惧。

刀子让他恐惧，但真正激怒他的却是龙哥的言行。龙哥鄙夷道，你这货，连老婆都看不住，就这点能耐还想办我哩！

他生气，但没有说话。

龙哥继续刺激他，听说你儿子不是你的，真的假的？钢子，你说说，那孩子是不是你的种？

他越来越气，咬牙切齿地瞪着龙哥，目光比那把藏刀还锋利。

龙哥用力拍拍他的脸，嘲笑道，不服气是不是？不服来办我呀。

他用力挣脱，却发现根本反抗不了，不过他嘴巴还能说话，他死死盯着龙哥道，龙哥，你弄死我吧，今天你不弄死我，总有一天我得弄死你全家。他心里已经想好，日子过成这样，倒不如一死。听到这话，朱杰三人对他一阵拳打脚踢，倒是龙哥愣住了，脸上没了笑容。不一会儿，龙哥目露凶光，晃晃手中的刀子，道，你他妈的活腻了是不是？

是，我他妈的活腻了，有种你就弄死我。他情绪失控似的，反过来刺激龙哥道。

好，我就成全你。龙哥说着便举起刀。

朱杰三人都大张着眼睛，害怕龙哥来真的。刘钢倒没有恐惧，他身体软下来，闭上双眼，就等龙哥手起刀落。但是龙哥没有杀他，刀狠狠落下，划出一道风，刺破他面前的木地板，不动了。

朱杰他们紧张的表情慢慢松下，想必他们也怕闹出人命。两年后，当龙哥、朱杰他们因一些事被警方抓捕入狱时，他更加相信一个真理——邪不压正。那天他被龙哥关进轮胎仓库十个多小时。在仓库里，他感到悲哀的是，假如龙哥真把他弄死了，父母和大海也不会知道，因为他们已经习惯了他不在身边。如果真有人找他，也是那些追债的人。他第一次感到孤独和悲凉，鼻子一酸，流下两行热泪。

挨到深夜十一点，满身酒气的龙哥出现在他面前，龙哥的身体不停地晃悠着，冲他道，你呀，唉，不说了，老子现在给你两个选择：一是我不还钱，你去弄死俺全家；二是用货抵债。龙哥说完，他稍作思考，便选择了以货抵债。

B1. 证明

黑夜像浑浊的河底，散发着腐朽的味道，阴冷潮湿。他躺在床上辗转反侧，心里不停盘算着怎样才能把轮胎销出去，把钱弄回来。

夜已深，仍没有想出辙，他索性起身踱步窗前，点燃一支烟。此刻，窗外夜色邈远，冷冷清清的，有灯光，也有月光。可是，月亮仿佛困得睁不开眼似的，不一会儿就躲进

"被窝"，睡了。思绪在袅袅的烟氲里堆积，忽明忽暗的，他特别想找个人聊聊，打开手机通讯录翻半天，一串串人名从手指滑过，却没有能聊天的。看到"老杨"时，他眼前一亮，拍拍脑门，怎么把他给忘了。他想立即给老杨打过去，又因为太晚而放弃。

第二天一大早，他给老杨打电话，给老杨简单介绍了情况，说一个做轮胎生意的朋友欠他钱，要好多次都无果，现在答应用轮胎抵债，所以要向他请教轮胎问题。

电话里，老杨沉默片刻，问他，有多少货？

有五十万块钱的货。他说。

那么多！玉州修车卖轮胎的伙计我倒认识一些，但这么多也不好弄呀。老杨又问，是啥牌子？

澧达通。他说。

老杨沉默片刻，道，小牌子，更不好销，像我们这些店，都是从代理商那里拿货。实不相瞒兄弟，要处理你手里这些货，一是偷着卖，二是价格还要比进价低得多，毕竟担的风险大。虽然我跟那些伙计关系不错，但哥也只能保证我自己不挣你一分钱，他们毕竟是生意人呀。

哥，只要能处理掉，我听你的。他说。

老杨沉吟片刻，说，你这样，给那个人再压压价，价格压下来就有优势了，然后我在这边可以帮你销一些。另外，你也可以发动你的朋友到周边市县跑跑，五十万块钱的货很快就能处理掉的。

老杨毕竟有经验，懂轮胎市场，特别是那句发动身边朋友的提醒，犹如响雷，一语惊醒梦中人。不过，他想让老杨来一趟澧城，帮他跟龙哥压价。原因很简单，上次他跟龙哥闹得很僵，压价肯定不占上风，还有就是，他不懂这行的规矩，不懂压价中的要害在哪里。老杨答应得很爽快，同意来澧城一趟，会会龙哥。

　　因为急，他又问老杨，哥，我急用钱，今天能不能来？

　　老杨沉吟片刻，说，那……好吧，我到店里安排一下就去。

　　老杨到澧城是下午五点多，刘钢安排好住宿，接上老杨，两人像在玉州一样，喝酒、聊天。一瓶酒，两人各半斤，都不多。喝完酒又去宾馆聊至深夜，主要是合计明天压价之事。

　　第二天早上，两人吃过早饭就去厂里找龙哥。约定时间是八点半，龙哥比他们晚到了足足半小时，龙哥又要吃早饭，让他们又等了四十分钟。依然是在那个豪华包间，依然是朱杰那三人贴身陪伴。龙哥似乎根本没把老杨当回事，自顾吃饭，对两人不理不睬的。他觉得有些尴尬，与老杨对视一眼。老杨笑笑，虽然没有说话，但他感觉得到那种镇定。

　　与往常一样，龙哥吃完饭，接过牙签开始剔牙。突然，龙哥盯着老杨看起来，并从牙缝里挤出一句，钢子，你朋友？

　　是，玉州的朋友，杨建国，杨哥。他介绍道。

龙哥扔掉牙签，冲老杨咧嘴一笑，慢悠悠地道，玉州的奎军认识不？

奎军当然认识，同行，好哥们儿。老杨说得轻描淡写，表现得也不卑不亢，又说，经常跟奎军喝酒，他代理米其林，在玉州有五六个店，生意做得大。

龙哥挺直身子，来回打量老杨，问，你也是做轮胎生意的？

我是小打小闹，跟奎军没法比。老杨谦虚道。

龙哥扔给老杨一支烟，犹豫一下，也扔给刘钢一支。朱杰帮龙哥点着烟，又站回原位。吸了几口烟，龙哥又说，钢子，你们来找我有啥事？

刘钢张开嘴巴，话还没有弹出口，就被老杨抢了过去。老杨也称段龙海为"龙哥"，道，龙哥，刘钢是我兄弟，他把事儿都给我说了。今天他领我来，能认识龙哥很荣幸，我也是个好交朋友的人，以后到玉州除了找奎军，还请龙哥赏光到我老杨的小庙里看看。

龙哥哈哈朗笑几声，很受用似的，道，好说好说。

老杨就势递上名片，坐回原位，道，这年头生意不好做，以后请龙哥多指导。

龙哥看一眼朱杰，朱杰心领神会，抽出龙哥的名片，回赠老杨。刘钢就像看客，在观看他们的表演。他没想到，看似貌不惊人的老杨处事这么老到，短短的开场已然让他自叹弗如。他插不上话，只能默默坐在那里，继续当个观众。

你说得没错，生意的确难做，不然钢子的钱我早就还他了。龙哥在试探。

钢子兄弟也理解龙哥你的难处，他昨天晚上还跟我说，你们认识这么多年，兄弟感情很深的。所以你说用货抵钱，他答应得很爽快，一是理解，二是重感情。老杨扭头问刘钢，是吧兄弟。

他连连点头说是。恍惚间，他感觉老杨那么陌生，与在玉州时的老杨判若两人。事后他又想，也正常，毕竟每个人都有另一面。谈价格时的老杨，更是让他暗自佩服。老杨依然不卑不亢，落落大方，先从轮胎市场现状说起，再对品牌、价格做分析，最后才具体到"澧达通"上。老杨没有急于杀价，而是点出它没有打开市场的原因，主要有品牌影响力不强、推广力度不够、售后服务水平不高等。对于这些问题，龙哥听得认真也极为认同，并问老杨怎么改善。

老杨清清嗓子，胸有成竹地说，解决办法很简单，砸钱，推广品牌需要钱，推广销售点也需要钱，提升售后服务水平更需要人力和财力，而且这些都得是长期的。

这个我想过，需要的资金太大了。龙哥说。

老杨瞅一眼龙哥，说，还有一个法子。

啥法子？说来听听。龙哥眼睛一亮。

与其他品牌拼价格。这也是短平快的一个法子。那些知名品牌之所以贵，主要原因是商家投入大，品牌、销售人员、技术人员、分销商、售后服务等，方方面面都要投入大量的资金。你的澧达通不一样，这几大块的钱投入小，那么就可以低价投入市场，把厚利让给分销商，他们就会花大力气推澧达通，货卖得多了，品牌知名度自然就立起来了，资金问题也会迎刃而解。

听着是有些道理。龙哥摩挲着下巴，又说，人常说便宜没好货，这是大众的消费心理，低价卖弄不好会把牌子彻底砸掉的。

这好办，你可以先小范围做，权当试验，行得通就放开所有市场，行不通再修正或中断另想办法，主动权都在你这儿。说到这里，老杨不再循序渐进地诱导了，他直截了当地说，正好你要用货抵欠钢子兄弟的钱，我建议你就用这百十万的货去试，而且就把玉州市场作为"试验田"。

龙哥低头沉思着。

老杨眼珠一转，又说，你放心，龙哥，我们不会胡来，况且奎军也在玉州，咱都是吃这碗饭的，不会因为这点货瞎整的。

好，就按你说的。龙哥猛地抬起头，一锤定音似的，转而又小声道，不过，这事儿你先别给奎军说，虽然说是好兄弟，可毕竟是同行，明白吧。

老杨点头笑道，明白明白，放心吧龙哥，绝对按你说的做。

接下来的谈价很顺利，最终龙哥以每个轮胎一百六的价格抵给他，由老杨帮忙在玉州销售，还提了一条，不能窜货。老杨也挺精明，说，当然不能窜货。这样吧，货直接从你的仓库发到玉州，以后玉州出现这个价位的货，责任全算到我和钢子兄弟头上。刘钢当然知道，老杨这是在跟龙哥提条件，这样他就不用另租仓库了，可以省下一笔费用。

龙哥稍有犹豫，最终还是同意了。

自始至终，钢子都像一个局外人，只是陪着点头微笑，根本插不上话。通过这件事，他认识到，老杨的确是做生意的能手，同时也告诉自己，老杨这人不简单，以后交往时要留个心眼儿。

送老杨回玉州时，在火车站广场，他感激地说，哥，真不知道该怎么感谢你才好，需不需要我到玉州帮你？

不用不用，这两天我悄悄召集一下我的那些老伙计，看他们能吞多大量。你呢，就在澧州负责发货。不过兄弟，哥再提醒一遍，这可是偷偷卖，发货的单子你千万要保存好，别给任何人看，也别跟任何人说。

好，放心吧哥，这些我会注意的。他说。

对对对，我差点忘了，那个啥，款的事儿，到时候我会跟他们说好，月结。老杨怕他不明白，又解释道，也就是说，一个月卖多少个轮胎给你结多少个的钱，价格到时我先给他们定好，我估摸着，二百元一个有谱。

好好，全听哥的安排，下次见必须得多敬你几杯酒。他还想说声谢谢，想想又觉得没必要，太客气反倒显得生疏。

刚进家门，邱天明就来找他，不用问，肯定是来要钱的。与他预想的不太一样，邱天明没有直接说"正事"，而是兜了个圈儿，先说大海。邱天明先问大海学习怎么样，又夸这孩子挺讨人喜欢。刘钢知道这是醉翁之意不在酒，回答时基本是打哈哈。看他还要继续说下去，他硬生生打断道，天明，到底有啥事，直说，别像个娘儿们。

邱天明尴尬地笑了，道，还能有啥事？钱的事儿呗，我最近看上一套房，想买下来，你也知道我跟红红的事情，得给她有个交代不是。

你呀天明，说你啥好呢？他本想训斥邱天明一番的，想想自不如人就算了，便说，也对也对。钱的事情马上就能解决，钱到手就还你。

邱天明没说话，只是笑，那笑，内容丰富，把真笑都淹没了。

他知道，邱天明认定他又在敷衍，就说，天明，我没有骗你，如果一个月内还不上你们的钱，我把这房子卖掉。

他想把龙哥以货抵债的事摊出来，让邱天明相信他，可他刚准备说，就被邱天明抢过了话头，哥，你先别说，兄弟这次来，还想帮你想想办法。前两天，红红回了玉州一趟，她找几个同学又打听了，上次给你说的那事儿，十有八九是真的，你仔细想想，是不是有些地方你们记错了。如果，我说如果呀哥，如果大海真不是你亲生的，你找到那个人，钱的事儿还会是问题吗？对吧？哥，你别生气，我是实话实说，也是为你着想。

邱天明说这些的时候，刘钢一直闷头抽烟，没有插话，也没有抬头。待邱天明说完，他也没有多说，不疾不徐地将烟屁股摁进烟缸，又左右拧两下，起身走向卧室。邱天明满脸疑问。一会儿他就从卧室出来了，他在邱天明面前停下，将亲子鉴定单慢慢摊到茶几上。再看邱天明，一把抽过那张单子，抬到眼前，目光炯炯，缓缓滑过纸上的每个字。看过之后，有些失望似的，自言自语道，还真是。似乎意识到说错话了，邱天明又笑道，还真是，我就说是真的，那些人就是喜欢胡说八道。

哥比任何人都在乎大海的身世问题。他扔给邱天明一支烟，说，别人怀疑是别人的事儿，嘴在他们身上长着哩，谁说啥我一点也不在乎，在乎也没用。只是有时候老头儿老太太面子上挂不住，所以我才做了这个鉴定，就是为了让老人们放心。

邱天明附和道，就是就是，上星期三，咱家老太太还跟老贾大吵了一架，就怨老贾这货缺德，说大海不像你。老太太一听就火了，说不像俺儿子像谁，问老贾说那话是啥意思，老贾越解释越不着调，最后老太太一气之下把麻将都呼啦散了，又骂了老贾半天才走。老贾这号人，不好好卖他的面条，像个娘儿们，就喜欢东家长西家短地议论别人。当时就应该让他们看看这东西，这东西最能说明问题，看谁敢再胡说，以后谁再胡说就打谁的臭嘴。

邱天明走后，屋子里一片阒寂，犹如坠入了深谷。他倒进沙发里，身体蜷缩得像煮熟的大虾，用力摁住胸口，那张悬满疲惫的脸，扭曲出了悲怆的色彩。因为他知道，亲子鉴定书是找办假证的人做的，花了五百块钱。五百块钱能堵上所有的人嘴巴，也值，可某一刻，疼痛却依然能抵达他的内心深处。人总会遇到许多坎儿，梗在心里的坎儿往往最难过去。这就是生活，有时候不但要欺骗别人，还需要欺骗一下自己。

他的欺骗还算成功，刚好可以利用邱天明嘴巴快的特点破除那些传言。果然，邱天明走后，没多久便又传出了一个说法，说大海为啥长得不像刘钢，就是因为刘钢酒后弄的事儿，所以要孩子必须要戒酒……还有人说，要不是刘钢喝酒，大海也不会是哑巴……无论怎么说，大海是刘钢亲生儿子的事再没有人质疑了。这正是刘钢想要的效果。

B2. 意外

半夜一点多，刘钢猝然醒来，黑暗中带着些许惶恐。他连打两个哈欠，翻过身子，又闭上眼睛，试图入睡，却再也睡不着。他平静望着周围的黑暗，而在平静之下，内心已是暗流涌动。

这几天，他忙着往玉州发货无心顾及其他。除了忙碌，事情似乎都在有序地进行。不过，生活总是蕴藏着太多不确定性，这一秒是碧海蓝天，下一秒便在不经意间掀起惊涛骇浪。他接到华美娟打来的电话时，刚发出去一批货，正往家赶。电话里，华美娟声音急促，拉着哭腔，这让他意识到出大事了。

遇事急躁是大多数女人的通病。这两年他遇到不少坎儿，每道坎儿对他来说都是一次磨炼。听到华美娟说华丽不见了，他先是震惊，很快又归于冷静。人们常说：急事慢说，大事细想。这句话以前他不懂，听别人说时往往一笑了之，经历了这么多事情后，感悟至深。他劝华美娟别急，慢慢说。担心她头脑仍不能清醒，又安慰她道，放心美娟，天塌不下来，别急别急。

事情的原委华美娟描述得乱七八糟的，但他已大致清楚——平时华美娟一般会提前十分钟到学校接华丽，今天因为老张那桌多打了一圈麻将，又加上小艾回老家，她骑着电动车赶到学校时，学生正陆续走出校门。也不算晚，以前也遇到过这种情况。通常华丽会在学校大门南边的学生书店门口等她，然而这次等学生走完了，还没见到华丽。她急了，给班主任打电话，班主任说华丽是与同学们一起出的校门。于是她顺着她们回去的路找，没有，家里也没有。她蒙了，第一反应是华丽被坏人拐跑了，情急之下，她给刘钢打电话寻求帮助。

刘钢已从公交转乘出租车。他问她，你现在在哪儿？她说在棋牌室门口。

你就待在那里，别急，我马上到。他说。

华美娟看到他，像见到救星似的，扑过来号啕大哭。他心里清楚，遇到这种大事，她能第一个向他求助，足以说明他在她心目中的位置。窃喜转瞬即逝，他轻拍两下华美娟的肩膀，道，你让班主任问华丽班里同学没有？

她摇摇头。

刚才我在车上给老爷子打过电话了，华丽也没有和大海一块儿回来。他稍作思考，又说，这样吧，你再给她班主任打个电话，让她用"校信通"群发一下信息，问哪位同学跟华丽一起出的校门。另外，华丽走出校门后谁带她走的，问问有没有同学看到。

按照他的安排，华美娟给班主任打了电话。这时，他拦下一辆出租车，拉着她钻进车里，说，咱们不能闲着，走，到学校监控室看看，如果被生人领走，我们得赶紧报警。

校信通已经发出来了，华美娟递过手机，他没有接，凑近瞅一眼，没说什么。他想给在公安局上班的朋友打个电话，但是，他拿起手机又放下了，想想不能急，等看过监控再说。突然，华美娟的手机响起来，他以为是同学或者班主任的电话。华美娟犹豫一下，接起，瓮声瓮气道，你打电话干啥？有事儿？显然，她有所顾忌，且对来电者不友好。是个男人打来的，他没听清男人说了些什么，只听她猛然提高嗓门道，啥？你再说一遍。屏息聆听，当华丽的名字入耳，他已知晓，华丽现在跟这个打电话的男人在一起。虚惊一场，他心里清楚，无论她与那男人是什么关系，至少华丽是安全的。他紧绷的神经松弛下来，她也长舒一口气。

你们在那儿等着，我马上就到。华美娟摁断电话，定睛看着他，说，小丽在人民路麦当劳，他带孩子去的。

他"哦"了一声，想问男人是谁，欲言又止。

改天再给你细说吧，我现在得给班主任说一声，孩子找到了。她情绪切换过来，冲他笑道，这事弄的，让你忙得不轻。

话已至此，刚才那个细节突然冒出来，她给那男人说"我马上到"，而不是"我们"，加上这句客套话，显然是不想让他见到那男人。他很知趣地说，哦，那我就在这儿下去吧。师傅，停一下车。

他心里五味杂陈的，反倒有些不冷静了。

第二天，华美娟主动联系他，告诉他，那男人是华丽的亲生父亲。那男人不是澧城人，她二十四岁那年在流沙市与他结识，他们好过半年，因他隐瞒已婚的事实被她发现而分手……

有关他们的故事，他们分手之后的事，她没有细说，他也没有问。他只是觉得心口绞痛，痛得说不出话来。许多年以后，当他再次想起华美娟，他感到难过的不是隐瞒，而是没有看清自己。

忙碌是忘掉烦恼的最好方式，他继续忙着往玉州发货，每天累得坐下就能睡着，没有精力细想那些乱七八糟的事情。老杨在电话里告诉他，一心一意挣钱吧兄弟，数钱的时候，你会跟扒光女人的衣服一样兴奋。那天他喝了点酒，没醉，头有点晕。许是太累，喝过酒便困得不行。为了尽快把身体放到床上，到家他连洗漱都没有，好像床上有个裸体女人似的，边往卧室走边脱衣服，沾床便睡，那是属于他的幸福时刻。

如果华丽那件事是个意外，那么又一个意外发生了，在半夜两点十分。

深夜，酒后睡得正酣，手机乍响，却没有划破他的梦。梦里，华美娟与他手牵手，漫步澧河岸边，像年轻人那样，举止亲密，言语甜蜜，多么幸福的场景呀。当手机铃声刺进梦里，他只是呷巴呷巴嘴，揉揉鼻子，却没有走出梦境。手机响声停止，随即又响起，这次似乎比刚才更急促，声音更大。响声将要停止时，他猛然睁开眼睛，终于醒了。当他意识到有人给他打电话时，刚伸手要接，响声再次停止。他蹙眉扭身，愤懑地抓过手机，定睛一看，是母亲打来的。他只觉脊背闪过一道寒气，倏然坐起，急忙回拨过去。

人到中年，最怕老人打来电话，尤其是深夜来电，定有急事。打通母亲手机，听到母亲的嘶声呼喊，他立刻意识到，不但有事，还是性命攸关的大事。

钢子快来，你爸出事了，快点。母亲的声音很急。

好，我马上到。他二话没说，边扯衣服边往外跑。

楼下没有出租车，左右望望，恰好一辆载有乘客的出租车驶来。他顾不上危险，一个箭步冲到道路中央，扬起双臂，不断地在空中挥舞着，大喊着"停下停下"。出租车司机和副驾驶座上的女乘客被吓得不轻，以为遇到了坏人。出租车被司机急刹停止，车头离他只有三四米的距离。他跑过去，司机吓得要打开车门逃跑，被他摁住肩膀，他向司机和女乘客解释道，不好意思不好意思，我老父亲突发急病，现在急需送到医院，十万火急，请你们帮个忙。两人自然理解。女乘客急忙下车，同时司机快速启动汽车，载着他绝尘而去。

送到中心医院抢救室时，老人已处于昏迷状态，脸色煞白。医生实施紧急抢救。他压住眼泪劝慰母亲道，妈，别哭，一定会没事的，没事的。

他何尝不是在安慰自己。

老爷子突发的是心梗，上午就有征兆，脚麻手麻，活动活动好了一些，老爷子没在意。到半夜，脚手麻得更加厉害，浑身出虚汗。老爷子想起床小解，顺便活动活动，可越来越麻，很快心口开始疼，疼得要命，浑身颤抖不止。见此情景，老伴儿赶紧给刘钢打了电话。

刘钢狂奔至楼上，见状二话没说，背起老爷子就往楼下跑。幸好是深夜，幸好车辆少，幸好出租车司机是明白人，知道这是人命关天的大事。事后刘钢又找到这位姓屈的司机，拿出千元以示感谢，屈师傅死活不接。再后来他们成了好朋友，闲时刘钢会带上酒去找他，两人小酌两杯。

抢救到早晨六点多，总算把老爷子的命保住了，不过心血管里被植入两个支架。老爷子对此并不悲观。一个月后的某天下午，老爷子与戏友聊起那次经历，云淡风轻地说，鬼门关还没转完，竟被两个支架勾了回来。

这次老爷子发病住院，好的是他们爷儿俩的关系破冰升温，好像疏通了老爷子的心脏血管，也顺便化解开了老爷子的心结。老爷子苏醒后，看着坐在床沿的刘钢，目光虚弱而温和，冲他笑笑，那笑，有些童真，有些慈祥。刘钢以为这只是惊鸿一瞥，没想到，从那以后，老爷子一直这样，换了个人似的。从小到大，父亲在他眼里从来都是严厉的，父亲给他的笑脸能数得出来。一场急病，老爷子仿佛回到了童年，什么事都找刘钢拿主意，心里别扭时也找刘钢倾诉。对于刘钢欠钱这事，老爷子也与之前的态度大相径庭，他告诉刘钢，咱欠别人钱要还，你手头紧的话，我和你妈还有些存款，取出来还给他们，实在不行把咱的房子卖掉，留一套，咱们住在一起。他心里酸溜溜的，眼泪差点儿涌出来。他告诉老爷子，钱的事你们不用操心。

老爷子手术后第三天，亚磊、亚涛来看望过，其实他们的主要目的还是催他还钱。他把承诺给邱天明的还钱期限也给他们说了，但是他们都不信。他还是那句话，腊八之前还不上钱，他就把房子卖掉还他们的钱。临走前，亚磊在病房门口故意提高嗓门，摇晃着脑袋道，再说话不算数，哥，我看这门亲戚就别来往了，没啥意思。

父母肯定能听到，他倒不怕这门亲戚还来不来往，而是担心父母伤心。像他这个年龄，早该进入婚姻和事业的稳定期，再看看现在，没有一件顺心的事。他为自己感到可悲。悲伤之余，有一点他更清楚，悲伤就像一道伤口，不能轻易揭开让别人看，因为你无法确定，谁会在你伤口上涂药，谁会在你伤口上撒盐。尤其是作为男人，总是无人时脱掉衣服自我疗伤，无论能否治愈，当穿上衣服走到别人面前时，便会把伤口隐藏起来。

华美娟决定离开澧城，让他感到意外的同时，更像是在他流血的伤口上又划了一刀。

春节将至，学校快放寒假了。那天奇冷，整个澧城仿佛掉进了冰窟窿里，冷得伸不直腰。华美娟打来电话，邀请他和大海一起去吃饭，电话里她没说要离开澧城。他想着是普通的小聚，没在意，带着大海应邀参加。

渔港村的空调开得很足，走进包厢，便到了一个温暖的世界。华美娟正在翻菜单，身边坐着华丽，旁边站着一个女服务员。这个饭店的特色是海鲜，院落看似不起眼，饭菜却贵得咬手。他揣摩着，华美娟估计是考虑到孩子们喜欢吃海鲜，特意安排的这个地方。果然，龙虾、螃蟹、海黑鱼、扇贝，另配三样素菜，满满一桌子。

华美娟心事重重的，吃饭时偷偷看了他好几次，欲言又止。他意识到她有事要说，具体什么事情，不知道。他频频喝酒，等她开口说事。不一会儿，大海和华丽就吃饱了。两个孩子到对面大厅里玩耍去了，华美娟瞅一眼他们，放下筷子，犹像片刻，终于说出了她们要离开澧城的事。

他沉默许久。

她平静地说，他们离婚了，没有孩子，华丽是他的亲生骨肉，现在他要接我们回去。

他点燃一支烟，猛吸一口，又吐出，烟雾中裹着那句"挺好的"，继续抽烟。

她又说，不论他是为了要回华丽，还是真的回心转意，这些都不重要，重要的是，这些年，我累了。

听到"我累了"，他除了叹息还能说什么呢。他再明白不过，这些年他们都经历了太多蹉跎与苦痛，短短一句"我累了"，是认命，也是不再折腾。

当华美娟与华丽消失在夜幕中，他与大海伫立在清冷的灯光下，看着驶来又离去的车辆，那一刻，他很沮丧，心里五味杂陈的。

三天后，华丽刚放假，华美娟的棋牌室就关门了，住的房子也租了出去，没卖。那男人已在流沙市给华丽找好了学校，春节后开学就可以转过去。临走前一天，华丽来家里找大海告别，两人在屋里偷偷哭了，看来两人结下的感情很深。老爷子劝两个孩子，流沙离澧城不远，开车半小时，想见面很方便，一脚油门的事儿。

她们走了。他觉得尴尬，也有些伤心，就没有去送别她们。怎么说呢，人与人之间，相遇是缘，别离也是缘，无论相遇还是别离，终归都是这个世界的过客。人生这么短暂，谁都想无悲无伤地度过，可真正一路走来，除去不断滋生的痛苦和短暂的快乐，还剩什么是你的？他很清楚，华美娟留给他的是遗憾，他要走更长的路，才能将这份遗憾消解、忘却。真的能忘吗？多年以后，当华美娟再次出现在他面前时，这种遗憾再次跳了出来。

悲伤，没有因为父亲身体的痊愈而消失，也没有因为华美娟的离开而消失，事实上悲伤已扎根在他的心里，像一根刺，越刺越深，越刺越痛。

B3. 回家

他决定去玉州。他已经出发。他要找老杨问个明白。

老杨离开澧城已近两个月了，他也往玉州发了三十多万块钱的货了，至于卖得怎么样，反正至今老杨都没说结账的事儿。亚磊、亚涛他们一个劲地催债。那天，老杨让他再发一批货，他爽快答应。将要挂掉电话，他冷不丁甩过去一句，最近他们又催我还钱。

电话那头，老杨沉默了，稍顿，吞吞吐吐地道，货倒是铺开了，可卖得并不好。这也说得过去，他没有再问，于是便到仓库发货。在仓库他遇到了龙哥。上前打过招呼，龙哥咳嗽两声，吐了口痰，拉下脸道，又要发货？他点头笑道，是的，还是往玉州发。龙哥眉头紧蹙，手托下巴呈思考状。他只是静静地看着，不敢打扰龙哥。忽然，龙哥抬起头，冲他道，钢子，这批货你先别发，这个老杨，越来越不讲究。他不知道话中深意，隐隐约约觉得，老杨与龙哥在私下来往，或许有某种利益关系。

老杨咋了？他故意问龙哥。

钢子，你给我交个底儿，你跟老杨到底交情多深？龙哥反问道。

在玉州办事时认识的，交情不算多深。他说。

龙哥盯他一眼，摇摇头，欲言又止。

老杨咋了？他问。

哦，也没啥，我只是随便问问。龙哥又说，那啥，这批货暂时别发，过几天再说。

事情在没有搞清楚之前，无论龙哥泄露的信息是真是假，暂不发货是最稳妥的选择，所以他没有说什么。回到家，他反复思忖，也没有想出这里面的猫腻到底是什么。不过，有一点他心里明白，无论老杨有没有问题，催他结账都是当务之急。

他打电话告诉老杨，那批货龙哥暂时不让发，老杨平淡地"哦"了一声，好像早就知道此事。他犹豫一下，也不再含蓄，直截了当地说，哥，兄弟手头确实紧，那账……能不能结一下。

老杨支支吾吾道，兄弟，哥已经说过了，那些货倒是已经铺开了，但卖得还不多。毕竟是小牌子，推出去要有个过程。哥也知道你手头紧，不过你放心兄弟，再过一段时间，肯定会给你结账的。

不好销还让发货。老杨越说他越觉得有问题，老杨已完全不像以前见到的老杨了，于是他进一步试探道，哥，要不这样，明天我派几个兄弟去玉州帮你销。

不用不用不用。老杨像被开水烫到似的，拒绝道，你派人来没用的，他们不了解玉州的情况。放心吧兄弟，我能把握住市场。

那……我明天去玉州一趟，咱俩商量商量。他故意这样说。

果然老杨更激动了，连说，别别别，这几天哥有事，不在玉州。

哦。他停顿片刻，忍不住又问，哥，你跟龙哥私下有联系吗？

可能问得太突然了，电话那头的老杨就像挨了一记闷棍，连声音都没有，瞬间就倒下了。沉默片刻，声音如同从沙堆中冒出来一样，干巴巴的，道，兄弟，这个事儿嘛，不是你想的那样，改天……改天见面哥给你详细说。

目的已经达到，他不想让老杨太尴尬，就没再多问。

挂掉电话，他点燃一支烟，站到窗前，打开窗户，一股寒风扑过来，把他的心吹得乱糟糟的。阳光依然年轻，他凝着脸，望着窗外发呆。天空很蓝，蓝得有些不真实，他犹豫很久，还是决定去一趟玉州。

与上次一样，他是乘坐大巴去的玉州。到玉州时夜幕已经拉下，未来大道，同样的街区，同样的熟悉而陌生。他拿出手机，解开屏锁，又重新锁上，装进兜里。他仰头望着夜空，弹出一声叹息，玉州啊玉州。

在玉州，他要找老杨谈谈，无论老杨烦不烦，无论结果好与坏，他已经顾不上这些了。来之前，老杨在电话里说他在外地，但直觉告诉他，老杨哪儿都没有去，就在玉州。

走进金鑫家庭旅馆的时候，他还想象着，老杨会不会正在喝酒？没有。连老杨的胖老婆都不在。大门西侧的屋子里，只有一个看上去四十多岁的平头男人。看到他，男人漫不经心地道，登记一下吧。他问那男人，杨哥不在？男人上下审视他一番，警惕道，你找他啥事儿？他介绍说是老杨的朋友，找老杨有事，然后又问老杨去哪儿了。男人态度冷淡，甩过来一句，不知道。直觉告诉他，老杨一定有问题，于是他扭身出大门，在路边拨通了老杨的手机。

有些事就是这样，一旦往某个方向想，所有的意外都会成为那个方向的佐证。老杨和胖女人不在家，那男人对他很警惕，这些都让他更加怀疑老杨在躲他。

电话响了很久老杨才接，刘钢省去繁文缛节，直截了当地说，我在玉州，你在哪儿？

老杨不相信，问，你在玉州？

我在玉州。他说。

老杨沉默片刻，道，来玉州有事儿？

有事。他声如磐石。

你这是不相信哥呀。老杨长叹一声，说，兄弟，给你结不了账，再等等吧。

事情仍在朝着那个方向行进，而且没有丝毫偏移，他笃信老杨与龙哥私下有勾结，出于某种原因，老杨故意不给他结账。

他冷冰冰地说，你现在在哪儿？我们见面谈。

兄弟，我有事，回不去。老杨态度不温不火的。

我就在你家门口。他说。

我真回不去。老杨没有让他先住下。

他更加气愤，质问老杨，你是不是跟龙哥有啥见不得人的事。

老杨顿一下，吞吞吐吐地说，这……这事……改天再说，别多想呀兄弟，我还有事儿，先挂了。

你……老杨已挂掉电话，就像他们短暂的友谊，生生被掐断，那嘟嘟声传达着他的尴尬和愤怒。再打，老杨不接了。

那天晚上他没有走，就留宿在老杨的金鑫旅馆，尽管那男人极不友好，可他是正常登记付钱的，那人也无法拒绝。其实，他留宿老杨家旅馆是有想法的，一方面，这是老杨的家，即便真有事，他们终会回来睡觉。另一方面，他想安静一夜，尽量理顺这梦一般的生活。最重要的是，老杨不给结账，那接下来怎么办？他想跟这个世界谈谈，可等到夜深人静，却发现，能够谈论的对象，只有灯光下自己的影子。

他的孤独无人能懂，他的颓丧无处可诉，他的明天不知所向。那晚，他冲着自己的影子聊了很久，聊得影子都瘦了，泪水流出眼眶，打湿了那个寒冷的深夜。

那天夜里，他做了一个梦，卓小宁竟然闯进来了。梦醒之后，他还清楚地记得，在梦中，卓小宁告诉他，我认识你，我早就认识你，你是林娟的丈夫，你也是大海的爸爸，林娟离开你是她太傻，而大海还在你身边，他就是你的儿子……然后，卓小宁还带着他去找老杨，在西市街老杨汽车修理店，他们见到老杨。老杨面目狰狞着，一副六亲不认的样子，撵他们走，骂他们，让他们滚蛋，还招呼十来个人打他们。于是他们便拼命地跑，跑了有多久他已记不得，当他停下脚步，发现卓小宁也不见了。他像失去战友似的，扭身大喊一声"卓小宁"，没有人，他又扯开嗓子大喊一声，眼前便漆黑一片……他被扔进了井里……

他惊叫着，醒了。此刻，窗外已是晨光熹微，老杨夫妇果真整夜未归。梦醒了，他决定与这个世界和解，决定在玉州崭新一天喧闹的开始，在那个寒冬的上午，他一个人孤独地离去。

回到澧城，他最后一次去见龙哥。他告诉龙哥，欠他的那些钱他不要了，从此他们再没关系。龙哥知道他找过老杨，让他坐下聊聊，他没有回头，只是抬起右手，在半空中摇两下，走了。尽管春节过后，他得知老杨因为儿子打伤别人，急需用钱私了；尽管老杨承认与龙哥私下有合约，也已经将卖掉轮胎的钱还给他了，可这些于他，已然没有了意义。

　　他已经把那套房子卖掉，还清了亚磊、亚涛他们的钱。那天下午，在城郊，他瞅准了城郊的一处院子，他想租下来，然后一个人在那里种菜养花喂鸡，或坐在藤椅上晒暖儿、打盹儿，与世无争，与所谓的朋友也不再来往，过平平淡淡的日子，平淡地老去，平静地死去。

　　这是他离开玉州时产生的想法。当时他告诉自己，必须走、离开，到一片宁静之地，开始新的生活。他没有跟任何人讲，包括父母。不过，当他即将迈进院子的时候，父亲打来电话，问他，这几天去哪儿了，也不回家？其实他就在澧城郊区转悠，居无定所的，天黑之后，就近入住某家农家旅馆。父亲打电话来，有担心，有关心，还有一件重要的事情。老爷子嗔怪道，钢子呀，今儿个是大海的生日，你这当爹的都忘了吧，赶紧回家。

　　听到"回家"二字，他内心结得厚厚的冰一下子就融化了，只觉所有的地方都没有"家"温暖，所有的声音都没有父母的召唤亲切。他冲天空吸溜一下鼻子，扭过身疾步往回赶。他要回家。

　　他给大海买了生日礼物，是一副围棋和陶瓷棋罐，他知道大海喜欢围棋。父亲发现大海在围棋方面有天赋，寒假时，没跟任何人商量，给大海报了个围棋班。他心想，大海看到他送的生日礼物，定会蹿起小身板抱他。那场景，想想都挺幸福的。

他拎着蛋糕和围棋回到家时，母亲正在择菜，父亲在厨房洗碗刷盆。他放下东西，伸头看看里屋，大海不在。

他笑着说，妈，天天摆弄这些不嫌麻烦？今天大海生日，咱去饭店吃吧。母亲没有抬头，反驳道，连吃饭都嫌麻烦，那活着还有啥劲。

他哑口无言。

这时候，老爷子在厨房也埋怨起来，哎，这洗洁精别是假的吧，泡沫咋不多啊。

一把岁数了还不会说话，啥假的真的，多挤出来些不就有泡沫了，你不多挤些咋能洗干净呢？母亲批评父亲几句，转脸儿提醒他，钢子看看几点了，别耽误接大海。

他看看手机屏幕上的时间，快放学了，提步就要出门。拉开门，他又想起什么，顿步、扭身，拽过那套围棋便走。当他迈出家门，身后，老两口像孩子似的，还在为洗洁精的真假争论不休。

我为谁等待

上篇

一张照片找不到了，萧寒因此整天魂不守舍的。是一张什么样的照片，竟让他如此这般？他不能说，这是他隐藏多年的秘密。

下班了，公司员工鱼贯而出，片刻工夫，人去楼空。不一会儿，太阳也失去重心似的，跌入了地平线。窗外，有薄薄的光渗进来，晃晃的，染在他脸上。他踱步窗前，眼睛里，映出一片璀璨。是灯光。灯光有明有暗，交织重合，像色彩迥异的蚕丝，将这个夜晚编织得绚丽、神秘。

手机响了，他的助理陶晓丽打来的。他看了两眼，犹豫，不想接。下班了，她打电话有什么事？手机屏幕蓝莹莹的，不停闪烁着，刺眼，也执拗。最终，他还是接了。电话里，陶晓丽说，萧总，今天是我生日，见个面，行吗？声音不大，但轻柔、甜蜜，也很暧昧。的确有些猝然，他一时语塞，徘徊不定。陶晓丽似乎觉出了他的犹豫，又问，怎么了萧总？不方便？这个时候，即使他撒个谎，说在忙，或者说有事，都不失为一个很好的拒绝理由。偏偏，他鬼使神差地说了声，方……方便。陶晓丽说，那……哥德咖啡见？挂掉电话，他呆愣在那里，搞不明白自己到底怎么了。

哥德咖啡二楼，厅不大，但环境幽雅。围墙式的卡座，紧凑、隐秘。台桌上，有鲜花，有水晶工艺品，这些小工艺品，造型多样，很精美，有接吻的小人儿、爱情方舟什么的。台桌中间上方，还吊着一盏红色的罩灯，灯光柔和、温馨，再加上似有似无的音乐，附着黏稠的气味，悠悠飘浮着，邈远、空灵、令人陶醉。

他到哥德时，她就在门口等他。霓虹灯下，陶晓丽笑容可掬，捻指抬手间，楚楚动人，风情万种。他深谙，像这种妖媚的女人，连影子都透着妖媚。没办法，改变不了的。很快，在她的引领下，他上了楼，来到一处偏僻的角落坐下。他原本想，既然是过生日，还会有其他人来，但询问后，没有，就他们俩。他拿出红包，缓缓推向她，笑道，生日快乐，小陶。红包里装有五百块钱。本来，他想买礼品的，时间仓促，再则也没心情，索性就直接给了钱。似乎，陶晓丽并不在意那钱，只见她手捧下颌，歪着头，盯着他痴痴地看，目光迷离，眼波流转。

他被看得有些拘束了。

这个陶晓丽，怎么说呢，模样还可以。皮肤白皙，瓜子脸，小嘴巴，朱唇稍翘，她很性感，尤其是身材，瘦，腿长、腰细，走起路来，挺翘的臀部左右摇动着，虽然幅度不大，但是很媚。有一次深夜，很媚的陶晓丽打他电话，哭着告诉他，她男朋友是个骗子，说他根本买不起房，根本不想跟她结婚什么的。当时，他就很纳闷，买不买得起房，结不结婚，跟我有什么关系？再想，为什么给自己的老总说这些呢？后来，她又说，她从考上大学的那天起，就决心不再回农村了，想找个家庭条件好、有钱的男人结婚，在城里安安稳稳地生活。很遗憾，这样的男人，一直没找着。按说，她跟他倾诉，不应该。年龄上，她才二十六，他比她整整大了一轮，用社会上流行的说法是，有代沟。可她给他倾诉了，而且，还说了很多。那这就是另一种原因了——信任，对领导的信任。陶晓丽曾说过，在这个城市，他是她最信任的人，因为他是她的直接领导。她还说，他给她的感觉更像大哥。不论这话的真实性有多少，人心都是肉长的，听了这话，还有什么可说的呢。于是，他决定帮她介绍对象。那段时间，通过他的介绍，她也处了几个，但时间都不长，很快就散了。后来他发现，她择偶的心态是有问题的。她太过于注重对方有没有钱，是否买得起房。结果呢，有钱的看不上她，没钱的，她看不上人家。她还抱怨说，与她有缘分的男人都死光了。

这次借生日约会，难道又是让介绍对象？他想。不像，她会说话的眼睛正撩拨他呢。他感到浑身不自在，便没话找话说，生日快乐，小陶。她嘴角挂着微笑，淡淡地说，谢谢。

服务生先是给他们倒上柠檬水，又问他们，点些什么？陶晓丽回过神，懒洋洋地说，一杯摩卡。他要了一杯卡布奇诺，一份牛排。服务生转过头，又问她，姐，您不来一份？她右手慢悠悠摇摆两下，说，不要，我吃过了。服务生离去，他问她，你吃过了？是的，她不但吃过了，还喝了酒，几个同学一块喝的。既然生日已经过了，为什么还要约我呢？

细细想来，也不难发现，在言行举止上，陶晓丽变化很大。以前，如果没有工作上的事，她从不去他办公室的。而现在，她在他眼前晃悠得越来越频繁了。每天至少一次，或者更多。没有事怎么办？她就给他泡茶。还利用泡茶的工夫，跟他聊天，说话时，眼神中秋波粼粼的，很有内容。还有，让他签阅文件时，站位上，她也从以前的办公桌对面，转移到了他背后。她的身体压下来，与他贴得很近很近，近到能轻而易举闻到她的体香。最近，他总能闻到一股香水味，这味道，从她身上散过来，浓浓的，真是受不了。他干咳两声，仰头看她一眼，发现她正在冲他笑，是那种媚笑。晚上，她还常常发短信，字不多，就一句话，萧总，睡了吗？他不回复，又来一句，祝您做个好梦！他仍不回复。第二天，她便溜到他跟前，悄悄问他，给你发的信息，看到了吗？他说睡着了，早上才看到，就没回。本想，她不会再发了，可到了晚上，照样会收到类似的短信。他明白了，她对他"有意思"。不过，她再怎么"有意思"，他始终就一招，装糊涂。他是公司老总，只要他不挑明，不默许，她一女孩儿家，总不会厚着脸皮挑明吧。其实，他装糊涂，也不是因为他害怕。在他眼前经过的女人有很多，停留在他身边的女人也有很多，时间长的、短的，都有，但没有一个是他公司的员工。这是他的原则。

很快，咖啡和牛排端了上来。陶晓丽轻搅着咖啡，一层泡沫滞留在杯子壁沿，荡漾着，舍不得离去似的。杯子里，咖啡打着旋，升腾起缕缕淡香，撩人味觉。

萧总，就没有发现今天不寻常？她的话，很突兀。

他停下咀嚼，喝一口水，问道，不寻常？嗯，不寻常，你生日嘛。

除此之外呢？她歪头，嘴角挂着笑。

他说，除此之外，就是你喝酒了。

她笑笑，又问，再除此之外呢？

不知道。他摇摇头，面带茫然。

她理了理耳鬓的头发，说，真不知道？

真不知道。他仔细打量她一番，说。

那好，我告诉你，我，喜欢你。她又强调道，是爱那种喜欢。

他放下刀叉，抿一口咖啡，放下，淡淡地说，你喝醉了吧？开啥玩笑，我比你大十二岁，十二岁！再说，我有老婆孩子，你呀，我看一定是醉了。

我没醉，真没醉，而且我还知道，你与嫂子关系紧张。陶晓丽不紧不慢地说，话又说回来，即便你们关系很好、很恩爱，与我又有啥关系呢，不会影响我喜欢你，对吧萧总。

陶晓丽前面的话，都在他的意料之中，唯独最后一句，着实让他吃惊不小。他与梅林夫妻关系紧张，也只是他们之间的秘密，不曾对外人说起过，谁告诉她的，梅林？不可能，她们根本不认识。看来，这个女人对他还真动了一番心思，他感觉自己小觑她了。

小陶，刚才你所说的那些话，我当成是你的醉话，希望你明白一点，我是曙光公司的老板，是你的领导。他说到"领导"时，故意加重了口气。没等她解释，他拉下脸，起身离去，灯光迅速将他身体留下的裂壁弥合了。

夜，已经很深了，萧寒躺在床上，辗转反侧睡不着，索性起身踱步窗前，点燃一支烟……窗外，夜色邈远，冷冷清清，有灯光，也有月亮。月亮仿佛困得睁不开眼似的，不一会儿，就躲进了"被窝"，睡了。他呢，一个人，一支烟，身体被黑暗浸透，被浓郁的思念缠绕。这思念，堆积在袅袅的烟氲里，忽明忽暗，令他心绪不宁。

十三年，太快了，就像这个城市的节奏，仿佛一分钟只有三十秒，转得飞快。快的是生活，漫长的却是对萧丽娜的思念。多年来，因为她，他无数次在思念中挣扎、徘徊、迷茫。每一次，哪怕只是瞬间，只要想到萧丽娜，就足以让他变得像个青涩少年，心立刻就碎了。在他心里，她就是那条最为敏感的神经，稍稍触碰便浑身痉挛。生活中，他在表演，生意场上，更是一种表演，但无论怎样表演，却从来没有比思念萧丽娜更能让他变得真实。

萧丽娜是他的初恋。这么多年了，虽然两人再没有见过面，但他并没有因为时间的流逝而淡忘她。她在他心中，就像窖藏的老酒，年月越长，味道越浓。其间，他曾经多次寻找过她，未果。他失落、绝望，心身备受折磨。他不知道也想不出她在什么地方，甚至不知道她还在不在这个世界上。如今，连她的照片也丢了，这就更加难找了。

照片明明在那本《圣经》里夹着的，他想不明白怎么就不翼而飞了呢？书房、办公室、床头柜，翻了个遍，都没有找到。莫非有人动了手脚？他不愿意猜疑梅林。结婚这么多年，他对她太了解了，无论性格还是生活习惯，哪怕她有丁点儿变化，他都会察觉到的。可是没有。梅林整天不施粉黛，足不出户，在家不是打扫卫生，就是看电视，至于别的爱好，更是少得可怜。最近，她喜欢上了织毛衣，天天织，不停地织，颇有心性。织出的毛衣呢，每一件花样都不同，有锁链状的、花瓣状的、鸡心领的、大翻领的、圆领的，好像除了织毛衣，她再没有其他爱好了。话自然少得可怜，书呢，也从来不看。那张照片的丢失，不可能与她有关。可家里别无他人，那张照片又没有长出翅膀，不是她动了手脚，还会是谁呢？虽然想到了这一层，但他仍然不能断定。

梅林是个好女人，护士出身，爱干净，会照顾人。家里的事他没有操过心，事业上，梅林对他帮助也不小。梅林的父亲曾是卫生局局长，从某种程度上讲，没有梅林，就不会有公司现在的强大，至少，发展不会有这么快。三年前，岳父退休了，而他的公司，根基业已牢固。

他是推销医疗器械时认识的梅林。那时，他包里装着各种器械的资料、彩页，满世界跑，见医院就进。这份工作于他来说，遭人白眼、被拒绝，家常便饭似的。但为了生计，为了安居城里，他没有气馁，继续跑。说来也巧，那天在市人民医院的妇产科，第一次见到了梅林。他听说妇产科要建母婴监护站，科主任已将报告递到了院领导案头。妇产科程主任不在门诊，他又找到了住院部。恰好，护士梅林端着输完的液体瓶，从十三病室出来。他急忙问，主任在哪儿？

主任不在。她瞟了他一眼，说。

梅林身着大褂，一袭粉红，自然收缩的衣服，将纤细的腰部，勾勒得甚是迷人，腰往下又自然放开，下摆至膝处。看起来，整个人清纯又俏丽。她白皙的皮肤，饱满的胸部，圆圆的脸蛋，还有丹凤眼，都很像萧丽娜。也因此，他凑上去，又问，程主任去哪儿了？她剜了他一眼，暗含戒备，说了声"不知道"便走了。

她走路的样子，不像有些女孩那样，扭腰摆臀、左顾右盼的，而是挺胸昂首，目光端得正正的，步履不疾不徐，显得高贵、优雅、卓尔不群。这些也像萧丽娜。他猜想，她与萧丽娜，会不会是失散多年的孪生姐妹呢？他追过去，向她介绍自己是做医疗器械的，想给程主任送一套母婴监护站的资料。梅林没有看他，仍说，主任不在。医务站那个瓜子脸护士瞅了瞅他，诡秘一笑，然后，附到梅林耳边，问，林妹妹，这帅哥是谁？梅林没有停下手中的活儿，说不认识。

第二天，当他再次出现在梅林面前，她没等他问，直接说，程主任在忙。第三天，他来了，第四天，他又来了……后来，他经常去找程主任，也经常能见到梅林，但每次见到她，他总会多看两眼。有一次，趁梅林不在，他问"瓜子脸"，梅林老家是不是东商县的？她是不是还有一个孪生姐姐或妹妹？

"瓜子脸"叫程凌，他们已经很熟了。程凌每次跟他说话前，总是挑一下眼梢，之后侧身，仰脸，再冲他一笑……他知道，程凌对他没有敌意，而他更关心的是，梅林与萧丽娜有没有关系。程凌告诉他，梅林是土生土长的本地人，而且，她父亲还是卫生局局长呢。听到这个消息，他心头一紧，局长？岂不是能帮到自己！要知道，他来这家公司以后，还没跑成一单生意。这让他下定决心，一定要接近梅林，利用她把这单生意拿下。不过，梅林对他的频频搭讪一直很冷淡。邀请她吃饭，屡屡拒绝。他没有气馁，继续邀她、等她，就连她哪天上白班、哪天值夜班，都了如指掌。他心里清楚，梅林这种女人，冷艳起来不可一世，拒人千里之外，可一旦接受你，就会接受你的全部。当初，萧丽娜也是这样的。只是，他对萧丽娜是爱，而对梅林，却是利用。终于，他成功了。她接受了他，并帮他做成了那单生意，也爱上了他，爱得难以自拔。他清楚地记得，签下合同的那天晚上，

270　　　　　　　　　　　　　　　　　　　　第五幅肖像

他们开心极了，喝了很多酒，说了很多话，好像还做了个梦，梦里，他与萧丽娜甜言蜜语，呢喃，做爱。奇怪的是，一大早，他发现，躺在他怀里的竟是梅林。他们赤身裸体。更让他万万没有想到的是，就那一次，梅林就怀孕了。

对于他们的结合，梅林父母的态度是坚决反对的：不行！面对父母的极力反对，梅林没有妥协，横下一颗心，死也要跟他在一起，谁都劝不回头。这其中，包括萧寒。也是从那件事起，他算是领略了梅林的执拗。他想过逃离，因为他深爱的是萧丽娜。可萧丽娜像蒸发了似的，一直没有消息，看不到，也找不着，这让他很纠结。

风过梢头，吹得满眼春色；草长莺飞，花香扑鼻而来。他痛了，也醉了，感伤、叹息、迷茫，短暂的清醒之后又陷于沉醉。如果说，这沉醉里还有几许温暖、缠绵，那就是梅林。因此，没多久，他们就结婚了。

尘埃飘扬，落定繁华。谁不知道这繁华中，除了浮躁、喧嚣，还有忙碌和压力。在这座城市里，他们每天穿梭于车水马龙之间，时间像皮鞭，在不断地抽打、催促着他们。于是，有人困顿、疲惫，有人心力交瘁，有人依然迷恋。某一刻，他们似乎明白了，在这里到底为了什么，又似乎不明白。这个问题颇费脑筋，一时无解。而他觉得自己悟到了，为了钱！没有钱，人便会惶恐、悲观、落魄、举步维艰。没钱的时候，哪怕小小的愿望，也会让人感到遥不可及。再有，忙碌还为了消减那份思念，以及思念带给他的惆怅。很多次，他希望他能忘却，忘却那些前尘往事，也寄希望它永远消失。它能消失吗？自然不能。天边，夕阳燃尽了一天的热烈，留下一袭残热，便缓缓跌入了地平线。不一会儿，夜幕缓缓降下。仿佛是它的强势，惹得灯光愤然亮起，迟会儿再看，这窗外的城市，俨然灯火辉煌，满城璀璨，是另一派繁华了。

路灯下，人流如链，车流滚滚，虽然熙熙攘攘，喧嚣一片，倒也行得规矩。这是下班高峰，每天如此。这个时候，他便惶惶难安起来。一天的工作结束了，刚才还是人头攒动、各司其职，很快就人去楼空，一片空荡寂静。这寂静于他，是可怕的。

他害怕一个人待在公司，却也不想回家。无助，像慢性毒药，悄然溢满全身，隐隐作痛，又难以名状。他点燃一支烟，抽了起来。心里烦乱时，抽烟成了他的习惯。深噏一口，轻吐，烟雾如丝，将他缠成一个蛹，忧伤也被裹在了蛹里，慢慢升腾着。突然，烟蛹遭到了气流的冲撞，散了，支离破碎。回过头，他看到了陶晓丽。他惊诧不已，问她，不是下班了吗，怎么又回来了？她脸颊微红，笑。笑的时候，她红润丰满的嘴唇，露出了一线皓齿，说话也软软的、柔柔的，和着她的楚楚风姿，像极了初恋小女生。她说，她想请他去酒吧，听音乐、喝酒、推心置腹地聊天。聊什么呢？无非是一些情呀爱呀的，太假，也腻歪人。他夹着香烟的手，摆了摆，拒绝了。手摆动的时候，烟雾也划了两道弧线，又瞬间消失了。再看陶晓丽，紧蹙着眉头，尴尬的眼神里，有一份失落、一份感伤。她说，萧总，我是真心的……他打断她，摁灭香烟，推托道，好了好了，别说了，我还有事，再约，有机会再约。他走向衣架，顺手取下外套，挂在胳膊上，一手拿过汽车钥匙，踱步过来，站定，说，我真有事。她一脸的落寞，虚浮地看了他一眼，缓缓扭过身，心犹不甘地说，既然有事，那……那算了。

路灯下，黑色的奥迪 A8 像一头怪兽，在狂奔，在发泄。他需要一个人，一个女人，来填补他内心的烦闷。只不过，这个人不是陶晓丽，而是欧阳菲菲。他深信，如果不是陶晓丽，他不会把欧阳菲菲叫出来的。回首过往，逗留在他身边的女人已不计其数。这些女人身上，存在一个共同点，那就是她们某些地方像萧丽娜。有的模样像，有的身材像，至少某个部位像。这一次，他为什么想到欧阳菲菲？或许，气质上她更接近于萧丽娜。

欧阳菲菲是商州艺术学院的学生，学的是舞蹈，人呢，身材修长，模样俊俏，一笑甜甜的，很清纯。主要还是气质好，这很重要。

国际酒店 1633 房间，门虚掩着，轻轻一推就开了。欧阳菲菲径直来到里间，脚在绣花地毯上蹬出窸窸窣窣的声响。他没有动弹，仰靠在床头抽烟。床头罩灯的光，打在他的脸上，一半柔和，一半阴暗。烟雾袅袅，朝灯罩上方的黑暗处，飘扬而去。燃尽的烟灰积得很长了，没断，向下弯曲着，摇摇欲坠。她甩掉肩包和鞋又折回门口，挂上"请勿打扰"的牌子，锁上门，一边走来，一边解着衣扣。一切驾轻就熟，这是他们的默契。他瞥她一眼，没说话。也因为这一眼，烟灰猝然坍下来，散落在胸脯上。他开水烫着似的，倏然弹起身子，拍打着。她正在脱裤子，顿住，朱唇微启，问他，没事吧？他说没事，随手将烟摁进烟灰缸，并逐次打开吊灯、落地灯、射灯。所有的灯都亮了。灯光有黄，有粉红，有白，有蓝，这些灯光交织在一起，梦幻一般。梦幻的灯光下，这副胴体，他很熟稔了。柔软、光滑、细腻，像一座园林，结构复杂，景致繁多，有亭台楼榭，有流水林木，也有鲜花和芳香。他自下向上打量着她，痴痴的，眼睛像一支画笔，描绘出一个标准的"S"形，最终，在她头部落笔。她的头发漆黑光亮，像墨，从额头向后流淌，到颈后又收缩集结，绾成一个髻，干净利索，他喜欢这种干净利索。她似乎读懂了他的眼神，缓缓扭转过身体，望着他，嘴角泻出一抹甜笑，眼波拂动，于是，这种娇慵之美，就更加醉人了。

萧哥，我去冲一下澡，要一起来吗？她说。

跟往常一样，他摇摇头。这是他的习惯。跟别的女人做爱前，他从不洗澡，完事后，再洗。但是，跟梅林就不一样了，正好相反，先洗澡，然后再做爱。

欧阳菲菲走向浴间，在门口，脚步稍顿，冲他回眸一笑。他咧咧嘴，没有笑出来，点点头，算是回应了，也是敷衍。

浴室里，传来哗哗的水响，这水，清澈，热度合适，又经了欧阳菲菲的肌肤流下来，立刻变得香艳撩人了。但是，听着这水声，萧寒已经麻木，他脑子里浮现的，不是欧阳菲菲撩人的胴体，而是拒绝陶晓丽后，她眼中的那份落寞。她为什么会有这种眼神？他猜不出，或者说，还没来得及猜。

欧阳菲菲身上裹了一条浴巾从浴室走出来，她修长的手指，不断抚弄着湿漉漉的头发，扭头看着他笑，很妩媚。他也冲她笑笑，问道，学习紧张吗？她抛掉毛巾，小鹿似的，撞进他怀里，嗲声嗲气地说，再紧张，萧哥您一句话，我也得来不是。他搂着她，轻捏一下她的鼻子。她笑着挣脱掉他，起身就去关那些灯。这也是他的习惯，做爱的时候，他是从来不开灯的，只有黑暗里，才能与萧丽娜在一起，一起激情，一起缠绵。缠绵过后，灯光开启的那一刻，萧丽娜就消失了，激情也散了，留下的，是那种塌陷般的失落感，还有一个女人的胴体。

每一次，在欧阳菲菲身上冲到巅峰时，他都会喊出"丽娜"，欧阳菲菲呢，从来没有问过他，这很好。

她小鸟似的，脸颊贴在他的胸部，不说话，手指在他胸部画着圈，不停地画，痒痒的。

欧阳，你知道吗，在这世界上，真正的爱情，是没有结果的。他梦呓般。

我知道。她说。

你知道，想念一个人有多痛苦吗？

我知道。

你知道，我日思夜想的那个人是谁吗？

我知道。

他看了她一眼，问，你知道？她是谁？

是"丽娜"。她没有看他，脸依然贴在他胸部，手指继续画着圈。他抚摸着她的头发，长叹一声，没有否定，也没有解释。她止住画圈的动作，翕合着两片厚厚的嘴唇，欲言又止。他坐起身，点燃一支烟，抽起来。她改变了姿势，枕着他的大腿，身子蜷曲得像个婴儿，闭目聆听。

怎么说呢，丽娜和我同在一个村子，我们从小一块儿长大。那时候，我们彼此喜欢对方，可是，她父母不同意，说我俩同姓，又同在一个村，如果处对象，连萧姓的族人都不会答应。这不荒谬吗？要知道，我们两家已经出了五服了。说到这儿，萧寒狠狠摁灭香烟，继续说，出五服，你知道是啥意思吗？你还小，肯定不知道。

她没有说话，点点头，随即，又摇摇头。

后来，我听丽娜说，她父母怕别人戳脊梁骨，这是借口，实际上是嫌我们家穷。我父亲去世早，是母亲把我拉扯大的，那时候，我家的确穷，能吃饱饭就已经不错了。丽娜不嫌弃我们家穷，这让我很感动。那天晚上，在我们村东头大槐树下，我把我的决定告诉了她，我说我要到省城去挣钱，挣很多很多的钱。她说她等我，不论多久，都会等我，不论挣到挣不到钱，都会等我。我也向她承诺，在城里，只要有份稳定的工作，就接她过去……唉，谁能想得到呢，她竟走了，也太突然了，即便搬去新疆，也可以说一声呀。

你怎么不把她追回来？欧阳菲菲睁开眼问。

萧寒叹息道，我能理解她。后来我想想，她要是有一点办法，绝不会不辞而别的，至少会跟我告个别。

肯定是事先她不知道，或者是她父母逼她走的。欧阳菲菲歪着头，又说，她走时是个啥情况，伯母就没有通个风、报个信儿？

母亲拿着那张照片，说是丽娜临走前送来的，哭得泪人儿似的。我回去后，问村主任，他们搬去新疆哪里了？村主任说不知道。我又问其他人，有人说，好像在新疆一个建设兵团。别说没有问出地址，即便问出地址来，我也没钱去新疆呀，那时候，我刚刚找到工作。

那……再无音讯了？

也不是，我结婚前，回去又找过村主任，在镇上最好的酒店请他吃了顿饭，还给了他两条云烟。他当即就告诉我地址了，也就在当天，我去了新疆。

找到她了吗？

没有。倒是见到了她父母。她父母也很生气，说丽娜不见了，只留下一封信。信我看了，一部分是说父母不懂她的心，一部分是劝慰父母，不要找她，说她渴望自由，渴望拥有自己真正的幸福。

她所说的"真正的幸福"一定是指萧哥你了。

或许，她找到了真正的幸福，或许，还没有。这么多年来，我一直在找，可再没有见到她。

我估计，她心里一直有你，就像你心里一直有她一样。

又是一声叹息，萧寒说，谁知道呢。

那你跟嫂子？

你嫂子呀……萧寒说到这儿，手机响了，他们的交谈也被打断了。

是短信。翻开，陶晓丽发来的，内容很短，一句话：萧总，您让我很受伤，您真的不懂我的心？

很多时候，他看到陶晓丽的短信就想拉下脸，把她叫到跟前，声色俱厉地警告她不要再纠缠了。可每一次，这种冲动都像潮水般涌起，又如潮水般迅速退去，无奈。他知道，真正能抵消那份冲动的，不是她的外表，也不是她的表白，而是她眼中的落寞。这很奇怪。她的落寞眼神中仿佛有种魔力，让他既同情，又厌恶。于是，他置之不理，选择逃避。直到有一天，当他面对陶晓丽的冲动时，就注定，他不能再逃避了，该做出抉择了。

那天，陶晓丽将辞职报告放在了他的案头。当时，他端详着那两张纸直发呆。上面的字，密密麻麻，也许是盯得太久的缘故，渐渐地，字模糊了。的确，这些文字，让他很痛很痛。当初，自己何尝不是如此，渴望在城里安定下来，有房，有车，有心爱的人。到头来，车有了，房也有了，却没有真爱的人。累，身体累，心也累，难道，这仅仅是因为生

　　　　　　　　　　　　　第五幅肖像

活中没有丽娜？他不确定，沉默。在这沉默中，有陶晓丽的芬芳馥郁，有等待，也有迷茫。过了多长时间，已经记不清了。突然，纸笺滑过他的指尖，落下，簌簌响，又静止。他想抓住它，却发现，指尖空空的，心里也空空的。他犹豫再三，说，请帮我倒杯水。她看了看身后，发现没人，这才慌忙拿起水杯，接了水放到他面前。他吸溜一小口，热，放下，说，咱们可以好好谈谈。她问他，谈什么？他说，重要的事情，比如，关于你想要的东西。

我想要的东西？显然，她不明白他的意思。不明白也罢，他岔开话题，说另一件事。他一贯如此，思维极具跳跃性。他说的另一件事，关于丽娜，当然，他不会说得太直白，毕竟，他与萧丽娜的一切是绝对的秘密。上一次之所以跟欧阳菲菲说那么多，是因为他已然决定永远不再与她来往了。这次，他告诉陶晓丽，自然是言简意赅、瘦骨嶙峋的：我想让你去我的老家萧庄，等待一个叫"萧丽娜"的女人，你愿意吗？

她不解，问，萧丽娜是谁？她与我想要的东西又有啥关系？

萧丽娜是一个对我很重要的人，她不在萧庄，但肯定会去。稍顿，他又说，只要她在萧庄，你立即告诉我，或者将她带到这里，那么，我就满足你想要的东西——在这座城市里，为你买套漂亮的房子。

你肯定这就是我想要的？她看着他，不认识似的。

难道，这不是你想要的？他反问道。

她低头不语，沉思。

有些赤裸裸，所以，他又补充道，你不要多想，这不是交换，你是公司的人，待在萧庄也是工作嘛，岗位不同而已。如果你愿意，这期间你的工资待遇不变，补助另算。

她看他一眼，低下头，咬着嘴唇。

他也不看她，继续说，当然，你也有选择的自由，去不去完全由你自己决定。

你……

是有些唐突。他说，你不用急于答复我，可以考虑考虑再答复我。

她嘴唇颤抖着站起来，笑了，说，不用考虑，我不去。声音不大，软绵绵的，但给人感觉，这话里潜伏着一股倔强的力量。

这是他始料未及的。

谁不知道如今房价飙升，多少人对它望而却步，她不答应也就算了，临走前，还劈头盖脸教训了他：你只会挣钱，眼睛里也只有钱，对于女人，你不懂，永远都不会懂！

杯子里的水已经凉了，他仰躺在老板椅里，眼睛微闭，两手轻揉太阳穴，脑海里，反复回荡着那句话，心里也不停地反驳那句话：我有钱，有情，有爱，也懂女人，一直懂。不过后来，他还是承认了，他是不懂女人的。

还是深夜，陶晓丽发来一条短信，告诉他她改变主意了，她同意去，并且要求天一亮就走。当时，他愣了一下，随即，便咧咧嘴笑了。本来，她的拒绝他是刮目相看的，没想到才过了几个小时，想象中的她就又回来了。看来金钱和物质的诱惑足以使任何一个人背叛自己的内心，尤其是陶晓丽这种女人，想不俗都难。

第二天，他们去了萧庄。

萧庄是他最难忘的地方，那里有他童年的记忆，有最初的爱情，有艰涩，有痛苦，也有母亲憔悴的身影……这些早已刻在他心里，忘不了。

太久了，自从母亲去世后，他就没有回来住过了。这个家，荒芜了。院子里，野草丛生，肆意疯长。秋去冬来，它们从枯萎到茂盛，从茂盛到枯萎，就是这样，日复一日，年复一年。它们生死轮回，见证着季节的转变，也渐渐掩埋着往事，同时，它们连同这座院子一起被人遗忘了。

一股秋风掠过，树梢飒飒作响，膝间，微黄的野草在拂动，在挣扎，好像是在与萧寒告别，对他诉说着曾经的寂寞、茂密以及孤独的美丽和痛苦，还有不多的滋润。在这荒凉的院落里，它们的一生是那么漫长又是那么短暂，或许，这就是万物的规律。

抬头间，萧寒看到了那几间老屋，心中不禁又涌起几多感慨。以前，它是崭新的、温暖的。小时候，他经常在墙根下，晒太阳、玩滚球，他对这里的一砖一瓦再熟悉不过了。而今，似乎只是转瞬之间，它却老了，像个风烛残年的老人，在草丛中，萧瑟、坍塌、千疮百孔。看到它，那些记忆也随之支离破碎，散落一地。于是，他感伤，他叹息，或许因这叹息太沉重、太长，不经意间，竟惊扰了香椿树上的麻雀。只见那麻雀"呀"的一声张开了双翅，小脑袋左右探了探，随即一振翅膀，划破天空，飞走了。那声音，悚然发颤，愈颤愈远，愈颤愈细，细到没有。

他又提步踏来，驻足树下，轻拍着树干，回过头告诉陶晓丽，这棵香椿树是我上中学时我母亲栽下的，转眼间都这么粗了。

陶晓丽没有搭话。

他拍去双手的尘屑，说，那时候，我家每天的早餐，除了粥和杂粮馒头，就是母亲腌制的香椿叶了。

是，那年月，生活艰苦。她附和道。

不是一般的艰苦，太艰苦了，你小，没有经历过，体会不到的。他边走边说。

这时候，院外有人打招呼，他们循声望去，却不认识。萧寒紧蹙眉头，脑海里不停搜索着，怎么也不能将此人"对号入座"。那人二十六七的样子，身高一米八左右，皮肤稍黑，寸头，瘦长脸，两眼炯炯有神，笑起来憨憨的。他摇摇头，嘲笑自己，想不出来者何人。

小伙子说，寒叔，我是刚蛋儿，您想不起来了？

他一拍脑门，想起来了，是不怕冻的那个小家伙。刚蛋儿是他的小名，小时候不怕冻，雪再大，冰再厚，从不戴帽子，所以大人都喊他"刚蛋儿"。现在他主动称自己"刚蛋儿"，惹得身后那群小孩，歪着头冲他咻咻笑，一笑，他们的小白牙便露了出来，可爱极了。刚蛋儿回过头，沉下脸，说，去去去，一边去！孩子们作鸟散状，逃跑了。他跟刚蛋儿刚聊没几句，这些小孩子又回来了。他们对门前的奥迪车很好奇，围着它，小心翼翼地来回瞅，胆量稍大的还偷偷摸一下车身，进而将两只小手遮住眼睛前的光线，踮着脚向车内探望。

怎么说呢，萧庄就这样，偏僻，人们见识少。小孩如此，大人也一样，他们对大都市以及大都市里的生活更多的是一种羡慕和向往。每一次，只要村里有人打工回来，登门看望的人就会络绎不绝。他们问这问那的，内容大都与城市有关，与城市的高楼大厦有关。比如，那里最高的楼有多少层？城里人是怎样生活的？家里是什么样子的？而对于大城市回来的他们，以及那辆奥迪车，自然就更感兴趣了。所以，不大工夫，这里便聚集了很多人，黑压压一片。

他与刚蛋儿的聊天中断了，因为他要招呼街坊四邻。散烟，亲切辨认，欢笑，嘘寒问暖，一派祥和。乡亲们品着烟，笑着，不时偷窥一眼陶晓丽。从他们的眼神里，他知道，他们一定对她的身份存有疑问，一定在想她是他的妻子还是情人？他们没有问，他也没有解释。这种祥和和疑问，也就一直持续到夕阳西下。

在萧庄，吃住不是问题。不论是谁，哪怕外乡人、陌生人，总能讨得一口饭。陋室、粗茶、淡饭，即便在灾年，即便是乞丐，在萧庄也不会饿死、冻死的。这是萧庄人的纯朴和善良。现在，让他为难的是，这顿饭，在谁家吃？这一宿，在谁家住？大伙儿很真诚、很热心，都想让他们去自家，情急之下，都互相拉扯上了。最终，他决定去刚蛋儿家。选择去刚蛋儿家，一来离他家近，二来他有他的目的。

刚蛋儿是村主任大奎的侄子，在广州当过兵，去年才复员。刚才简短的谈话，他感觉出刚蛋儿有股子干劲，他喜欢与这样的年轻人聊天。

晚饭很丰盛，油炸花生、凉拌萝卜、香椿炒鸡蛋、粉条豆腐炖菜什么的，满满一大桌。虽然这些菜城里也有，可相比之下，这里的味道更地道，更具民间特色。当然，也有酒。酒不贵，是镇上自酿的双阳大曲，喝起来醇香、地道、顺口。陪酒的人有七八个，除了刚蛋儿和他爹二奎，自然少不了村主任大奎，陶晓丽紧靠萧寒左边坐下，话不多。他夹菜时，她也夹，他放下筷子，她也放下。这让他很满意，心说，就是要这样，入乡随俗。

大奎清了清嗓子，瞄一眼陶晓丽，转而试探性地问萧寒，这闺女是？

哦，看我，忘给介绍了。他侧过身，看了看陶晓丽，向大伙儿介绍道，小陶，陶晓丽，我的助理，这次跟我回来，是体验生活的，还望大伙儿多关照呀。

体验生活？噢——！这样呀！大奎不停地点头，仿佛一块石头落了地。

既然这样，那小陶老师也算得上咱萧庄的稀客了，来，我先敬小陶老师一杯。刚蛋儿话刚落音，一饮而尽。

别别别……她这样拒绝时，看了看他。

他点点头，微笑着，鼓励她说，喝吧，在我们老家，没事的，放开喝吧。这时，陶晓丽才端起酒一饮而尽。接着，村西头五组的铁军也要敬酒，同样她也一饮而尽了……这样轮番敬酒，没过多久，再看她，面色红润像桃花，一笑咪咪的，显然她醉了。见此情景，他急忙说，刚蛋儿，这酒不能再喝了，小陶醉了，必须尽快安排她休息。

安排妥当陶晓丽，他将刚蛋儿拉到大门口，交代给他两件事，第一，修缮老屋，整理院落，确保陶晓丽能尽快住进去；第二，确保她安全，发现有人骚扰她要立即阻止，不能发生任何问题。

放心吧叔，这两件事，我一定办好。刚蛋儿重重拍了两下胸脯说，寒叔，您能看得起您侄子，是晚辈的荣幸。

我相信你。另外，不能让你白忙活。他从手包里拿出两沓钱塞给刚蛋儿，说，这是两万五千块钱，五千是你的辛苦费，两万是修缮房子的费用，不够的话，再给我打电话。

刚蛋儿死活不要，而他执意要给，很坚决。他深知，现在的人，没有谁会拒绝钱，如果刚蛋儿死活不接的话，他心里反而不踏实。没出意外，刚蛋儿推让几个回合后最终接下了，这很好。

下篇

日子像复印机一样，今天是昨天的重复，明天是今天的延续，没有变化。其实，萧寒倒希望有变化，希望能发生点什么，哪怕是不好的事也行。但是，一切如常，平静得让人害怕。

梅林还是那样，不化妆，不打扮，不找朋友玩，也不逛街，一如既往地在家打扫卫生、做饭、织毛衣，过着单调无味的生活。他想不明白，难道除了这些，就没有其他想法？她作为妻子，自己的丈夫几天不回家，她竟一个电话都没有，哪怕责问他、怀疑他，跟他大吵大闹都行。然而没有，一点行动都没有。而他，在精神上继续背叛着她，思念着丽娜；在肉体上继续"出轨"，频频与不同的女人做爱。偶尔，萧寒对自己的行为也感到愧疚、自责、难过。有很多次，他告诫自己，这对梅林不公平，再这样下去，这个家会被他毁掉的。可他控制不住自己，哪怕一眨眼的空隙，都会情不自禁想起萧丽娜，像毒瘾发作似的，无法自拔。他感觉自己病了。他需要像钱一样的"药"来振奋精神，遏制病情，拯救自己。比如，女人的身体，比如，陶晓丽传来的消息。

终于，陶晓丽打来了电话。

说来也奇怪，平时，他极少在家吃饭的，偏偏那天晚上他回家了。晚饭是梅林做的，满满一大桌，都是他爱吃的，像麻辣豆腐、糖拌油炸花生米、红烧带鱼、宫保鸡丁，还有木耳黄瓜汤。吃饭时，他们没有说话，也没有眼神上的交流，只有咀嚼声。咀嚼声像从耳底扩散而来，扩散着他们的心照不宣。突然，手机响了，他停下咀嚼，歪头看了一眼，迅速拿起，摁掉。他窥视一眼梅林，发现她好像没有听到似的，连眼皮都没有抬一下，不紧不慢地夹着菜。他呢，大口喝完汤，没来得及擦嘴，便咀嚼着一片黄瓜直奔卧室。

去年，他们就分居了，楼上最东边那间，是他的卧室。关上卧室门，他拿起电话，回拨了过去，急切地问道，丽娜，她……回来了？陶晓丽淡淡地说，没有。他像泄了气的皮球，身体瘪了下去。短暂的沉寂，电话里，陶晓丽又支支吾吾地说，萧总，我……我不想待了。

他神经激灵一下，发梢悚然立起，麻麻的，脑海中，立刻跳出几个词：寂寞、骚扰、强奸。他问她，怎么了晓丽，出啥事儿了？

她说，没出啥事，是我不想待了。

为啥？他压着喉咙问。

不为啥，就是不想待了。陶晓丽言辞激烈地说，她在那里，时间像凝滞了一样，漫长、无助……她很迷茫，感觉这样干耗下去没有丝毫意义的……她还说，难道萧丽娜一辈子不回来，她就在那里一辈子？

你得明白一点，你为谁等待！不是为我，也不是为她，而是为你自己，希望你好好想想。萧寒很想发火，可又怕楼下的梅林听到，就强忍住了，继续小声说道，算了，不废话了，不想待就回来吧。

萧总，我能问你一个也许不该我问的问题吗？她说。

说。他很生气。

你跟萧丽娜到底是啥关系？她问。

他想过，总有一天她会问的，但是，他早就想好了，不作回答。小陶，我郑重地告诉你，她是谁，跟我是啥关系，这于你都不重要，最重要的是，你到底是继续待下去还是离开。他态度很强硬。

说实话，我也不想半途而废，我只是感觉太没意思、太枯燥了。陶晓丽委屈地说。

你考虑考虑吧，考虑好之后给我消息。说完，气呼呼地摁断了电话。

挂掉电话，又迷瞪片刻，他才向外走。当他打开房门，梅林就在门口，手拿一件浅灰色毛衣，站着一动不动。他吓了一跳，刚要大发雷霆，看到她也惊惧万分的样子就忍住了。

他惊悸未消，问她，有事？

你吓死我了！梅林轻拍着胸口，很快，表情恢复了淡定，说，没事，天冷了，送你件毛衣。

毛衣做工很精细，样式也好看，浅灰色，大翻领，锁链纹状，下摆两侧有豁口。领口处，牵出两根编织而成的线绳，像鞋带，用于收缩领口，同时，也是一种装饰。他接过来，笑道，辛苦了，梅林。

穿上试试吧，看合不合身。梅林恢复了矜持，说。

他没有试，说肯定没问题。他说这话时，表面上看似轻松、随便，其实心里很痛、很难过。他心想，是该跟梅林聊聊了。聊什么呢？一时间，似乎要说的话很多，又似乎很少，少到没有。就在她扭身要走的时候，他的手，失去控制似的，一把抓住了她的胳膊，身体也跟了上去，并从背后抱住她，紧紧地。他们贴在一起，他感觉到，她身体在战栗，像受了惊吓。她凝滞了。刹那间，一切都变了，沉默、僵硬，犹如梦境。她的颈部有细细的皱纹，不易察觉；他的脸，就贴在那里，鼻孔呼出的气息，吹拂着，好像要把那些皱纹抚平。

梅林，咱们聊聊吧，我……有话想对你说。这声音是轻柔的，在她耳畔，听起来更像是呢喃。她脖子稍稍动了一下，恢复了原状。没有说话。他双手扣在她的腹部。她的皮肤，依然有弹性，她的身体，曾经他是那么熟悉。那些缠绵，那些碰撞，那些呻吟，那些由心而生的肢体交流，一度令他着迷、陶醉。而今，这身体于他，却那么熟悉而陌生，亲近而遥远。

梅林，今晚陪我，好吗？他轻吻一下她的脖颈，小声说。

梅林长叹一声，身体扭动着，挣脱出来，一句话没说，走了。走到楼梯口，稍作停顿，似乎想要说什么，终没说出口，转身走下楼去，没有回头。

他站在那里，望着她的背影，一动不动，久久没有离去。这时候，手机提示有短信，打开，陶晓丽发来的：对不起萧总，刚才我太冲动了，我继续等。

　　第二天，梅林打扮了自己。棕色高跟皮鞋，红色棉裙，紧腿裤，马布尼紧身上衣，还涂了淡红色唇膏，红，亮。头发呢，盘在了脑后，显得她瘦削、干练、利索，与那个素面朝天的梅林判若两人。不知为什么，这反而让他很担心。

　　临出门前，他问她，要出去吗？

　　她说是。

　　他问，去哪儿？我送你。

　　她说不用。

　　迟疑片刻，他"哦"了一声，走了。

　　这段时间，他心情很不好，总是无端地发脾气，弄得员工见到他像老鼠见了猫似的，生怕一不小心被他逮着，被训得体无完肤。后来，他冷静想想，这样不好，不能把个人情绪带到工作上。但他控制不住自己，身体里像潜伏着一头猛兽，不知道它什么时候就蹿出来了，然后是一阵咆哮。咆哮过后，累了，平静了，又陷于自责之中。这让他很痛苦。他也知道，这些痛苦的来源是多方面的，有关丽娜，也有关梅林。

　　现在的梅林，变了，似乎一夜之间，脱胎换骨了似的。她不仅穿衣打扮有变化，举止也变了。每天疯狂地逛街、买衣服、约朋友玩，早出晚归。反倒是他，经常回家了。有时候，看她凌晨才回来，还醉醺醺的，他就会疑虑重重的，猜想着她去哪儿玩了？跟谁在一起喝的酒？男的女的？她是不是有了外遇？很多次，他都想发火，想质问她，但每一次他都忍了。他很清楚，要想知道梅林有没有外遇很简单，可以暗中跟踪她。他没有这样做，他认为，自己不是那种男人，也不应该是，况且他心里想的人是丽娜。一想到丽娜，对于梅林的举动，他立刻释然了。他还是继续等待丽娜的消息，继续找其他女人，不同的是，现在他经常回家了，哪怕玩到半夜，家是必须要回的。这样的日子持续了半年，梅林的"疯狂"戛然而止，重新恢复了以前的状态，缄默、素颜、打扫卫生、织毛衣……这让他诧异不已，很费解。

那天晚上，他约了程凌，说是一起吃饭。这个曾经的"瓜子脸"，现在已是护士长了。平时他们很少联系的，三年前吧，梅林跟他一起，请她吃过饭。那时候，程凌还像当初那样，活泼、健谈，时不时跟梅林开玩笑，说梅林找了个好老公，有责任心，能挣钱什么的，眼神中闪烁着对梅林的羡慕。去年夏天，程凌的丈夫得了脑血栓。谁不知道脑血栓呢，摊上这病，别说挣钱了，连生活都不能自理。真是环境改变人。打那时起，程凌变了，变得忧郁，心事重重的。那段时间，他经常听到梅林打电话安慰她，劝她开心起来。说既然是坎，就要勇敢去面对，想办法迈过去。程凌自然感激不尽。

以程凌和梅林的关系，这次见面，他感觉是有风险的。

不过，这跟做生意一样，有风险才有收获，值得一见。

怡心茶楼环境幽静，音乐淡雅，适宜谈话。他要了一壶龙井，程凌没要茶，坚持只喝柠檬水。这不重要，关键有事要谈。毕竟，程凌不是当初那个"瓜子脸"了，只见她，没有寒暄，也没有铺垫，放下杯子，揩一下嘴角，一脸淡定，说，问吧。

原计划他先绕个圈，慢慢把话引过来，然后再入主题，就像写文章，有个起承转合什么的。没想到她来了个直奔主题，他没有一点思想准备，所以，他只能先装糊涂，说，就吃个饭，没啥事儿。

别装了，问吧。她嘴角咧了一下，没有笑出来。

既然这样，再装，就显得矫情了。他清了清嗓子，说，那好，妹子性情直爽，我也就直截了当了。我约你来，是想了解一下梅林的情况，她这几个月很反常，我想知道为啥。他窥视她一眼，看她双臂紧抱，不说话，端坐，矜持。他又说，你应该明白我的意思。

我不知道。她没有改变姿势，一脸严肃地说。

你知道，一切你都知道。这是他的估计，有点诈唬的意思。

她沉下脸，冷冰冰地说，我啥都不知道，即使我知道，凭啥告诉你？

明明是她主动让他问的，他问了，她却又不说，这些女人呐，真是让人捉摸不透。他抿了口茶，轻轻摇了摇头，笑了，同时侧过身，从包里抽出一个信封，厚厚的，是钱，贴着桌面慢慢推向她。看着那信封，他长出一口气，将身体靠进沙发里，也学着程凌，双臂紧抱。只不过，他是很享受的样子。他早就认定一个理儿，在这世界上，没有钱搞不定的事。像陶晓丽、欧阳菲菲之类，像生意场的那些人，像某些领导……这些都是例证，活生生的例证。就程凌，依她目前的境遇，他相信，简单一出手，她立刻就会"束手就擒"。

程凌拿过那信封，将钱抽出来看，钱，红艳艳的，颤抖着，在灯光下很刺眼。

都是好朋友，说吧。他故意把"吧"字拖得很长，别有一番意味。

好吧，我说。程凌的声音，像那沓钱一样，在颤抖。

他点点头，微笑着，听，只是聆听。

梅林一点儿也不反常，反常的是你。梅林正常得很，反而是你，非常不正常，你做的那些事，别以为别人不知道，你……程凌用那沓钱指着他，情绪很激动，嘴唇颤抖着，说，你不配做梅林的老公，梅林嫁给你，算是她当初瞎了眼！

你……他倏地站起身，很快又瘫软下去，整个人蒙了。

程凌从沙发上弹起身子，摇晃着那沓钱，声嘶力竭地说，你以为这玩意儿在哪儿都好使？告诉你，你错了，大错特错，我嫌脏。

你……

冷不防，程凌手中的钱，向他飞了过来，像树叶似的，打着旋落了下来，身上、地上，都有。

程凌拎起包愤然离去，留下的，是别人猜疑的目光和窃窃私语。太唐突，他完全没有预料到，因此，呆坐在那里，想了很久、很久，愣是没有想明白，为什么会这样？甚至，他怀疑，这不是真的，是在做梦。

电话响了。他狠狠摁下接听键，说了声"别烦我"便狠狠地摔到地上。手机烂了。

电话是陶晓丽打来的，她很久没有联系他了，倒是他，偶尔在周末会回去住上一宿。他发现，陶晓丽也变了，变得像梅林一样，穿着朴素，不施粉黛，目光温和、简单。无论她的外形还是眼神，都与农村女孩别无二致了，他感到不可思议。

陶晓丽种了许多果树和花，院子里、屋子里都有，品种也多，有芦荟、仙人球、芭蕉、文竹，还有桃树、杏树、枣树、樱桃树等。当春天的风吹进萧庄，人们被吹乐了、吹醉了，这些花草树木也被吹得兴奋无比。于是，它们不安分起来，较劲儿似的疯长。似乎一眨眼的工夫，它们就悄然吐枝迎春，花儿含羞绽放……现在再看，这里已是五彩缤纷了。他伸出双臂，闭目，仰头，深呼吸，抛却一切杂念，静下心去拥抱、去感受……他觉得自己的双臂仿佛变成了翅膀，身体越来越轻，越来越轻，渐渐地飞了起来，越飞越高，飞过了云霄，飞到了天上，飞进了仙境……他像孩童般激动、喜

　　　　　　　　　　　　　第五幅肖像

悦、兴奋，那种美妙的感觉，他忘不了，一辈子都忘不了。

应该说，那些美妙和难忘是陶晓丽送给他的最好的果实。

第二天上午，他买了新手机，给她回了电话。

陶晓丽问他，昨天怎么了？

没事。转而，他又问，打电话有事？

她兴奋地说，樱桃树结了果子，结了很多，都熟了，红红的，酸酸甜甜很好吃，想请你回来尝尝鲜。

他没有她那么兴奋，轻描淡写地说，哦，行，最近吧，我抽空回去一趟。她又提醒他，要快，不然就没了。

他说，好。

是该回去一趟了。他心里清楚得很，回去，也不全是为了摘樱桃吃，调节心情才是主要的。但在回去之前，必须跟梅林好好谈谈了，逃避不了的，因为梅林已经主动提出下午谈谈了，地点就在家里。

他到家时，梅林已经整理好东西了，她自己的，两个拉杆箱包，四个纸箱，就在客厅，摆放得整整齐齐的。梅林没有像他所想的那样，离婚、争财产、抢夺儿子，反而，表现得极其平静，言谈举止间像被设置了程序，有条不紊。

他一边换室内鞋，一边笑道：这……你这……怎么了？

梅林没有说话，起身给他沏茶，她自己也倒了一杯。茶是好茶，铁观音。橄榄球似的茶叶，在慢慢伸展，并缓缓向杯底下沉。杯口呢？杯口沾满了哈气，雾蒙蒙的。梅林坐在他对面，静静地等待着他说话，一时间，整个房子里，气氛严肃、正式，像国际性谈判。猛然间，他意识到，此次谈话非同寻常。

你看这大箱小箱的，你怎么了，梅林？他看了一眼那些东西，笑道。

前段时间，我在东区买了套房子，想搬到那里住。梅林淡淡地说。

哦？买房子好呀，我正想换换环境呢。他故作轻松地说，东区好呀，静。

我一个人住！梅林强调道。

他眼睛瞪得撞见了鬼似的，看着梅林，惊讶地说，你……你你你……不会吧。

是真的，如果你要办手续，我没有意见。她指的是离婚手续。

丽娜和梅林，对于他，就像两条大道，迷雾重重的，一条通向天堂，一条通向地狱。他无法望穿，也吃不准到底该选择哪一条。他心里很纠结、很矛盾，也很痛。沉默，除了沉默还是沉默，沉默得令人窒息。

梅林轻叹一声，随即清了清嗓子，制造出一串夸张的声音，说，暂时就这样吧，有事情的话随时联系。另外，你很忙，孩子由我带，你可以去学校探望他，也可以不去，但是，不要在孩子面前提我俩的事。

他埋头抽烟，一支接一支地抽，眉头拧得像一颗幼小的核桃。这时候，烟雾中飞来一封信。他的目光怔怔地顺着信封游上去，又穿过梅林的手指、胳膊、肩膀，最后，在她下颌处停滞不前。梅林晃了晃信封，说，拿着吧，你的东西。

他接了过去，打开，里面是一张照片，那张丢失的照片。照片上，丽娜在笑，那笑容，纯洁，也羞涩。失而复得本应欣喜，可他却心如刀绞。他缓缓抬起头，看着梅林，有气无力地说，原来真是你。

是的，是我，现在，物归原主！还有，储物间那两箱毛衣送给你。梅林打开手机，看了一下时间，说，我要走了，再见。

他想挽留她，可话到舌尖，又卷了回去。

梅林走了，没有让他送，她打了辆出租车。

那一晚，因为梅林，他失眠了，就像他的孤独、空荡、无助，一切都前所未有。失眠让他想了很多，有梅林，有婚姻，有爱情，有生活，有城市，有萧庄……想着想着，酸涩的眼睛再也支撑不住，就慢慢合上了……

睡梦中，床头座机电话的叫器声将他吵醒。他愤懑、抓狂，疯了似的，狠狠抓过话筒，咆哮着，别打扰我行不行，行不行！

对不起萧总，那……上午九点的会议……取消？公司副总楚林森怯怯地说。

楚林森所说的那个会议，是他们每月一次的业务总结会。这个会议，他非常重视，每次都参加，听取汇报，讲评优劣，分析不足，明确重点，制订计划。这形成了公司的惯例，雷打不动的，怎么能取消呢。

谁说要取消了，哪次取消过！他呵斥道。

萧总，十点半了，看您还没来，想着您一定有事，就打电话问问，没事就好，会议不取消，不取消。楚林森连忙说。

十点半了？他"噌"地坐起身，瞄一眼手机，手机关机了。接着，便是一阵忙乱，剃须、洗漱、梳头……对着镜子梳头时，他还向楼下喊了一嗓子，梅林，早餐还有没？话刚落音，他怔住了，看着镜子中的自己，恍然意识到，哦，梅林走了。这不是梦。出门前，他还小声嘀咕着。

刚到公司楼下，他就改变了主意。会议取消，去萧庄！这个决定太突然了，电话里，楚林森迟疑片刻，才反应过来，慌忙说，好好好。其实，萧寒自己也不明白，为什么突然决定去萧庄。

奥迪车像醉汉一样，跌跌撞撞地闯进萧庄。下车，推开门来，眼前的一幕令他很尴尬。屋檐下，刚蛋儿正侧着身，坐在陶晓丽旁边，笑，笑得坏坏的，嘴巴呢，附在她耳边，正说着什么。陶晓丽听着，笑靥如花，开心、幸福，还有些羞涩。他的贸然出现，让他们大吃一惊，二人像被开水烫着了似的，倏然分开了，转而，两人脸色绯红，笑着迎上来。

刚蛋儿神色慌张，急忙解释道，我……我们……呵呵，讲笑话呢。

是，是，讲笑话呢。陶晓丽指着那棵樱桃树，故意扯开话题，笑道，萧总你看，这樱桃，太红了，就等你呢，你再不回来就吃不着了。

别说，还真是，结这么多。他附和道。

我们还摘了吃了好多呢。刚蛋儿说。

萧总，你先洗把脸，我给您摘。陶晓丽说。

不要摘，不要。他拽住她的胳膊，摇晃着脑袋，懒懒地说，我不想吃，我只想跟你聊聊。

好呀，我就喜欢跟寒叔您聊天，长见识。刚蛋儿表现出来的兴奋有点假。

我要跟小陶聊聊，你……先回去。他表情严肃。

刚蛋儿没有听清似的，指着自己的脑袋，说，谁走？我吗？

他点点头，说，没错，就是你。

她莫名地看着他，又看了看刚蛋儿，表情木讷。

行，行，你们聊。刚蛋儿强笑道，我正要回去擦摩托车呢。

刚蛋儿走路的样子很滑稽，颇有戏剧感，像是与他们诀别似的，三步一停顿、五步一回头的，而且表情很失意、很难过。

他目送着刚蛋儿离开，微笑着，陶晓丽也微笑着向刚蛋儿点了点头，刚蛋儿这才走出大门。

小陶，还没有她的消息？他扭过头来问道。

陶晓丽�’着嘴，摊开双手，夸张地摇摇头，说，没有。

唉，这么久了，还没有消息，我估计，她永远都不会回来了。他沮丧地说。

萧总，您别灰心丧气，说不定，她明天就回来了。

不用安慰我了，我决定放弃了！

怎么能说放弃就放弃呢，这不像你的做事风格。

他抬手示意她不必再劝，实际上，劝也没用，这个决定是他深思熟虑过的，不会改变的。

小陶，你做得很好，这个家你整治得也非常好，我很满意，谢谢你。

萧总，我……

哦，对了，虽然没有等到她，但是我先终止的约定，那么，当初答应你的，我依然要兑现，回公司后就兑现。他说。

我不要你兑现，萧总，我……我的意思是……我我……我不回去了。她吞吞吐吐地说。

他吃惊地看着她，不认识似的，说，你说啥？你不回去了？

是的，我决定了，不回公司了。她说。

为啥？他问。

因为，我的幸福，找到了。她终于说了出来。

是刚蛋儿吧。他早就意识到了。她点点头，说是。

刚才进院看到那一幕，他就已经知道，这两个年轻人相爱了。依他的猜测，城里的楼房她会欣然接受，而刚蛋儿也一定追随她的，之后，两人在城里结婚、工作、生子什么的。

但他没有想到的是，她竟然会选择留下来。

他又问她，你的初衷不是这样的呀小陶，可不能冲动。

我没有冲动。她的声音铿锵而果决。

刚蛋儿是个好孩子，你们在一起，我当然赞同，我的意思是，你们可以去城里生活。

这个我们也想过，不过，刚蛋儿说，他要竞选村主任，他想带领大伙儿干点事。她抬起头，理了理头发，继续说，他干任何事我都支持，还有就是，我喜欢上这里了，这是最关键的。所以，我们决定哪儿也不去了，就待在萧庄。

他沉默了很久，之后，他又做了一个惊人的决定，把这个家送给他们。这下可把陶晓丽高兴坏了，她像个孩子似的扑过来，搂住他的脖子，在他脸上亲了一口，亲得很响、很重。

你真好萧总，我爱死你了！她嬉笑道。

他笑了，笑得像花儿一样灿烂，并冲院门外喊了一声，刚蛋儿，别偷听了，现身吧！很快，刚蛋儿就从门外扭捏着身子走了进来，脸上挂着羞涩，一句话也没说，只是盯着他们不停地笑，傻笑。

萧寒回省城是在第二天的下午，临行前，他给梅林发了个短信：晚上去你那里吃饭，请告诉我新家的具体位置，结果梅林没有回复，这让他很失落。

回到省城，他没有去公司，先是在家洗了个澡，接着又取出那张照片。照片上，丽娜依旧在冲着他笑，他呢，看着照片上的丽娜，也笑，笑了很久很久。然后，他掏出打火机将它点燃了。当火苗燎到丽娜的唇边时，他抽出一支烟，捏着照片一角，将烟点着并猛吸一口。那情景，那感觉，像他们在热吻，只是，这个吻，连同她的笑容，慢慢地化为灰烬，消失了。

这时候，梅林来了短信，只有两个字：你找。

（原载《广州文艺》2011 年第 5 期）

　　　　　　　　　　　　　第五幅肖像